Die Rache des Chamäleons

Das Buch

Peter Mattéus hat seinen Platz im Leben gefunden, scheint es. Er ist erfolgreicher Werber, er liebt seine Frau Rita und seine beiden Töchter. Peter ist zufrieden mit dem, was er hat. Bis er eines Morgens an seinem Arbeitsplatz einen gepolsterten Umschlag mit Fotos seiner Familie und mit einem Schließfachschlüssel zugestellt bekommt.
Ein Gruß aus der Vergangenheit …

Der Autor

Åke Edwardson, geboren 1953, lebt mit seiner Frau in Göteborg. Einige Monate im Jahr verbringt das Ehepaar im Süden Spaniens, in Marbella. Bevor Edwardson einer der weltweit erfolgreichsten Krimiautoren wurde, arbeitete er als Journalist u. a. im Auftrag der UNO im Nahen Osten, schrieb Sachbücher und unterrichtete an der Universität Creative Writing.

Von Åke Edwardson sind in unserem Hause bereits erschienen:

In der Reihe »Ein Erik-Winter-Krimi«:

Tanz mit dem Engel · *Die Schattenfrau*
Das vertauschte Gesicht · *In alle Ewigkeit*
Der Himmel auf Erden · *Segel aus Stein*
Zimmer Nr. 10 · *Rotes Meer* · *Toter Mann*
Der letzte Winter · *Das dunkle Haus*

Außerdem:

Allem, was gestorben war · *Drachenmonat*
Der Jukebox-Mann · *Geh aus, mein Herz*
Samuraisommer · *Winterland*

Åke Edwardson

DIE RACHE DES CHAMÄLEONS

Thriller

Aus dem Schwedischen
von Angelika Kutsch

List Taschenbuch

Besuchen Sie uns im Internet:
www.list-taschenbuch.de

FSC
www.fsc.org
MIX
Papier aus verantwortungsvollen Quellen
FSC® C083411

Ungekürzte Ausgabe im List Taschenbuch
List ist ein Verlag der Ullstein Buchverlage GmbH, Berlin.
1. Auflage Juli 2014

Titel der schwedischen Originalausgabe: *Möt mig i Estepona* (Leopard förlag, Stockholm, 2011)
Umschlaggestaltung: bürosüd ° GmbH, München
Titelabbildung: © plainpicture/wildcard
Satz: LVD GmbH, Berlin
Gesetzt aus der Caslon
Papier: Pamo Super von Arctic Paper Mochenwangen GmbH
Druck und Bindearbeiten: CPI books GmbH, Leck
Printed in Germany
ISBN 978-3-548-61114-3

Für
Hanna und Vedran
Kristina und Proinsias

Andere Orte sind nicht genauso gut gewesen, aber das lag vielleicht daran, weil wir nicht so gut waren, als wir dort waren.

Ernest Hemingway

Die Wellen sind höher das Rauschen der Brandung ist lauter denn je. Es ist Nacht es ist eine andere Nacht die letzte Nacht. Die erste und letzte Nacht er wusste es als sie ihre Vorbereitungen trafen. Ich bin nicht dabei ich bin nicht hier. Bald bin ich woanders. Der hier bin ich nicht. Ich werde bald wieder ich selbst sein.

Wenn es das war was er wollte. Wenn es überhaupt noch möglich war wieder er selbst zu werden.

Genau das ist es was er in diesem Moment will. Nur das will er es gibt keine Spannung wie diese es gibt keine wie diese bitte sehr zeig sie mir bitte falls doch. Das Blut das durch den Kopf rast sein Blut nichts wie das hier.

Die Horizontlinie blitzt auf über Afrika die Sonne ist unterwegs sie wird die Morgendämmerung mit sich über das Meer ziehen. Wenn sie hier ankommt werden alle verschwunden sein und nichts wird mehr da sein was es vorher nicht gab.

Jemand sagt etwas es ist ein Fluch wie ein Ausatmen Einatmen aus und ein etwas über Sex hinein und hinaus die Flüche in diesem Land handeln nur von Sex hinaus und hinein und hinaus und hinein handeln von Genitalien von Gott und der Madonna und Genitalien wahnsinnige Bilder. Wie jetzt wie hier. Ein brüllender Zusammenschnitt von Bildern und Ereignissen der Strand und die Wellen und der Himmel und die Männer die warten die zitternde Spannung wie die Felsen im Wasser zittern die Spannung die im

Wind zittert wie der Tod der wartet der mit der Brandung gleitet der auf der Brandung surft der niemals stürzt der niemals Fehler macht. Wie die Männer die auf das Geräusch warten das ihnen mit der Brandung entgegenfluten soll.

Jetzt hören sie das Motorengeräusch alle gleichzeitig die Silhouetten um ihn herum erstarren erstarren innerhalb einer halben Sekunde. Als würde die Zeit stehenbleiben als gäbe es kein Vorher oder Nachher.

Das Geräusch wird lauter es bewegt sich auf sie zu. Alles ist wie es sein soll die Zeit bewegt sich wieder und der Tod bewegt sich mit ihr. Ohne Zeit gibt es keinen Tod manche sagen der Tod hat sich von der Zeit losgerissen aber sie täuschen sich alle die das sagen täuschen sich.

Das Schiff dort draußen war jetzt die Silhouette einer Yacht gegen den afrikanischen Himmel an Deck Silhouetten von Männern. Er drehte sich um und sah wie sich die Morgendämmerung auf die Berggipfel senkte die weißen Berge er drehte sich zurück zum Meer alle bewegten sich jetzt schnell auf das Meer zu. Die Zeit bewegte sich zu schnell das Schiff hatte sich verspätet und jetzt war es gefährlich gefährlicher als es jemals gewesen war.

Sie wateten hinaus.

Von der Yacht wurde ein Beiboot zu Wasser gelassen.

Er sah wie sich die Kisten von Hand zu Hand bewegten hinunter in das Beiboot es war größer als eine Jolle ein Landungsfahrzeug als ob es Truppen am Ufer absetzen wollte um in das Land einzufallen aber der Feind würde nicht vom Meer kommen.

Der Feind war schon hier.

Er hörte eine der Kisten ins Wasser fallen er hörte Worte die über das Wasser zu ihm trieben Flüche in einer Sprache die er nicht sprechen konnte.

Er sah die Kiste wieder an die Oberfläche kommen eine kostbare Fracht kostbarer als das Leben.

Die Silhouetten trugen die Kisten ans Ufer.

Über dem Strand begann der Tag zu glimmen färbte alles in der Nicht-Farbe der Dämmerung wie Asche färbte alles.

Die Yacht nahm Kurs auf das offene Meer.

Jetzt.

Hier.

Hände heben Deckel von Kisten er denkt dass es die Kisten in der Mitte sind nur an sie denkt er als wäre es von besonderer Bedeutung. Er sieht etwas über einer Kiste aufblitzen. Niemand sagt etwas. Er kann sich nicht rühren und dreht sich wieder um der Horizont über den Bergen hat sich zu der Farbe gelichtet die bald die Asche ersetzen wird Mittelmeerblau.

Da bewegt sich eine der Gestalten ein Geräusch wie wenn Wind über Sand streicht. Alle schleppen und tragen jetzt die Kisten über den Sand er trägt nicht mehr schleppt nicht mehr er ist nicht dahinten warum ist er nicht dort warum steht er hier und nun setzt er sich in Bewegung weg von allen.

Jemand ruft ihm etwas nach. Vielleicht weiß er vielleicht kennt er die Stimme.

Ein Mann ruft oder er flüstert oder zischt dass er mit anpacken soll dass sie es eilig haben es ist verdammt eilig bevor die Dämmerung in Tag übergeht in dessen Licht man alles sehen kann. Die Tage sind schonungsloses Licht sind wie Glassplitter in den Augen.

Er hört die Geräusche über dem Strand explodieren. Jetzt geschieht es das blendende Licht er hört die Schreie die gellenden Schreie.

1 Der Hund bellt, erst hat er nur geknurrt, doch das hat im Haus niemand gehört. Jetzt bellt er, denn er hört, dass jemand vor der Tür ist. Der Hund weiß, dass draußen etwas Gefährliches ist. Er wird es aufhalten, deswegen steht er hier. Er ist nicht groß, aber er kann bellen. Seine Augen funkeln im Licht der Straßenbeleuchtung, die durch das Türglas fällt. Wieder eine Bewegung. Wieder bellt der Hund.

Die Deckenbeleuchtung in der Diele flammt auf.

»Laika? Laika! Was ist denn, mein Mädchen?«

Laika schaut sich um. Dann wendet sie sich erneut der Tür zu und bellt weiter.

Eine Frau im Bademantel kommt die Treppe zur Diele herunter. Sie ist blond und blinzelt verschlafen in das Licht.

»Hat dich der Zeitungsbote mal wieder aufgeschreckt?«

Die Frau beugt sich zu dem Hund hinunter und streicht ihm über Schnauze und Hals. Jetzt hat er aufgehört zu bellen. Er knurrt nur noch, aber es klingt nicht mehr drohend, als gäbe es draußen nichts Gefährliches mehr, keinen gefährlichen Zeitungsboten.

»Ist schon gut, meine Alte, schon gut. Du weckst noch das ganze Haus. Was sollen denn die Mädchen denken, wenn du so einen Krach machst?«

Die Frau richtet sich auf. Sie öffnet die Haustür und tritt

auf eine kleine Holzveranda hinaus. Es ist fünf Uhr in der Früh, über dem Horizont im Osten liegt das helle Band der Dämmerung. Es duftet nach Blumen und Gras, es ist das Ende eines warmen, aber nassen Augustmonats. Das wird ein schöner Tag heute. Darüber freut sie sich. Es gibt so vieles, worüber sie sich freuen kann. In ihrem Leben gibt es keine Gefahren, nicht hier, nicht dort.

Die Frau fröstelt, als wäre von Norden Wind aufgekommen. Hinter ihr knurrt Laika. Die Frau macht einen Schritt weiter auf die hölzerne Veranda und glaubt, in der westlichen Gartenecke eine Bewegung zwischen den Ahornbäumen zu sehen, einen huschenden Schatten. Wieder fröstelt sie. Es ist der Wind, es war der Wind, der die Äste bewegt hat. Sie reichen fast bis zur Erde. Laika ist verstummt.

Der Hund ist ihr nicht nach draußen gefolgt.

Es ist das erste Mal, dass Laika trotz geöffneter Tür freiwillig im Haus bleibt, denkt sie.

Die Dunkelheit lichtet sich. Mit jeder Sekunde wird es heller.

Die Frau geht die drei Stufen zum Schotterweg hinunter, weiter zur Pforte und zum Briefkasten. Fünfundzwanzig Schritte sind es bis dorthin. Sie öffnet den Briefkastendeckel. Keine Zeitung. Laika bellt wieder, und sie dreht sich um. Der Hund ist nirgends zu sehen, er scheint immer noch in der Diele zu sein. Das Bellen klingt gedämpft. Jetzt verstummt es. Plötzlich ist es ganz still, still in der Idylle, in der sie lebt. Und sie fröstelt, als stände sie mitten im kalten Wind. Sie hat Angst. Was ist das, denkt sie. Was ist mit mir los? Hier gibt es keine Gefahr. Hier bin ich zu Hause.

*

Ein Mann sitzt in der Küche. Es ist ihr Mann. Er trägt auch einen Morgenmantel, seiner ist rot und schwarz, ihrer ist weiß und blau. Er reibt sich die Augen und schaut auf.

»Keine Zeitung, Rita?«

»Nein, der Zeitungsbote hat sich wohl verspätet.«

»Wenn er überhaupt kommt. Ist vielleicht schon auf dem Weg in die Schären, um ein letztes Bad zu nehmen.«

»Um fünf Uhr morgens?«

»Man muss früh da sein, um einen guten Platz zu ergattern. Um sieben werden die Russen mit dem Helikopter eingeflogen. Die breiten ihre Badelaken auf den Klippen aus, um ihre Plätze zu markieren.«

»Wie am Hotelpool.«

»Genau.«

»Hast du Laika gehört?«

»Hab ich. Vermutlich bin ich von ihrem Gebell aufgewacht.«

»Irgendetwas hat sie erschreckt, Peter.«

»Alles erschreckt sie.«

»Aber sonst steht sie nicht an der Tür und bellt.«

»Auf der Straße ist wohl jemand vorbeigegangen.«

»Bis zur Straße sind es zwanzig Meter.«

»Hunde haben ein gutes Gehör.«

»Ich mein das ernst. Du weißt genau, dass Laika fast taub ist.«

»Was meinst du ernst, Liebling?«

»Ich weiß nicht.« Sie schiebt eine Locke hinter das Ohr. »Da draußen war es plötzlich so kalt.«

Er löffelt Pulverkaffee in zwei Tassen, gießt ein wenig warme Milch darauf und dann heißes Wasser aus dem Wasserkocher.

Sie schaut aus dem Fenster. Die Sonne bricht durch das Laubwerk, alles glitzert.

»So schöne Tage hat es in diesem Sommer nicht viele gegeben.«

»Es ist noch nicht Tag. Das Wetter kann sich noch ändern.«

»Ich wusste gar nicht, dass du aus Västerås stammst.«

»Västerås?«

»Der Quengelgürtel Schwedens. Ein Västeråser trifft einen

anderen und sagt, schönes Wetter heute, und der andere antwortet, heute, ja.«

»Ich bin noch nie in Västerås gewesen.«

»Zwei Drittel der Västeråser wohnen in Stockholm«, sagt sie.

»Dann gibt es ja nur noch ein Drittel Bewohner in Västerås.«

»So ist es.«

»Wie traurig, für Västerås, meine ich.«

Er hört Schritte auf der Treppe. Trippelschritte.

Ein kleines Mädchen taucht in der Tür auf, gefolgt von einem zweiten kleinen Mädchen.

»Gu'n Morrrgen!«, ruft das ältere Mädchen. Sie ist sechs Jahre alt. Ihre Schwester ist zwei. Sie ruft: »Guumooagen!«

»Guten Morgen, Mädchen«, sagt Peter. »Guten Morgen, Magdalena, guten Morgen, Isabella.«

»Es regnet nicht!«, sagt Magdalena.

»Das wird ein schöner Tag«, sagt Rita.

»Können wir nicht baden fahren?«, fragt Magdalena, die Ältere der beiden. »Baden!«, sagt Isabella.

»Vielleicht zum letzten Mal«, sagt Rita. »Kannst du dir heute nicht freinehmen, Peter?«

»Heute nicht. Keine Chance.«

Sie schaut ihn an.

»Was für ein Glück, dass ich freihabe«, sagt sie.

»Ja, wirklich.«

»Ich kann mir nichts Schöneres vorstellen, als einen Tag mit den Mädchen baden zu fahren«, sagt sie.

»Ich auch nicht«, sagt er. »Einen Tag mit den Mädchen baden fahren.«

Peter fädelt sich durch den dichten Verkehr der Stadt. Ein Regentropfen schlägt gegen die Windschutzscheibe, dann noch einer, zwei, drei, vier, fünf. Das war's also mit dem schönen Wetter. Zehn Minuten Sonnenschein, mehr kann der Norden von seinem grünen Winter nicht erwarten.

Er wechselt mit der Fernbedienung am Lenkrad den Radiosender, findet aber nichts, was ihm gefällt. Im Radio gibt es nichts Hörenswertes mehr, denkt er. Keine alten, vertrauten Wohlfühlsongs, bei denen man sich auf dem Weg zur Arbeit für einen Moment entspannen kann.

Er schiebt eine CD in den Player und lauscht, wird etwas ruhiger. Das Handy vibriert in seiner Halterung, es leuchtet und blinkt.

»Ja?«, sagt er, ohne die Hände vom Steuer zu nehmen.

Keine Antwort.

»Ja?«

Es knistert, dann nichts mehr, nur ein Tuten im Ohr. Das Display zeigt »unbekannte Nummer« an. Es ist nicht das erste Mal. Unbekannte Nummern sind okay. Da braucht er nicht zurückzurufen. Er hat sich auch angewöhnt, bekannte Nummern nicht zurückzurufen.

Die Ampel springt auf Rot. Er hält an und sieht sich um. Niemand scheint ihn zu beachten, alle haben den Blick auf die rote Ampel gerichtet, als hinge ihr Leben davon ab. Und gewissermaßen ist es wohl so, denkt er. Das Leben hängt vom Licht ab. Und es ward Licht.

Er lauscht Nick Caves ruhigem Gemurmel, aber es beruhigt ihn nicht. Er biegt nach links ab und noch einmal nach links. Eine Sekunde lang erwägt er, ein weiteres Mal links abzubiegen und nach Hause zurückzukehren, die Familie ins Auto zu laden und zum Baden zu fahren, zu einem weit entfernten Badeplatz. Weit weg in die entgegengesetzte Richtung.

Ihm folgt ein Auto in seine Richtung. Es ist blau wie spätes Sommerabendblau. Es biegt ab, nach links, links, links.

Das Auto rollt in die Unterwelt, wird von dem Gebäude mit der Glasfassade verschluckt. Der blaue Wagen ist weitergefahren. Er hat es sich nur eingebildet, niemand hat ihn verfolgt.

Im Fahrstuhlspiegel studiert er sein Gesicht. Er kann nichts entdecken, was er nicht kennt. Jedenfalls hofft er, dass es so ist. Äußerlich ist ihm nicht anzusehen, was er im Innern mit sich herumträgt. Noch nicht, nicht ganz. Es wird nie zu sehen sein. Besonders alt sehe ich nicht aus, denkt er. Manche Leute behaupten, man habe das Gesicht, das man verdient. Was das in meinem Fall bedeutet, weiß ich nicht. Ich verdiene es, verdiene es mehr als andere.

Er trägt einen grauen Anzug. Oscar Jacobson, nicht übermäßig teuer, aber auch kein billiges Zeug. Seit er ein Mann geworden ist, hat er sich in dieser gehobenen Mittelschicht halten können, der oberen Mittelklasse, die vielleicht nicht die breiteste, aber die sicherste ist, nach oben und unten kaum durchlässig. Er weiß nicht, wie es von der Seite ist, in die Richtung hat er nie geschaut, wollte er nie schauen.

Sein Haar schimmert blau im Fahrstuhllicht. Seine Augen wirken kalt, das ist ihm noch nie aufgefallen. Seltsam, er hat das Gefühl, zum ersten Mal in seine neuen Augen zu blicken, als würde auf der anderen Seite des Spiegelglases ein anderer stehen. Du bist kein anderer, denkt er, du bist Peter Mattéus. Du bist jetzt nur noch Peter Mattéus. Während er seinen Namen denkt, bewegt er die Lippen.

Er tritt aus dem Fahrstuhl und geht auf eine Glastür am hinteren Ende der offenen Bürolandschaft zu. Überall Glas, überall Licht.

Er betritt den Raum, an den hellen Wänden hängen gerahmte Diplome und Plakate. Alles ist sehr hell, ein Ort voller Lachen, Licht und Optimismus. Ein Raum für Gewinner. Eine ganze Etage für Gewinner, hier gibt es nur Gewinner. Für Verlierer ist es zu hell, so ist das, Verlierer werden vom Dunkel angezogen und Winners vom Licht. Einfacher kann es gar nicht sein. *Winners, we are the winners.*

Fünf Menschen sitzen um den ovalen Tisch, der mitten im Raum steht. Nur wenige schauen auf, als er eintritt. Eine Frau ist mitten in einer Powerpoint-Präsentation. Was für ein dämliches Wort, Powerpoint-Präsentation. Sie klickt eine Alternative in ihrem Computer an, und das Resultat wird auf den großen Bildschirm projiziert. Zwei Männer lehnen sich zurück, um besser sehen zu können.

Die Frau blickt von ihrem Computer auf. Sie trägt ein dunkles Kostüm mit Schlips. Warum trägt sie einen Schlips, denkt er, als er sich setzt. Wollen die alles übernehmen? Er selber verzichtet auf einen Schlips. Er ist überzeugt, dass er keinen braucht. Wie auch immer, eine Krawatte ist ein Kleidungsstück für Männer.

»Ich glaube nicht, dass sie das ablehnen«, sagt die Frau.

»Glauben?«, sagt der spitzbärtige Mann rechts von Peter. Er trägt Hosenträger über dem Leinenhemd, ist um die fünfzig, älter als Peter, wirkt jedoch unkonventioneller.

Die Frau scheint sich ertappt zu fühlen, sieht aber immer noch wie eine Gewinnerin aus. Peter dreht sich zu dem Mann um.

»Ach, Lasse, beiß dich doch nicht an einzelnen Wörtern fest.«

»Ich beiße mich an einzelnen Wörtern fest? In diesem Stadium sollten wir längst wissen, dass wir den Zuschlag bekommen und nicht mehr nur daran glauben. Oder, Linda?«

»Ja … natürlich«, antwortet die Frau. Sie nimmt den Stift wieder in die Hand, studiert ihn, als sähe sie ihn zum ersten Mal. Als wäre er nicht mehr richtig funktionsfähig. Vielleicht ist es ein billiger Stift. Sie kann nur mit teuren Gegenständen arbeiten.

»Wo hast du übrigens gesteckt?«, fragt Lasse und boxt ihn leicht gegen die Schulter.

»Verkehrschaos im Südumgehungstunnel.«

»Schon wieder?«

Er nickt.

»Diesmal keine Terroristenwarnung? Haha.«

»Nicht, was ich sehen konnte.«

»Meinst du, Terroristen kann man sehen? Rein visuell?« Lasse lacht wieder. »So wie man dich und mich sieht?«

»Linda ist noch nicht fertig.« Peter deutet mit dem Kopf auf die Frau im Kostüm.

»Was? Ach ja. Okay, okay.«

Linda klickt ein neues Bild an, das auf dem Bildschirm erscheint. Das gehört nun mal zu ihrem Job, darum kommt sie nicht herum.

Peter schaut aus dem Fenster. Wasser strömt an den Scheiben herunter. Sie werden heute doch nicht baden, denkt er. Vielleicht war es der Regen, den Laika gewittert hat. Tiere haben solche Instinkte. Vielleicht gibt es Sturm. Womöglich Schnee. Nichts ist mehr, wie es einmal war.

Ein jüngerer Mann betritt den Raum, ohne vorher an die Tür zu klopfen, die offen steht zu dem Loft, wo es ebenfalls kreativ zugeht, Kreativität als Dauerzustand. Dort sitzen mindestens fünfzig Personen, denkt er, alle sehr kreativ. Sehr smart. Die Werbebranche ist eine gigantische Verschwendung menschlicher Intelligenz. Er betrachtet den eben hereingekommenen Kollegen, der ein T-Shirt und Jeans trägt und aussieht wie ein Oberschüler.

»Was für ein verdammtes Gerenne«, sagt Lasse. »Was willst du, Lukas?«

Lukas hat eine Jiffytüte in der Hand.

»Dringend, für Peter.«

»Dringend?«

Lukas durchquert den Raum und übergibt das gefütterte Kuvert.

»Was ist das?«, fragt Peter.

Lasse lacht auf.

»Lukas ist zwar clever, aber einen Röntgenblick hat der Junge nicht.«

»Danke.« Peter nimmt den Umschlag entgegen. »Und warum ist es dringend?«

»Ein Mann hat angerufen und gefragt, ob du es schon bekommen hast. Ich hatte es gerade in der Hand, und der Anrufer sagte, es sei dringend. Genau das Wort hat er benutzt.«

»Wer war der Mann?«

»Seinen Namen hat er nicht genannt. Ich habe ihn gefragt, aber da hat er aufgelegt.«

»Woher kam das Gespräch?«

»Ich weiß es nicht. Unbekannte Nummer. Ich bin sofort losgelaufen. Es war ja …«

»… dringend«, ergänzt Lasse. »Dann öffne es schon, damit wir endlich unsere Marathonsitzung fortführen können.«

»Nein, nein.« Peter legt den Umschlag auf den Tisch.

»Heutzutage ist alles dringend«, sagt Lasse und dreht sich zu der Frau um. »Linda, *please carry on*.«

Er reißt das Kuvert mit einem Finger auf. Es gibt keinen Absender und keinen Empfänger, nur ganz oben links ein PM, seine Initialen, vom Pförtner notiert, ein Päckchen, von dem man offenbar nicht annahm, dass es eine Bombe enthält.

Privat abgegebene Päckchen sind keine Seltenheit, von Hoffnungsvollen, die Ideen und Bilder beim Pförtner abliefern, als wäre die Agentur ein Buchverlag oder ein Unterhaltungscenter, Leute schicken Bilder und Texte von allem Möglichen zwischen Himmel und Erde, einmalige Bilder, die niemand ablehnen kann, einmalige Ideen, auf die noch kein Mensch auf der Welt gekommen ist. Manches ist gut, die Ideen an sich sind gut, werden aber meist so amateurhaft präsentiert, dass alles Gute daran vom Amateurhaften verschüttet wird. Dass die sich das antun, denkt er oft in solchen Momenten. *Get a life*, denkt er dann.

Er späht in das Kuvert, steckt die Hand hinein und holt Fotografien im Format des goldenen Schnittes hervor.

Er sieht sich im Raum um. Er sitzt an seinem eigenen Schreibtisch. Etwa fünf Meter vom nächsten Kreativen entfernt, einer Frau in einem roten Kleid, mit rotem Lippenstift, roten Schuhen. In einer Werbeagentur ist die Revolution nie weit entfernt.

Er breitet die Fotos auf dem Schreibtisch aus.

Es sind Bilder von seiner Familie, Fotos, die er noch nie gesehen hat, offenbar mit einem Teleobjektiv aufgenommen, vielleicht von der anderen Straßenseite aus. Es muss die andere Straßenseite gewesen sein. Wie sieht es dort aus? Dort sind nur Privathäuser und Privatgärten. Aber die Straße ist für alle da. Kann jemand auf der Straße stehen und Leute fotografieren, ohne dass sie es merken? Die Antwort ist ja, denkt er. Frag die Promis.

Ein Foto von ihm ist auch dabei, auf dem Weg die Verandatreppe hinauf, eins von Rita, wie sie einen Korb mit Wäsche zum Trockenständer trägt, je eins von Magdalena und Isabella, die spielen. Fotografiert beim Spielen in ihrem eigenen Garten! Er spürt Schweiß auf der Stirn und im Nacken wie eine kalte Dusche. Kalte Dusche. Er empfindet auch Zorn. Er hat mehrere Empfindungen gleichzeitig. Diese Fotos wurden erst kürzlich aufgenommen. Er kann sogar ungefähr den Tag nennen. Es war in diesem Monat. Über ihren Köpfen ist der Himmel grau. Es ist die Szene, die er an jenem Nachmittag gesehen hat, als er nach Hause kam. Er hat niemanden mit einem Fotoapparat bemerkt, hat aber auch nicht darauf geachtet. Er hätte darauf achten sollen. Er ist unaufmerksam geworden.

»Etwas Interessantes?«

Er hebt den Kopf und blickt in Lasses Gesicht.

»Nein, nein.« Er rafft die Fotos zusammen und schiebt sie zurück in den Umschlag.

»Was war denn so dringend?«, fragt Lasse.

»Wieso fällt es manchen Leuten in diesem Laden so schwer, sich um ihre eigenen Angelegenheiten zu kümmern?«

»Haha, genau, kümmre dich um dich selbst und scheiß auf die anderen. *I get it. I got it.*«

Peter steht auf.

»Wohin willst du?«

»Wie wir eben sagten …«

»Ja, ja, genau. Haha.«

Womöglich steht Lasse kurz vor einem massiven Zusammenbruch, denkt Peter. So labert er doch sonst nicht herum. Irgendwann wird sein Kopf wahrscheinlich explodieren. Lasses Kopf ist ein übervoller Papierkorb.

Peter spürt das Gewicht des Umschlages in seiner Hand. Er wiegt schwerer, als er es bisher wahrgenommen hat. In dem Umschlag steckt noch mehr. Er setzt sich wieder und schaut zu Lasse hoch, der grinsend Habtachtstellung annimmt, eine Art militärischen Gruß andeutet, sich umdreht und im Exerzierschritt davonmarschiert.

Direkt ins Irrenhaus.

Peter schiebt die Hand in die Jiffytüte und tastet die weiche Füllung ab, spürt etwas Hartes.

Es ist Absicht, dass er es findet. Was für eine Absicht auch immer dahinterstecken mag.

Er durchsucht den Umschlag noch einmal. Keine schriftliche Mitteilung. Er dreht die Fotos um, Schwarzweißbilder, müssen in einer antiken Dunkelkammer entwickelt worden sein. Kein Text.

Er steht auf.

Der Schweiß ist von seinem Kopf den Rücken hinuntergelaufen und weiter in den Schritt und zu den Schenkeln. Er ist nass und zugleich kalt und warm. Hat er Angst? Er ist auf dem Weg zum Hauptbahnhof.

Nachdem er eine Viertelstunde herumgekurvt ist, findet er einen Parkplatz auf dem Klarabergsviadukt. Ein paar Taxichauffeure wollten ihn wegscheuchen, aber er hat sie ignoriert. Die Stadt gehört ihm genau wie ihnen, es ist sogar mehr seine als ihre Stadt. Er hat sein ganzes erwachsenes Leben in dieser Stadt verbracht. Die Taxifahrer finden ja nicht einmal aus der City heraus, geschweige denn zu ihren Kunden nach Hause.

In der Bahnhofshalle wogen Menschenmassen hin und her, her und hin, als würden sie ihren Bahnsteig nicht finden. In den Lautsprechern scheppert es so laut, dass er sich die Ohren zuhalten muss. Als wären seine Ohren plötzlich überempfindlich gegen Geräusche. Er hört ein Lachen von der Seite und dreht sich um, eine Frau lacht hysterisch, der Mann neben ihr lacht genauso. Was gibt es auf einem Bahnhof zu lachen?

Die Gepäckschließfächer befinden sich hinter den nördlichen Arkaden. Er geht am Pocketshop und an einem Blumenladen vorbei, überall Menschen, wie Vieh auf dem Weg ins Nichts, auf der planlosen Jagd nach einem Ort, wo sie ihre kleinen Besitztümer, vielleicht ihr ganzes Leben ablegen können. Er hat irgendwo gelesen, dass manche Menschen, die aus ihren Wohnungen geworfen wurden, die Reste ihrer Lebenserinnerungen in einem Gepäckschließfach deponierten. So endet es, so endet das Leben.

Er nimmt den Schlüssel aus der Tasche und kontrolliert die Nummer. Dann geht er an den Schranktüren entlang. Es scheint kein leeres Fach zu geben, keine Schlüssel in den Schlössern. Noch einmal kontrolliert er die Nummer. Er folgt der einen Reihe, biegt um die Ecke und geht weiter an der nächsten entlang. Dort sind weniger Menschen. Er verlangsamt den Schritt, jetzt wird es heiß, da, da. Da. Er schaut sich um. In seiner Nähe ist niemand. Was für ein stiller Ort mitten im Chaos, denkt er.

Er öffnet die Tür des Schließfaches. Den Gedanken an eine Bombe hat er beiseitegeschoben. Das wäre zu einfach, zu platt. Er sieht sich wieder um. Niemand scheint ihn zu beobachten.

Im Schließfach ist es dunkel. Zunächst kann er nichts erkennen. Das Fach ist leer. Dann entdeckt er das Handy an der Rückwand. Es beginnt zu klingeln, bewegt sich, kriecht da drinnen herum wie ein Skorpion, dem die Zangen abgeschnitten wurden. Zehn Sekunden nachdem er das Fach geöffnet hat, hat es angefangen zu klingeln.

Das Telefon klingelt, klingelt, er ist bewegungsunfähig. Es hört auf zu klingeln. Dann fängt es wieder an, klingelt, klingelt, vibriert, leuchtet, kriecht auf dem Boden des Schließfachs herum wie eine Kakerlake. Der Vergleich passt besser, eine sehr große Kakerlake, ein Insekt, ein Kriechtier, das einem feindlich gesonnen ist.

Er sieht sich um. Noch immer ist niemand in der Nähe. Als wäre dieser Teil des Bahnhofs abgesperrt. Abgesperrt in der Erwartung, dass er das Telefon nimmt.

Sie wissen, dass er es weiß.

Genau in diesem Augenblick. Jetzt holt ihn das Leben ein. Es war immer dort drinnen, in dem Schließfach, mein ganzes Leben hat im Schließfach auf mich gewartet.

Er nimmt das verdammte Ding, das in seiner Hand vibriert. Schließt die Augen, öffnet sie wieder, drückt auf die Antworttaste, sagt nichts.

»Bist du es?«, fragt jemand auf Spanisch.

»Wer spricht da?«, antwortet er auf Schwedisch. »Sie wissen, dass ich hier stehe.«

»Ich höre doch, dass du es bist. Die Stimme vergisst man nie.«

»Ich verstehe nicht.«

»Klar verstehst du. Du merkst doch, ich verstehe ein wenig Schwedisch.«

»Dann sprechen Sie Schwedisch. Was soll der Blödsinn? Es muss ein Versehen sein. Ich lege jetzt auf.«

Er hört ein Rauschen in der Leitung, ein Kratzen am anderen Ende. Eine andere Stimme, neutral, korrekt, Schwedisch.

»Legen Sie nicht auf«, sagt die Stimme.

Was ist das? denkt er. Der Anruf scheint aus Spanien zu kommen, aber wie …

»Verlassen Sie den Bahnhof, und nehmen Sie das Handy mit. Fahren Sie auf direktem Weg nach Hause.«

Seine Augen brennen. Er spürt etwas im Mund. Der Schweiß sprudelt wie aus einem Sprinklersystem auf seinem Kopf, als hätte jemand einen Sprinkler in seine Kopfhaut montiert.

»Wer seid ihr?«

»Tun Sie, was wir sagen.«

»Warum sollte ich? Ich bin nur zum Hauptbahnhof gefahren, weil ich neugierig war. Das ist alles.«

»Sind Sie immer noch neugierig?«

»Nein.«

»Dann haben Sie es also verstanden.«

»Ich will damit sagen, dass es mich nicht mehr interessiert. Es ist nicht mehr spannend. Ich hab keine Lust mehr zu spielen.«

»Einen Augenblick«, sagt die Stimme.

Er hört Stimmen, aber keine einzelnen Wörter. Ein Gemurmel, das weit entfernt oder sehr nah sein könnte. Er sieht sich wieder um. Immer noch ist kein Mensch in der Nähe. Eigenartig ist das, auf der anderen Seite der Wand hört er die Geräusche von tausend Menschen, als würde das Leben dort weitergehen wie vorher, als wäre nichts passiert und als würde auf der anderen Seite auch nie etwas passieren. Als wäre hier und jetzt alles vorbei. Wie im Gefängnis zu sitzen und auf die Geräusche des Lebens draußen zu horchen.

»Ich rate Ihnen, sehr interessiert zu sein«, sagt die Stimme. »Ihretwegen und um Ihrer Familie willen.«

»Was hat meine Familie damit zu tun?«

»Fahren Sie nach Hause. Fahren Sie auf direktem Weg nach Hause.«

»Was habt ihr gemacht?«

»Fahren Sie direkt nach Hause, ganz ruhig, und nehmen Sie das Handy mit.«

»Ich habe selber eins!«

»Nehmen Sie dieses auch mit«, sagt die Stimme, dann ist sie weg. Zurück bleibt ein Rauschen in Peters Ohr, ein Geräusch, wie wenn man zwischen Radiokanälen hin und her springt. Er weiß, dass Fragmente dieses Brausens, das man dann hört, Milliarden von Jahren alt sind, schon vom Big Bang, so weit entfernt, dass man selber nie, nie zurückkommt.

Er parkt vor seiner Garage. Über Enskede Gård glüht Globen, Stockholms Eventpalast.

Die Mädchen spielen im Garten. Magda schaukelt Isa. Sein Puls beruhigt sich. Beide Mädchen winken, Isa fällt dabei fast von der Schaukel, hält sich aber oben. Sie ist geschickt. Rasch geht er über den Rasen und umarmt sie. Das Gras ist nass. Es hat aufgehört zu regnen.

»Wir sind nicht zum Baden gefahren«, sagt Magda.

»Nein, mein Spatz.«

»Bist du schon mit der Arbeit fertig, Papa?«

»Ja.«

»Dann können wir jetzt ja eigentlich alle zusammen baden fahren.«

»Wir werden sehen, Mäuschen.«

»Es hat doch aufgehört zu regnen«, sagt sie und macht eine Armbewegung zum blauen Himmel über ihrem Haus. Es ist warm. Er hat nicht darauf geachtet. Auf dem Weg hierher hat er seine Augen im Rückspiegel studiert. Sie waren immer noch kalt.

»Aufgehört!«, ruft Isa und macht ebenfalls eine Bewegung zum Himmel.

Er schaut wieder hinauf. Im Westen beginnt die Bewölkung aufzureißen, bald wird die Sonne durchbrechen. Das könnte ein schöner Abend werden. Alles kann gut werden. Alles ist gut. Alles wird immer gut bleiben.

»Wo ist Rita?«, fragt er.

»Warum sagst du nie Mama, wenn du von Mama redest?«, fragt Magda.

»Weil sie nicht meine Mama ist. Sie ist deine Mama.«

»MEINE Mama«, sagt Isa.

Rita kommt aus dem Haus. Sie winkt. Er geht zu ihr auf die Veranda.

»Hier hagelt es ja Schlag auf Schlag Überraschungen«, sagt sie. »Bist du die nächste?«

»Wie meinst du das?«

»Die nächste Überraschung nach der Sendung.«

»Was für eine Sendung?«

»Jetzt spiel nicht den Unwissenden, Peter.«

Sie sieht nicht verwirrt aus. Oder ängstlich. Oder fragend. Sie sieht fröhlich aus.

»Aber es ist schon sehr kurzfristig.«

»Kurzfristig?«

»Sag nicht, dass du das auch nicht wusstest.«

»Nicht wusste?«, wiederholt er.

»Bist du ein Papagei?«

»Papagei?«, sagt er.

»Was ist los mit dir?« Sie lächelt. »Du scheinst ein bisschen durcheinander zu sein. Komm, setz dich. Wie geht es dir?«

Sie führt ihn zur Verandabank. Er setzt sich, ihm ist auf merkwürdige Art leicht im Kopf.

»Alles in Ordnung.« Er lächelt. »Lasse hat fast einen Zusammenbruch gehabt. Vielleicht ist das ja ansteckend.«

»Höchstens wenn ihr beide irgendwelche Pillen eingeworfen habt.«

»Haben wir nicht.« Er streicht sich über die Stirn. »Mir war nur plötzlich etwas komisch.«

»Vielleicht der Kreislauf«, sagt sie. »Ich hol dir ein Glas Wasser. Bleib sitzen.«

Er bleibt sitzen und sieht seinen Kindern beim Spielen zu. Sie hocken jetzt im Sandkasten. Magda zeigt Isa, wie man Sandkuchen backt. Vielleicht ist es auch umgekehrt. Sie winken. Er winkt zurück.

Er hört Rita auf die Veranda kommen. In der einen Hand hat sie ein Glas Wasser, in der anderen eine Jiffytüte. Sie ist weiß, wie die, die in seinem Auto liegt. Der Unterschied besteht darin, dass der Umschlag, den sie aus der Jiffytüte nimmt, in einer Ecke den Stempel seines Büros trägt. Das Logo seiner Firma. Er war selbst an der Entwicklung beteiligt. Darauf war er stolz. Ist er immer noch stolz.

»Was ist das?«, fragt er.

»Na, die Tickets.«

»Tickets?«

»Nun fang nicht schon wieder damit an«, sagt sie. »Ich glaube, du willst mich auf den Arm nehmen.« Sie lacht. »Ich weiß, dass du mich veräppelst.«

»Darf ich mal sehen?« Er streckt die Hand aus. Sie gibt ihm das Kuvert, und er öffnet es. Er steckt die Hand hinein und zieht mehrere Tickets heraus, die mit einer Heftklammer zusammengeklammert sind, obenauf ein Empfehlungskärtchen, das er aus dem Büro kennt. Auch darauf leuchtet das Logo.

Er liest: »Viel Spaß in der Sonne!«

Druckbuchstaben, auf dem Computer geschrieben. Keine Unterschrift.

»Okay, wollen wir jetzt mit dem Versteckspiel aufhören?« Sie lächelt.

»Gern«, sagt er.

»Wie hast du es bloß geschafft, das alles für dich zu behalten!«

»Tja.«

»Hat die Reise etwas mit deinem Job zu tun?«

Gedanken rasen durch seinen Kopf wie die Jets am Himmel über Europa. Er sieht seine eigenen Hände in den Fahrkarten blättern, richtige Tickets, keine Computerausdrucke. Er versucht zu lesen. Versucht es noch einmal. Es dauert eine Weile, ehe er das Reiseziel findet. Er spricht es leise aus. Sie hört es.

»Warum ausgerechnet dorthin?«

Er antwortet nicht.

»Bist du schon einmal an diesem Ort gewesen, in dieser Stadt, meine ich?«, fragt sie.

»Ich weiß es nicht ...«

»Schon nächste Woche, Peter!«

»Ja.«

»Woher wusstest du, dass ich Anfang September fünf Tage freinehmen wollte?«

»Ich ... wusste es.«

»Habe ich dir etwa erzählt, dass ich noch ein paar Urlaubstage zusammenkratzen kann? Das muss Anfang des Sommers gewesen sein.«

»Ich erinnere mich«, sagt er.

»Was für eine Überraschung!«

»Ja ...«

»Du wirkst immer noch etwas benebelt. Wie geht es dir jetzt?«

Er lächelt, versucht es jedenfalls.

»Gut.«

»Aber wo werden wir wohnen? An der Südküste gibt es ja mehrere Städte.«

»Das ... ist auch eine Überraschung«, sagt er.

Im Garten lachen die Kinder.

»Sie werden bei meiner Mutter bleiben«, sagt Rita. »Ich hab schon mit ihr gesprochen.«

Er weiß nicht mehr, was er noch sagen soll, was es zu sagen gibt.

»Obwohl es schön wäre, wenn sie mitkommen könnten, oder?«

»Nein, nicht die Kinder.«

Er geht über den Rasen. Sein Kopf ist merkwürdig leer, er weiß nicht genau, wohin mit seinen Füßen. Jemand ruft etwas, aber er hört es nicht, er schaut an den Himmel, da oben kreist ein schwarzer Vogel, einsam und ruhig. Der Himmel ist blau, so weit das Auge reicht. Wieder ruft jemand, jetzt steht er beim Auto, von hier kommt der Ruf.

»Ich will, dass du mitkommst, Papa.«

Magda sitzt auf dem Rücksitz. Sie trägt schon die aufgeblasenen Schwimmflügel am Arm.

»Ich hab noch etwas zu tun, Schätzchen«, sagt er.

»Aber du bist doch gar nicht auf der Arbeit.«

»Ich muss zu Hause einige Papiere durchsehen«, antwortet er.

»Vorhin hast du gesagt, du bist fertig mit der Arbeit.«

Er schaut Rita an. Von dort hat er keine Unterstützung zu erwarten. Er kann es nicht erklären. Es gibt nichts zu erklären.

»Morgen«, sagt er. »Ich verspreche es dir.«

Die Sonne drängt in sein Arbeitszimmer. Der schwarze Vogel schwebt immer noch am Himmel, als kommandierte er die Attacke der Sonne. Er verstellt die Jalousien und tippt die Telefonnummer des Reisebüros ein.

Schon nach dem zweiten Klingeln meldet sich jemand.

»Hallo, hier ist Peter Mattéus. Ich habe heute Tickets durch einen Boten bekommen … DHL … über Sie … ja … ja, genau … genau … Ich wollte nur fragen, ob die Rechnung zunächst über mich … Aha, die Agentur, ja, wie üblich, ja … Na, dann weiß ich Bescheid. Ach, schon bezahlt, aha, ja, danke.«

Er legt auf. Im Büro will er nicht anrufen, er will sich nicht blamieren. Er will nicht als Idiot dastehen, nicht noch einmal.

Um ihn herum ist es still, als würden alle den Atem anhalten, denkt er. Als würden alle den Atem anhalten. So lange, bis sie nicht mehr atmen können.

Er hört, dass er mit sich selber redet, in einer Sprache, die er seit vielen Jahren nicht mehr gesprochen hat. Er hat ein hässliches Wort gesagt, es im gleichen Moment aber schon wieder vergessen. Es gibt so viele hässliche Wörter.

Er steht auf und geht zu einem Bücherschrank am anderen Ende des Zimmers, öffnet die Türen, schiebt die Bücher auf dem obersten Bord beiseite.

Er nimmt das Furnier ab, das die Rückwand bedeckt.

In der Wand dahinter ist ein Safe. Er öffnet ihn, nimmt den Inhalt heraus, Papiere, einige dünne Notizbücher, ein paar kleine Schmuckschatullen. Einige braune, einige weiße Kuverts.

Geldbündel.

Gleich darauf sitzt er wieder am Schreibtisch. Vor ihm liegen das DHL-Kuvert, daneben die neuen Fotos von seiner Familie.

Er blättert die schwarzen Notizbücher durch, die er aus dem Safe genommen hat.

Bei einer aufgeschlagenen Seite hält er inne, zieht einen Block heran und notiert eine Zahlenkolonne.

Er öffnet die Umschläge. Papiere, überwiegend Quittungen, so sieht es aus. Aus dem dritten Umschlag fällt eine kleine Schwarzweißfotografie. Darauf ist eine dunkelhaarige junge Frau zu sehen. Er schaut sie an, als hätte er sie noch nie gesehen. Er schüttelt das Kuvert. Ein weiteres Foto fällt heraus. Es ist größer. Er nimmt es in die Hand und sieht sich selbst in einer jüngeren Ausgabe. Er sitzt an einem Cafétisch. Die Sonne wirft scharfe Schatten, alles ist entweder schwarz oder weiß auf dem Foto. An der anderen Seite des Tisches sitzt ein junger Mann, er ist dunkelhaarig wie die Frau auf dem kleineren Bild, im Vordergrund ein Marktplatz. Einige Palmen. An der rechten Seite des Bildes eine weiße Wand.

*

Auf dem Küchenfußboden liegt eine Puppe. Er stolpert darüber, hebt sie auf, legt sie auf den Tisch neben die Tickets in die Sonne, die er eben auf den zwei Fotos gesehen hat. Gedanken wirbeln durch seinen Kopf.

Er steckt das Notizbuch in die Tasche, verlässt das Haus, setzt sich ins Auto und fährt in Richtung Süden zu einem Einkaufscenter, in dem es noch Münztelefone gibt.

In der Telefonzelle riecht es nach Urin und Besäufnis, der alte, vertraute Geruch von früher. Er schlägt sein Notizbuch auf, tippt die lange Telefonnummer ein, die er sich notiert hat, und wartet.

Nach vier Signalen meldet sich eine Frauenstimme. Sie rattert schnell ein paar Wörter auf Spanisch herunter.

Er versucht etwas zu sagen.

Die Frau redet weiter, bevor er sein Anliegen vorbringen kann. Wenn es denn ein Anliegen ist. Es ist ein Traum, das ist es, vielleicht ein Alptraum, vielleicht noch Schlimmeres.

»*Quiero hablar con el Seño...*«, sagt er, wird jedoch wieder unterbrochen. Es dröhnt wie Meeresrauschen, dort, wo die Frau ist, hämmert, lärmt, dröhnt es.

Sie unterbricht ihn. Er versteht sie nicht.

»*No comprendo*«, sagt er.

Er lauscht, sie ist gereizt, spricht lauter. Jetzt versteht er. Er versteht, was sie meint. Im Hintergrund zischt und faucht es. Die Telefonnummer, die er gewählt hat, ist die einer chemischen Reinigung. Die Frau hat keine Zeit für ihn. Er verabschiedet sich und legt auf.

Zwischen seinen Ohren dröhnt es, als er zurück zum Auto geht. Ihm wird klar, dass das Dröhnen zu ihm gekommen ist, um zu bleiben.

2 In diesem Teil der Stadt ist es nachts still. Er liegt wach und lauscht auf die Stille. Richtige Stille, die gibt es nicht mehr. Sichere Stille. Er dreht sich auf die Seite, dreht sich wieder auf den Rücken, auf die andere Seite, auf den Rücken, auf die Seite, Rücken, Seite, steht auf und versucht zum fünften Mal in dieser Stunde, Wasser zu lassen. Er spürt den Druck, aber es kommt nichts. Es ist wie eine Krankheit.

Auf dem Weg zurück ins Bett begegnet er der Morgendämmerung, die schon halbwegs ins Haus eingedrungen ist. Sie sickert durch die Jalousien, zwängt sich hindurch. Die Dämmerung ist unbarmherzig, niemand entkommt dem Tag, denkt er, als er über den Holzfußboden geht. Dem Heute entkomme ich nicht. Es gibt keine Dunkelheit, in der ich mich verstecken könnte. Ein banaler Gedanke, aber wahr.

Er liegt auf dem Rücken. In rasender Geschwindigkeit wird es heller im Zimmer. Er presst die Augenlider zusammen, öffnet sie, schließt sie wieder, versucht, sich zu entspannen, wartet, und da, als würde sich ein Schleier über seinen Kopf legen, sinkt er in dumpfen Schlaf.

Es ist, als würde er den Schuss sehen, bevor er abgefeuert wird, als sähe er das Geräusch der Explosion im Kopf. Er ist es, der die Pistole in der Hand hält. Sand, er steht auf Sand. Wogen, er hört sie am Ufer zerschellen. Er versucht, sich selbst die

Pistole abzunehmen. Du entkommst nicht, du Schwein!, schreit er. Du entkommst mir nicht, du Schwein!

Er schreit, schreit.

»Peter! Peter!«

Jetzt eine andere Stimme.

»Peter!«

Er versucht, den Rauch mit den Augen zu durchdringen.

»Peter, wach auf.«

»Ich bin wach«, hört er sich sagen. »Hier ist so viel Qualm.«

»Qualm? Was meinst du?«

»Nichts«, sagt er.

»Du hattest einen Alptraum.«

Er schweigt.

»Du hast entsetzlich geschrien.«

»Ich brauche Wasser«, sagt er und richtet sich halb auf.

»Was hast du geträumt?«, fragt sie.

»Nichts, Rita. Ich erinnere mich jedenfalls nicht.«

Sie richtet sich ebenfalls auf und streichelt seinen Arm.

»Du bist total durchgeschwitzt, Liebling.«

Er wischt sich über die Stirn, holt tief Luft und schwingt die Beine über den Bettrand.

»Was ist eigentlich los?«, fragt sie. »Ist irgendetwas nicht in Ordnung? Ist was mit deinem Job?«

»Alles in Ordnung«, sagt er.

»Dann ist es ja gut.«

»Es ist nichts.«

Jetzt steht er.

»Vielleicht bekomme ich eine Erkältung«, sagt er.

»Wäre typisch, wenn du kurz vor der Reise eine Erkältung kriegst«, sagt sie.

Er dreht sich zu ihr um.

»Möchtest du wirklich fahren, Rita?«

»Wieso fragst du das?«

»Ich weiß es nicht.«

»Vielleicht möchtest du ja lieber alleine fahren?«

»Nein, nein.«

»Sind noch andere aus deiner Agentur dabei?«

»Nein, nein. Ich möchte, dass du mitkommst, Rita. Es ...« Er verstummt.

»Was?«

»Das ist doch der Sinn der Reise«, sagt er.

Rita sieht, wie er rechts auf die Straße einschwenkt. Dann ist er verschwunden. Vormittags ist es ruhig in ihrer Straße, jedenfalls dann, wenn sie zu Hause ist. Sonst herrscht da draußen vielleicht höllischer Lärm. Höllenlärm. Ob es in der Hölle wirklich so laut ist, denkt sie. Auf jeden Fall heiß.

Sie denkt an Strand und Meer und Hitze. Der Sommer ist vorbei, und sie ist erschöpft, als hätte der Sommer sie ausgetrocknet, als hätten die Familie, die Kinder sie stärker ermüdet als früher, als wäre es ihr nicht gelungen, vor Einbruch der langen Dunkelheit neue Kräfte zu sammeln. Immer wieder kommt eine Dunkelheit, denkt sie, jedes Mal neu und doch immer dieselbe. Genauso kalt. Warum denke ich jetzt daran? Ich bekomme ja noch ein wenig Sonne.

Trotzdem ist es kalt. Sie fröstelt. Sieht einen Mann auf der anderen Straßenseite. Er hat lange Haare, trägt eine Sonnenbrille und ein Jackett zu blauen Jeans. Er geht von links nach rechts am Haus vorbei in Richtung Zentrum und sieht nicht aus, als würde er hier wohnen, in diesem Stadtteil. Er gehört ins Zentrum. Er soll so schnell wie möglich wieder dorthin verschwinden. Doch er geht nicht schnell. Er schaut zu ihrem Haus herüber, kann sie aber nicht sehen in der Küche, so weit reicht das Licht nicht. Jetzt ist er verschwunden, gut. Herr im Himmel, was spielt das für eine Rolle. Sie hört sich auflachen oder was es nun ist, ein Ton eben. Als sie sich erhebt, sieht sie, dass der Mann zurückkommt, von rechts nach links, jetzt geht er schneller, er wirft keinen Blick auf das Haus, ihr Haus. Und ist wieder verschwunden. Er hat etwas vergessen, denkt sie. Ich habe ihn noch nie gesehen. Ist er neu zugezogen? Sie wartet eine Weile am Fenster, aber er kommt nicht zurück.

Er fährt mit geschlossenen Augen. Das ist lebensgefährlich. Er öffnet die Augen. Jetzt ist er fast am Ziel, er hält vor einer roten Ampel. Hier habe ich schon viele Male gehalten. Ich habe es gehasst, nein, nicht gehasst, das ist zu stark. Ich mochte es nicht. Jetzt liebe ich es. Bis ans Ende aller Zeiten möchte ich hier stehen bleiben.

Vor seinem geistigen Auge sieht er Körper, die sich in schwarzem Wasser bewegen. Eine Bewegung am Rand. Er hört einen Motor, es ist ein Automotor, nein, es ist kein Automotor. Alles wird weiß vor seinem inneren Auge. Jemand fällt, jemand schreit, er sieht ein Gesicht, alles innerhalb einer Sekunde, jetzt wird es Grün, jetzt kann er fahren.

Er fährt zum Essen nach Hause, betritt die Küche. Rita sieht ihn erstaunt an.

»Ich wollte gleich Isa abholen«, sagt sie.

»Das kann ich machen.«

»Ist etwas passiert?«

»Nein, was sollte passiert sein?«

»Ich weiß nicht, wann du das letzte Mal mittags nach Hause gekommen bist.«

»Dafür ist es nie zu spät.«

»Ein Lächeln«, sagt sie.

»Was?«

»So etwas sagt man immer mit einem Lächeln.«

Er lächelt.

»Ich wollte mir nur noch eben ein Omelett machen«, sagt sie, »dann wollte ich Isa abholen.«

»Omelett klingt gut. Vielleicht mit Käse?«

»Ich habe auch noch gekochte Kartoffeln von gestern.«

»Dann wird es eine Tortilla«, sagt er.

»Die musst du dann in der Bratpfanne umdrehen«, sagt sie. »Das gelingt mir nie. Darin bist du Experte.«

»Dann machen wir es, wenn wir zurückkommen.«

»Sag Cheeese«, sagt sie.

Er lächelt.

Isa sitzt still auf dem Rücksitz. Sie fahren durch das schöne Villenviertel. Als sie sich hier zum ersten Mal ein Haus angesehen haben, wusste er sofort, dass er in diesem Viertel leben wollte. Es war das Haus, in dem sie jetzt leben. Sie haben keine Sekunde gezögert.

»Woran denkst du, Mäuschen?«

»Nichts!«, sagt sie.

»Das ist nicht viel.«

Er biegt in ihre Straße ein. Vor ihrer Pforte überquert ein Mann die Fahrbahn. Er hat lange Haare, trägt eine Sonnenbrille und eine Lederjacke. Langsam dreht er sich um und schaut zu dem Auto, dann geht er weiter, entfernt sich.

Peter fährt auf das Grundstück und parkt vor der Garage.

Er hilft Isa beim Aussteigen.

»Ich hab Hunger«, sagt sie.

»Ich mache uns ein Omelett«, sagt er.

»Ich mag kein Omeslett, Omeplett«, sagt sie.

»Dieses magst du bestimmt«, sagt er.

»Ich will schaukeln«, sagt sie und geht zu den Schaukeln.

Rita steht auf der Veranda.

»Der Hotelvoucher ist gekommen«, sagt sie.

»Der Hotelvoucher?«

»Fängst du jetzt wieder damit an?«

»Nein. Gut, dass er da ist.«

»Ich liebe Überraschungen, Peter, aber allmählich wird's mir zu geheimnisvoll?«

»Geheimnisvoll?«

Sie dreht sich um und geht ins Haus.

Er folgt ihr.

»Ich habe gedacht, wir reden erst einmal darüber, wo wir überhaupt wohnen wollen«, sagt sie, als sie in der Küche stehen.

»Ja.«

»Und warum haben wir das nicht getan?«

Er antwortet nicht.

»Hast du denn gar keinen Überblick? Wenn es sich um einen Bonus handelt, müsstest du doch wenigstens irgendwelche Details kennen? Schließlich bist du einer der Chefs.«

»Das ist ein internationales Unternehmen. Ich wusste von der Konferenz, die dort stattfinden soll, aber dann … sollte ich plötzlich reisen … und du … die Entscheidung ist ziemlich spät gefallen.«

»Auch darüber, wo wir wohnen?«

»Ja.«

Sie schweigt. Er weiß nicht, was er sagen soll.

»Es werden keine anderen Schweden dort sein«, sagt er nach einer Weile.

»Was bedeutet das?«, fragt sie. »Was willst du damit sagen?«

»Ich weiß es nicht.«

»Was ist los, Peter? Was ist eigentlich mit dir los?«

»Alles in Ordnung.«

»Den Eindruck habe ich aber nicht.«

»Es ist alles in Ordnung.«

»Wollen wir es nicht lieber vergessen?«

»Es vergessen?«

»Die ganze Reise vergessen. Vielleicht ist das möglich?«

Darauf hat er keine Antwort. Er möchte etwas dazu sagen, etwas von dem sagen, was er nicht weiß, was sich gerade anbahnt, aber er kann es nicht.

Er nimmt den Hotelvoucher, der eine hübsche Farbe hat, viele Farben.

»Es werden keine anderen Schweden dort sein«, wiederholt er und schaut auf.

»Das hast du schon einmal gesagt. Soll mir recht sein.«

»Ich meine Leute aus meinem Büro.«

Sie steht auf.

»Scheint ein teures Hotel zu sein«, sagt er.

»Umso besser.«

Er räuspert sich, hustet.

Laika kommt in die Küche, trottet zum Küchentisch und legt sich darunter. Er zieht seine Füße zurück.

»Hoffentlich kriege ich keine Grippe«, sagt er.

»Das ist bestimmt psychosomatisch.«

»Was ist nicht psychosomatisch?« Er steht auf. »Vielleicht ist es ja eine Allergie.« Er schaut den Hund an, der zu ihm aufsieht. In Laikas Blick liegt absolute Treue. »Vielleicht bin ich plötzlich gegen Hunde allergisch geworden«, sagt er und geht zur Tür.

»Wohin willst du?«, fragt sie.

»Zur Arbeit.«

»Wir wollten doch essen.«

»Mir ist gerade etwas eingefallen.«

»Soll ich die Tortilla selber machen?«

Als er auf die Straße einschwenkt, sieht er das parkende Auto auf der anderen Seite, das einzige Auto. Um diese Tageszeit parken in unserer Straße keine Autos. Unsere Straße, denkt er. Glückliche Straße, denkt er. Das absolute Glück, wie der Blick aus Hundeaugen.

Das Gesicht kommt ihm bekannt vor. Die Haare, die Brille. Er dreht sich im Vorbeifahren um, sieht aber nicht mehr als eine Silhouette, die stillsitzt.

Als er um die Ecke biegt und sich einige Hundert Meter von der Kreuzung entfernt hat, klingelt ein Handy. Nicht sein eigenes, das steckt stumm in der Halterung unter dem Armaturenbrett.

Es klingelt im Handschuhfach. Er öffnet es, wie er vorher

das Schließfach geöffnet hat, in dem das Scheißhandy klingelte. Jetzt klingelt es, klingelt, klingelt. Er beugt sich vor und ergreift das Handy.

»Ja?«

»Hallo, Herr Mattéus. So heißen Sie doch jetzt, oder?«

»Wer ist da?«

»Wir haben schon einmal miteinander gesprochen.«

Er erkennt die Stimme wieder, die zweite Stimme vom ersten Anruf.

»Haben Sie in dem Auto vor meinem Haus gesessen?«

»Sind die Geschenke angekommen?«

Peter antwortet nicht. Er könnte das Seitenfenster öffnen und das Handy hinauswerfen. Am liebsten hätte er den ganzen Mist hinausgeworfen.

Er hört die Stimme von weit her und hält sich das Handy wieder ans Ohr.

»Ich habe nicht verstanden, was Sie gesagt haben.«

»Ob die Geschenke angekommen sind?«

»Welche Geschenke?«

»Hat Ihre Frau sich gefreut?«

In dem Moment, als die Stimme das sagt, in dieser Sekunde wird ihm klar, dass am anderen Ende der Tod spricht. So würde es enden. Ein Anruf vom Tod.

»Ich möchte nicht über meine Frau reden«, sagt er.

»Dann lassen wir das.«

»Was wollen Sie von mir?«

»Wir wollen, dass Sie diese Reise unternehmen.«

»Warum?«

»Das werden Sie schon noch erfahren. Machen Sie sich keine Sorgen.«

»Sorgen? Ich soll mir keine Sorgen machen?«

»Sie bekommen die nötigen Informationen zu gegebener Zeit.«

»Warum sollte ich mir dann Sorgen machen?«

Keine Antwort.

»Ich muss wissen, worum es eigentlich geht«, sagt er, »und zwar JETZT.«

»Es geht um die Vergangenheit«, sagt die Stimme. »Das ist alles, was ich weiß.«

»Alles, was Sie wissen?«

»Es geht nicht um mich.«

»Um wen geht es dann?«

Wieder keine Antwort.

»Ich werde alleine reisen. Ich komme allein.«

»Nein.«

»Ich reise allein. Niemand kann mich zwingen, meine Frau mitzunehmen.«

»Machen Sie keine Dummheiten.«

»Wie meinen Sie das? Keine Dummheiten machen?«

»Sie wiederholen, was ich sage.«

»Wiederhole ich, was Sie sagen?«

»Sie haben Angst. Das verstehe ich. Deswegen ist es wichtig, dass Sie tun, was man Ihnen sagt.«

»Zum Teufel, ich weiß ja nicht einmal, was ich tun soll!«

»Die Geschenke haben es Ihnen gesagt. Später erfahren Sie mehr.«

Es ist eine kultivierte Stimme, als ob die Person gut ausgebildet wäre. Oder gut ausgebildet, Kultur zu imitieren, Lebensart, Charakter.

»Wir fahren nicht«, sagt Peter.

»Das ist keine kluge Entscheidung.«

»Ich muss wissen, worum es eigentlich geht. Ich muss mehr wissen.«

»Nicht jetzt.«

»Ich gehe zur Polizei.«

»Das wäre eine sehr unkluge Entscheidung.«

»Was machen Sie, wenn ich zur Polizei gehe?«

Er bekommt keine Antwort. Es war eine dumme Frage, denkt er, eine sehr dumme Frage.

Als er noch etwas sagt, merkt er, dass der andere aufgelegt hat.

In seinem Ohr ist ein Summen, wie der Beginn eines Sturmes, der sich vor langer, langer Zeit zusammengebraut hat.

Jetzt ist es Abend. Das Fenster zum Garten steht offen.

Von überall her dringen Gartendüfte herein, gute Düfte. Die Dämmerung geht rasch in frühe Septemberdunkelheit über, verführt einen zu dem Irrglauben, dass immer noch Sommer ist.

Die Stimmen seiner Kinder im Haus. Sie werden gerade zu Bett gebracht. Er hört Ritas Stimme. Er hört alles, was er hören möchte, alles, was er je hat hören wollen.

Die Tickets liegen auf dem Schreibtisch. Er nimmt sie in die Hand und legt sie wieder hin. Er nimmt die Hotelinformationen. Information. Er könnte das ans Festnetz angeschlossene Telefon auf den Schreibtisch stellen und die Behörden informieren. Er fragt sich, ob sie ihm das zutrauen. Was würden sie tun, wenn er die Polizei einschaltet? Was würde die Polizei unternehmen? Dies ist ein Fall von Kidnapping ohne Kidnapper, eine Bedrohung ohne Bedrohung, in diesem Fall gibt es nur Geschenke.

Durch das Zimmer weht ein zunehmend stärkerer Wind. Besser, er schließt das Fenster. Er steht auf, geht zum Fenster und lehnt sich hinaus. Der Garten liegt still und leer da. Er kann immer noch die zwischen zwei Bäumen gespannte Leine erkennen, an der Laika angekoppelt ist und doch frei laufen kann. Angekoppelt und dennoch frei, denkt er.

Er kann den Hund nirgends entdecken. Er stromert gern in der Dämmerung, wühlt gern im Garten herum.

»Laika? Laika, wo bist du?«

Keine Antwort.

Vielleicht ist sie ja im Haus, denkt er. Dabei weiß er, dass sie nicht drinnen ist. Er kontrolliert die Uhrzeit auf seiner Armbanduhr. Um diese Zeit ist sie nie im Haus.

Er schwingt sich auf die Fensterbank und springt hinaus. Es sind nur eineinhalb Meter bis zur Erde, und er landet weich im Septembergras. Der Garten ist schnell abgeschritten. Die Kontrolle ist sinnlos, Laika hätte sich längst auf ihn gestürzt, wenn sie hier wäre.

Er geht zum Geräteschuppen, der eher wie ein Gartenhäuschen aussieht. Er hat es selbst gebaut, das war nicht schwer. Ich hätte Tischler werden sollen, hatte er beim Bauen gedacht. Von Anfang an.

In seinem Kopf dröhnt es, als hätte er eine Bandsäge zwischen den Ohren.

Hinter dem Schuppen steht ein alter Ahorn mit einem kräftigen Ast, auf dem seine Kinder fast jeden Tag klettern. Eine Schlinge ist um den Ast und um den Hals des Hundes gelegt, und sein Körper hängt wie ein weißer Nebelfetzen in dem diffusen Licht wie ein Gemälde er kann nichts mehr sehen es dröhnt in seinem Kopf er sieht eine Bewegung aber er hört nichts.

3

Es ist ein Traum.

Er schließt die Augen, blinzelt, schaut wieder hin. An dem Baum hängt nichts, keine tote Laika, dort ist nur Luft. Nichts Gefährliches, es ist nur Luft, die man atmet, um zu überleben.

Jetzt bellt ein Hund, noch einmal, ein Laut, den er kennt. Auf der Straße vor dem Haus bremst ein Auto. Reifen quietschen. Das Hundegebell ist verstummt. Laika, es muss Laika sein. Sie haben immer zusammengehört, er, Rita und Laika. Dann kamen die Kinder. Er hört das Auto wieder starten und mit durchdrehenden Reifen davonfahren.

Er läuft vor das Haus, den Gartenweg entlang.

Vor der Pforte steht ein Mann. Er hält den Hund am Halsband fest.

Peter öffnet die Pforte, und Laika stürzt auf ihn zu, bellt, leckt ihm das Gesicht. Sie ist wieder zu Hause.

Der Mann bleibt vor der Gartenpforte stehen.

Peter hat ihn noch nie gesehen. Er trägt einen Sommeranzug. Seine Haare sind blond. Er lächelt.

»Danke«, sagt Peter und richtet sich auf. »Ich weiß nicht, wie sie rausgekommen ist.«

Laika läuft auf das Grundstück. Sie ist zu Hause. Zu Hause ist sie in Sicherheit. Sie bellt glücklich.

Der Mann nickt. Fünfzig Meter entfernt steht ein Auto. Peter sieht die Silhouette eines Mannes auf dem Fahrersitz.

»Der Hund schien Angst zu haben«, sagt der Mann.

»Wahrscheinlich hat sie was gehört.«

»Nicht wirklich als Wachhund geeignet.« Er schaut zum Haus. Peter folgt seinem Blick. Dort gibt es nichts zu sehen. Laika ist hinter dem Schuppen verschwunden.

»Nochmals vielen Dank«, sagt er.

»Nicht der Rede wert. Wir konnten zum Glück noch rechtzeitig bremsen. Alles ist gutgegangen.«

Der Mann bewegt sich nicht von der Stelle. Er scheint es nicht eilig zu haben. Irgendwie kommt er Peter bekannt vor.

»Haben wir uns schon einmal gesehen?«, fragt er.

»Nein.«

»Sind Sie sicher?«

»Warum sollte ich das nicht sein?«

Nein, nicht das Gesicht des Mannes kommt ihm bekannt vor.

Es ist die Stimme.

Er kennt diese Stimme. Jetzt erkennt er sie wieder.

Jesus Christus.

Seine Kopfhaut zieht sich zusammen.

Peter sieht, dass der Mann weiß, dass er weiß, wer er ist.

In diesem Augenblick startet das Auto, das ein Stück entfernt steht. Peter schaut hin, ganz kurz, dann kehrt sein Blick zu dem Mann zurück, der sich immer noch nicht rührt. Das könnte sonst wer sein. Jemand, der einen weggelaufenen Hund nach Hause bringt. Einer von all den Gutmenschen.

»Was wollen Sie?«

Der Mann antwortet nicht.

»Wer sind Sie?«

Das Auto rollt rückwärts auf sie zu, nimmt er aus dem Augenwinkel wahr, sehr langsam, als hätte es einen Defekt.

»Wir sind bald weg«, sagt der Mann.

»Warum sind Sie hergekommen?«

Der Mann macht einen Schritt nach vorn, die erste Bewegung.

»Hören Sie gut zu, Mattéus. Tun Sie, was die von Ihnen verlangen. Verstehen Sie? Tun Sie, was die von Ihnen wollen.«

»Wer sind *die*?«

»Das werden Sie zu gegebener Zeit erfahren. Tun Sie nur, was sie sagen. Treten Sie diese Reise an.«

»Und wer sind Sie?«

»Ich bin nur der Bote.«

»Der Bote?«

Das Auto hat wieder angehalten. Fünfundzwanzig Meter entfernt.

»Und wenn ich nicht tue, was Sie verlangen? Was die verlangen. Werden Sie Laika dann umbringen? Beim nächsten Mal ist sie tot?«

In den Augen des Mannes steht die Antwort. Er sieht in die Augen eines Mörders. Für diesen Mann ist Mord nichts Besonderes und einen Hund zu töten, nichtig.

»Ich will eine Erklärung.«

»Sie werden beizeiten alles erfahren, was Sie wissen müssen.«

»Ich will alleine reisen.«

»Nein.«

»Dann will ich, dass die ganze Familie fährt.«

»Nein.«

»Und wenn ich die Polizei einschalte?«

Der Mann antwortet nicht. Er geht zu dem Auto. Das war keine Frage, nichts, was beantwortet werden müsste. Er öffnet die Autotür, steigt ein, die Tür wird geschlossen, das Auto fährt an.

Peter dreht sich um.

Rita kommt aus dem Haus.

»Wer war das?«

»Jemand, der Laika auf der Straße gefunden hat.«

»Auf der Straße? Wie ist sie denn dahin gekommen?«

»Wie zum Teufel soll ich das wissen?«

Er sieht, dass sie zusammenzuckt.

»Entschuldige, Rita.«

Er geht auf das Haus zu.

»Vielleicht sollten wir die Reise nicht machen«, hört er sie sagen.

Er dreht sich um.

»Wir müss... Klar fliegen wir«, sagt er.

»Wir müssen? Wolltest du grade ›wir müssen‹ sagen?«

Er antwortet nicht. Wenn er jetzt etwas sagt, muss er es erklären. Aber das ist unmöglich. Er kann nicht alles erzählen. Unter keinen Umständen.

Die Scheinwerfer blendeten alle, auch ihn. Niemand wurde verschont, alle wurden innerhalb von Sekunden blind.

Sie hatten es versprochen.

Sie hatten es versprochen!

War die Sonne schon hinter den weißen Bergen aufgestiegen, als es begann?

Auch zu Hause gab es einen Weißen Berg. Es gab Lieder darüber. Er hatte sie selbst gesungen. Auch die Lieder der Südküste hatte er gesungen, es gab viele. Wie naiv er gewesen war, dass er mitgesungen hatte! Getrunken und gesungen. Geträumt. Und geliebt, geliebt hatte er auch. Es war eigentlich keine Erinnerung, war viel weniger als eine Erinnerung, fast durchsichtig, zerfressen wie etwas, das im Begriff ist, sich aufzulösen, nachdem es viele Jahre der Sonne ausgesetzt war. Es war nicht nur die Erinnerung an Liebe, sondern auch an all das andere, und er hatte versucht, alle Erinnerungen zu verbrennen. Aber sie waren nicht so schwach wie die Liebe, die immer das Schwächste von allem ist, ganz gleich, was man darüber sagen mag.

Er richtet sich im Bett auf, kann keinen klaren Gedanken fassen. Er will sich nicht erinnern, will endlich vergessen. Es ist nichts mehr da. Das war eine frühere Inkarnation. Er ist jetzt ein anderer. Menschen können ein neues Leben anfangen.

Dies ist ein neues Leben, denkt er und spürt, als er aufsteht, den kühlen Holzboden unter den Füßen. Dieses Leben ist neu, solange ich mich erinnern kann.

Er geht in die Küche, gießt sich ein Glas Wasser ein und setzt sich an den Tisch.

Nur die Angst vergisst man nie.

Die Spannung ist größer als die Angst. Keine Spannung ohne Angst. Habe ich das Gefühl vermisst?

Er steht auf, will nicht darüber nachdenken, ob er es vermisst. Vielleicht würde er das alles bald wieder spüren, viel Spannung und viel Angst. Es lauert dort draußen. Er muss denken. Nachdenken. Sich erinnern. Seine Erinnerungen zurückholen. Sie könnten ihn vielleicht retten. Aber gleichzeitig handeln die Erinnerungen von dem, was ihn vernichten kann.

*

»Du bist richtig braun geworden«, sagte sie.

»Bald bin ich genauso braun wie du«, sagte er.

»Dann kannst du immer in der Sonne bleiben«, sagte sie.

»Vielleicht mach ich das.«

»Ich glaube nicht, dass du das tust.«

»Warum nicht?«

»Es ist zu gefährlich.«

»Nicht mehr lange«, sagte er.

»Es wird immer gefährlich sein, sich hier aufzuhalten. Hier bei mir zu sein.«

»Es ist nie im Leben gefährlich, mit dir zusammen zu sein, Naiara.«

»Weißt du, was mein Name bedeutet?«

»Naiara?«

»Nein, der Nachname. Mein Familienname, Ibarretxe.«

»Ich kann ihn kaum aussprechen.«

»Du machst es gut. Du bist sprachbegabt. Ibarretxe bedeutet Haus im Tal.«

»Ein hübscher Name. Aitor hat es mir erklärt.«

»Aitor?«

»Ja, er hat mir die Bedeutung von baskischen Namen erklärt.«

»Es ist ein schönes Land«, sagte sie.

»Ich möchte es gern einmal sehen.«

»Aber es ist kein selbständiges Land.«

»Irgendwann wird es das sein.«

»Daran müssen wir glauben.«

»Glaubst du denn nicht daran?«

»Das genügt nicht, selbst wenn ich so fest glaube, dass Glas zerspringt.«

»Man sagt, Glaube kann Berge versetzen.«

»Eine weitere von Gottes Lügen.«

»Naiara …«

»Glaubst du an Gott?«

»Ich weiß es nicht«, sagte er.

Er weiß es immer noch nicht. Das ist eine der Fragen, auf die er nie eine Antwort bekommen wird. Dafür reicht ein einziges Leben nicht.

Er schließt die Haustür auf und stellt sich auf die Treppe. In der Luft ist eine Schärfe, die gestern noch nicht da war. Über Nacht ist es Herbst geworden.

Die Garagentür öffnet sich lautlos in der Dunkelheit. Es ist sehr still. Die Menschen in den Einfamilienhäusern rundum schlafen noch oder verhalten sich wenigstens leise. Es ist nach drei, bald vier, die Stunden zwischen Nacht und Morgen, Wolfsstunden, wie die Schweden sie nennen.

Der Angriff hatte in den Wolfsstunden stattgefunden. Die übliche Zeit für Angriffe, zur Unzeit, wenn man am verletzlichsten ist.

Das Auto ist nicht abgeschlossen. Im Handschuhfach liegt noch das Handy. Er hat es nicht angerührt, seit er den Wagen in der Garage abgestellt hat, er kann sich nicht erinnern, ob es gestern war oder vor fünfundzwanzig Jahren. Das Auto ist jetzt, das Handy war damals, es gehört nicht hierher. Er sollte die Karte herausreißen und den Apparat von der Skanstullsbrücke werfen.

Und zur Polizei sollte er gehen. Nein. Er weiß, dass sie Kontakt zur Polizei niemals dulden würden. Und er ist nicht allein. Wenn er alleine wäre, könnte er fliehen. Sich eine neue Identität zulegen, die dritte. Aber nicht jetzt, nicht mit der Familie. Mit den Kindern. Rita. Außerdem ist er nicht sicher, ob die Behörden ihm eine neue Identität verschaffen würden. Der Familie vielleicht, aber ihm nicht. Ganz sicher nicht, wie kommt er überhaupt darauf. Sie würden ihn den Wölfen zum Fraß vorwerfen, in der Wolfsstunde würden sie ihn hinauswerfen.

Er hält das fremde Handy in der Hand.

Es beginnt in seiner Hand zu vibrieren. Es beleuchtet sein Gesicht.

»Ja?«

Keine Antwort.

»Wer ist da?«, fragt er.

»Warum sitzen Sie draußen?«

»Was?«

»Warum sitzen Sie in der Garage?«

»Woher wissen Sie, wo ich bin? Wer sind Sie?«

Er weiß, wer das ist. Sie sind sich kürzlich begegnet. Aber vielleicht gibt es ja eine Schule, in der man lernt, mit identischen Stimmen zu sprechen. Ein Stimmpädagoge, ein krimineller Logopäde.

»Was machen Sie in der Garage?«, fragt die Stimme.

»Sie observieren mich also Tag und Nacht. Wo sind Sie? Habt ihr alle Häuser in dieser Straße gemietet?«

»Verlassen Sie die Garage.«

»Befürchten Sie, dass ich mich mit Abgasen umbringe?«

Keine Antwort.

»Das wäre ein echter Schlag ins Kontor, nicht wahr? Sie könnten gefeuert werden. Oder noch Schlimmeres.«

»Ich glaube nicht, dass Sie so feige sind.«

»Nein. Ich bin nicht feige.«

Er beendet das Gespräch, steigt aus dem Auto und verlässt die Garage. Er durchquert den Garten und betritt die Straße, in der mehrere Autos parken. Er geht an ihnen entlang, alle sind leer. Er horcht auf Geräusche, kann aber nichts hören, und wechselt die Straßenseite. Auf der anderen Seite stehen drei Autos. Im mittleren sitzt ein Mann. Er schaut starr geradeaus. Peter klopft an die Scheibe. Der Mann dreht ihm das Gesicht zu, das kein Gesicht ist. Es ist eine Totenmaske. Ein Fremder mit einer Totenmaske.

Rita hat sich einen halben Tag freigenommen, um Überstunden abzufeiern. Sie unternimmt mit den Töchtern einen Spaziergang zum Park. Nach dem Frühstück hat es aufgehört zu regnen, und der Wind hat die meisten Wolken vertrieben.

»Guck mal, Mama!«, ruft Isa und zeigt zum Himmel.

»Bald kommt die Sonne«, sagt Magda.

»Jetzt werden wir eine Weile gutes Wetter haben«, sagt Rita.

»Wenn ihr im Urlaub seid«, sagt Magda und zieht einen Flunsch.

»Es ist kein Urlaub, Schätzchen.«

»Warum fahrt ihr dann?«

Ja, warum eigentlich? Rita ist noch nie ohne ihre Kinder ins Ausland verreist. Warum jetzt das erste Mal? Irgendwann ist immer das erste Mal. So einfach ist das. Und sie kann den Urlaub brauchen. Peter auch. Vielleicht brauchen die Mädchen auch Urlaub.

»Es sind ja nur ein paar Tage«, sagt sie.

»Das ist ganz doll lange«, sagt Magda.

»Doll lange!«, ruft Isa.

»Oma wird ganz viel Schönes mit euch unternehmen«, sagt Rita.

Magda sieht gleich fröhlicher aus. Und Isa noch fröhlicher.

»Bonbons!«, ruft sie.

Ich will es nicht hören, denkt sie. Ich will es gar nicht wissen. Sie werden die ganze Woche Samstag haben. Bei ihnen zu Hause bekommen die Mädchen nur samstags Süßigkeiten.

Sie haben den Park erreicht. Auf dem Spielplatz gibt es zwei Schaukeln, einen Sandkasten und eine Wippe, die schon sehr lange dort zu stehen scheint. Und ein Klettergerüst. Magda läuft sofort zu dem Gerüst und beginnt zu klettern. Es ist etwa zwei Meter hoch. Sie ist schnell ganz oben. Das hat sie schon oft gemacht.

»Guck mal, Mama!«

»Sei vorsichtig!«

»Och.«

»Ich will schaukeln«, sagt Isa.

Sie sind allein auf dem Spielplatz. Unterwegs sind ihnen kaum Leute begegnet. Als wäre der ganze Park verlassen. Als wären sie allein im Park. Ein merkwürdiges Gefühl. So etwas hat sie noch nie erlebt.

Auf einem der asphaltierten Wege nähert sich eine Frau. Sie schiebt einen Kinderwagen vor sich her.

Die Frau erreicht den Spielplatz. Sie sichert den Kinderwagen mit einer Fußbewegung und setzt sich auf eine Bank. Sie ist dunkelhaarig und um die dreißig. Heutzutage eine junge Mutter. Sie trägt eine schwarze Sonnenbrille. Die Sonne ist kräftig. Sie wärmt immer noch, für einen Moment ist wieder

Sommer. Ich darf die Sonnenbrille nicht vergessen, denkt sie. Im Süden werde ich einen Schutz gegen die Sonne brauchen, so viel ist sicher.

Sie schaukelt Isa. Das Mädchen sagt nichts, sie genießt einfach nur, vor und zurück durch die Luft zu fliegen, außerdem scheint sie über etwas nachzudenken. Ich muss ein andermal fragen, was Isa denkt. An was habe ich gedacht, als ich so klein war? Was habe ich gedacht, wenn ich geschaukelt wurde? Habe ich daran gedacht, wie es sein würde, wenn ich selber groß bin und mein eigenes Kind schaukele? Ich glaube, so war es. Ich glaube, ich erinnere mich.

Sie hat den Eindruck, dass die Frau sie hinter ihrer dunklen Sonnenbrille beobachtet. Sie hat sich nicht bewegt, seit sie sich auf der Bank niedergelassen hat. Sie hat nicht in den Kinderwagen geschaut, sich nicht um das Kind gekümmert, es herausgenommen. In den ersten Monaten mit Magda war Rita wie aufgezogen. Konnte nie entspannen.

Magda ruft vom Klettergestell. Rita hört nicht, was sie ruft, betrachtet immer noch die Frau.

»Mama, Mama!«

Jetzt hört sie es und schaut zu dem Gerüst. Magda hängt in einer seltsamen Haltung am Gestell.

»Magda!«

Das Mädchen antwortet nicht.

»Magda? Magda!«

Sie lässt Isas Schaukel los und läuft über den Spielplatz, fliegt über den Sand im Sandkasten.

Aber sie ist nicht als Erste da.

Die Frau mit dem Kinderwagen hat schon Magdas Schultern gepackt, sie angehoben, ihr Gewicht abgefangen.

Rita sieht, dass Magdas Fuß sich aus dem unheimlichen Winkel löst, in dem er eben noch festhing.

Vorsichtig nimmt sie den Fuß, legt ihre Arme unter Magdas Schenkel.

Und da beginnt das Mädchen zu weinen, zu schreien. Eine gesunde Reaktion.

Sie legt die Tochter auf die Erde.

»Was tut dir weh, Magda?«

Sie tastet den Fuß ab, den Spann, die Wade, das Schienbein. Es scheint alles in Ordnung zu sein. Höchstens eine kleine Schwellung. Es sind nur ein paar Rötungen zu sehen, nicht allzu kräftig. Sie löst die Sandale vom Fuß, bewegt ihn vor und zurück. Magda schluchzt. Auch das ist ein gutes Zeichen.

Da hört sie Isa auf der Schaukel schreien. Sie hat ebenfalls Angst bekommen.

»Mama ist gleich bei dir«, ruft Rita.

Magda ist inzwischen aufgestanden.

»Kannst du mit dem Fuß auftreten, Schätzchen?«

»Nein.«

»Versuch es. Stell den Fuß ganz vorsichtig auf die Erde.«

Magda setzt ihn vorsichtig auf. Es geht gut.

»Es tut weh«, sagt sie.

Rita hebt den Blick. Isa ist verstummt, sie betrachtet etwas in weiter Ferne, außerhalb des Parks. Rita folgt ihrem Blick. Dort ist nichts.

Sie sind wieder allein, sie und ihre Kinder.

Die Frau ist verschwunden.

Bei der Bank steht kein Kinderwagen mehr.

Rita sieht sich um. Sie sind allein.

Ein kalter Schauer rieselt von ihrem Nacken bis zu den Schultern. Es ist ganz windstill.

Magda macht einen Schritt vorwärts.

»Ich glaube, ich kann gehen«, sagt sie.

»Wo ist die Frau, die dir geholfen hat?«, fragt Rita. »Die uns geholfen hat?«

»Geholfen?«, wiederholt Magda.

»Sie hat dir vom Klettergerüst geholfen. Bevor ich gekommen bin. Die Frau mit der Sonnenbrille. Wo ist sie?«

Rita hört die Schärfe in ihrer eigenen Stimme.

Magda sieht sie ängstlich an.

»Ich hab mir Sorgen um dich gemacht, Schätzchen«, sagt Rita und nimmt das Kind in den Arm. »Ich wollte mich nur bei der Frau bedanken.«

»Ich hab niemanden gesehen«, sagt Magda.

»Sie hat da hinten auf der Bank gesessen«, sagt Rita und zeigt zu der Bank. »Mit einem Kinderwagen. Du musst sie doch gesehen haben?«

Magda zuckt mit den Schultern, schüttelt zögernd den Kopf.

»Hast du sie überhaupt nicht gesehen?«, fragt Rita.

»Ich kann mich nicht erinnern«, sagt Magda.

Rita geht zurück durch den Sandkasten und hebt Isa von der Schaukel. Das Kind strampelt mit den Beinen, für heute hat sie genug geschaukelt.

»Hast du die Tante gesehen?«

Isa versucht sich aus dem Griff zu befreien, will weg, zum Sandkasten, wird ein bisschen wütend.

Rita lässt sie auf die Erde gleiten und geht zu der Bank. Sie ist verwirrt und fühlt sich, als hätte sie Fieber. Von der Frau weit und breit keine Spur, soweit sie sehen kann. Wer war sie? Warum ist sie verschwunden, ohne etwas zu sagen? Aber was spielt das für eine Rolle. Manche Leute sind eben zurückhaltend, wollen nicht mit Fremden sprechen. Das ist in Ordnung. Es ist nicht immer gut, mit Fremden zu sprechen. Man soll sich von Fremden fernhalten. Und nicht verreisen. Man soll bei seinen Kindern zu Hause bleiben.

Sie geht ein Stück den Parkweg entlang, vielleicht hat die Frau sich ja eine andere Bank gesucht, von hier aus müsste sie sie sehen, der Park ist klein, der Kinderwagen ist groß, er hat ganz neu ausgesehen, der letzte Schrei. Die Frau hat nicht wie eine Mutter ausgesehen.

»Ich will nicht verreisen. Du musst alleine fahren, Peter.«

»Wovon redest du?«

Sie sitzen in der Dämmerung auf ihren Gartenstühlen. Er hat sich eine Strickjacke angezogen. Sie friert nicht in ihrer leichten Sommerjacke.

»Hier passieren Dinge, die ich nicht verstehe«, sagt sie.

»Und was sollte das sein?«

»Wenn ich es wüsste, könnte ich es dir sagen.«

»Stimmt.«

»Du wirkst auch nicht gerade übermäßig begeistert, Peter.«

»Übermäßig begeistert?«

»Fang jetzt nicht wieder damit an.«

»Natürlich bin ich froh. Es ist immerhin ... ein Urlaub. Kurzurlaub, ein bisschen wie Urlaub.«

»Aber es ist doch auch Arbeit.«

»Nicht viel, glaube ich. Das Los ist auf mich gefallen, ich werde mich gerade so viel blicken lassen, dass ich kein Misstrauen erwecke, und dann mach ich mich dünne.«

»Was genau ist eigentlich deine Aufgabe? Worüber sollst du sprechen?«

»Das ... weiß ich noch nicht genau.«

»Ist das normal?«

»Nein.«

»Ich bleibe zu Hause«, sagt sie.

»Das darfst du nicht, Rita.«

»Wer bestimmt das?«

Er antwortet nicht.

»Wer bestimmt darüber, ob ich fahre oder nicht, Peter?«

»Ich brauche dich«, sagt er. »Ich fühle mich nicht gut in Form. Ich möchte nicht alleine fliegen.«

»Dann lass es doch. Bitte sie, jemand anderen zu schicken.«

»Das habe ich schon versucht«, sagt er. »Es geht nicht.«

4 Arlanda ist überlaufen, als hätte die gesamte Bevölkerung beschlossen, das Land zu verlassen. Die Urlaubszeit ist eigentlich vorbei. Aber die Leute verreisen trotzdem. Vielleicht sind sie alle arbeitslos. Solche Zeiten hat es gegeben und wird es immer wieder geben. Auch sein Büro musste schon einige Angestellte vorsorglich auf zu erwartende Kündigungen vorbereiten, es gibt keinen Markt mehr, der den Kreislauf in Gang hält.

Kinder rennen zwischen den langen Schlangen herum, die sich vor den Eincheckautomaten gebildet haben. Die Automaten sollen wohl ein Ende des Schlangestehens bewirken, denkt er, während er mit Isa auf dem Arm wartet. Sie hat ihre Arme um seinen Hals geschlungen.

Ritas Mutter kommt von den Automaten zurück.

»Es wird wohl noch eine halbe Stunde dauern«, sagt sie.

»Ihr könnt euch ja eine Weile hinsetzen«, sagt er. »Ich stelle mich an.«

Ritas Mutter nickt und übernimmt Isa. Das Kind ist eingeschlafen. Er wünschte, er könnte auch schlafen. Und erst wieder aufwachen, wenn das, was vor ihm liegt, vorbei ist. Dann würde alles wieder so sein wie vorher. Nichts von all dem Bösen würde zurückkehren.

Seit ein paar Jahren begleitet ihn ein Traum, in dem das

Böse ständig zurückkehrt. Wenn er glaubt, es endlich so weit wie irgend möglich hinter sich gelassen zu haben, pocht das Böse wieder an die Tür, die er hinter sich zugeschlagen hat. Immer wieder pocht es an die Tür.

Die Schlange bewegt sich nicht vom Fleck. Kein Wunder, ganz vorn versuchen ein paar ältere Menschen, ihre Reisedaten in die Automaten einzugeben. Das kann ja nur schiefgehen. Das Personal besteht aus einigen Frauen, zu wenig. Drei geöffnete Eincheckschalter wie früher hätten gereicht, dass sie längst eingecheckt wären. Er hätte sich ein Bier genehmigen können. Zwei Bier.

Er spürt den Schweiß am Haaransatz.

Er ist unterwegs. Sie sind unterwegs.

Das Flugzeug würde ohne ihn nicht abheben, selbst wenn es noch Stunden dauerte. Die würden schon dafür sorgen, dass er an Bord ist.

Was hätte er in den vergangenen Wochen anders machen können? Was hätte er tun sollen?

Untertauchen. Er hätte untertauchen können. Allein. Seiner Familie werden sie nichts antun. Nicht, solange er lebt. Das bedeutet, dass er sich nicht umbringen kann. Er wird sich nie das Leben nehmen können.

»Wie viel ist das Leben wert?«, hatte er gefragt.

»Alles«, hatte Aitor geantwortet.

»Ist jedes Leben gleich viel wert?«

»Was ist das für eine Frage?«

»Eine wichtige Frage, oder etwa nicht? Die wichtigste überhaupt.«

»Mensch, klingt das hochtrabend, wenn du so redest.«

»Vielleicht ist es hochtrabend, vielleicht soll es das sein. Du beschäftigst dich doch mit Leben und Tod.«

»Nein. Das versuche ich zu vermeiden. Alles dazwischen ist

mein Business. Trinken wir noch ein Bier?«, hatte Aitor gefragt und sich vom Stuhl des Straßenlokals erhoben.

Das Meer hatte gleißend dagelegen.

Die Schlange bewegt sich, halleluja. Ein weiteres älteres Paar hat seine Gepäckbelege bekommen. Zögernd trippeln sie zur Gepäckschlange, einer anderen Schlange. Das ist die große Innovation. Anstelle von einer Schlange gibt es jetzt zwei.

Die meisten Reisenden um ihn herum haben elektronische Tickets. Ihm hat das Reisebüro altmodische geschickt. Er hatte nicht gefragt. Es ist sinnlos, danach zu fragen. Es gibt andere, wichtigere Fragen.

Er schaut sich um. Hinter ihm sind viele Leute, auch rechts und links. Es ist keine richtige Schlange, nicht geordnet und gerecht, wie man es in diesem Land gewohnt ist. Jedem seine eigene Schlange. Seine eigene Insel. Ich, ich, ich. Das ist auch seine Krankheit gewesen, aber jetzt ist er geheilt.

Ihm fällt ein Mann auf, etwa zehn Meter hinter ihm. Vielleicht steht er auch an. Das Gesicht kommt ihm bekannt vor. Der Mann hat einen Koffer dabei, einen Rollkoffer. Dunkle Haare, dunkle Brille. In der Halle laufen noch mehr Leute mit dunklen Brillen rum. Es ist nichts Besonderes mehr, in geschlossenen Räumen die Sonnenbrille aufzubehalten. Peter sieht das Profil des Mannes, als dieser den Kopf dreht, nach links, dann nach rechts, als würde er auf etwas lauschen. Er bewegt den Kopf wie ein Tier.

Ich habe ihn schon einmal irgendwo gesehen.

Es ist einer von denen, die auf der Straße vorbeigegangen sind, in seiner Straße.

Der Mann in dem Auto.

Das Profil, dunkle Brille, das Haar. Das Profil, genau dieselbe Frisur.

Das ist er.

Das sind sie.

Jetzt.

Er hört eine Stimme, er hört seinen Namen.

Rita ist gekommen, um ihn abzulösen.

»Das dauert länger, als wir gedacht haben«, sagt sie.

Er nickt und entfernt sich.

»Magda möchte ein Märchen hören«, ruft sie ihm nach.

Er nickt wieder. Ein Märchen, ja. Er muss sich etwas einfallen lassen. Ein Märchen über eine böse Hexe. Sie will nur Märchen von der bösen Hexe hören. Nie vom bösen König oder dem Zauberer.

Er geht ein paar Schritte an der Schlange entlang.

»Entschuldigung?«, sagt er zu dem Fremden.

Der Mann sieht ihn nicht an. Sein Gesicht ist immer noch abgewandt, ein Profil wie von einer ägyptischen Wandmalerei.

»Kennen wir uns?«, fragt Peter.

Jetzt schaut der Mann ihn an. Peter sieht sein eigenes Gesicht in den dunklen Brillengläsern gespiegelt. Er sieht unsympathisch aus, die Proportionen stimmen nicht. In seinem Kopf dreht sich alles, es rauscht wie ein Meer bei Sturm. Das Rauschen hat vor zwei Wochen angefangen. Er weiß genau, wann es angefangen hat.

»Haben wir nicht einmal im Flugzeug unsere Ruhe? Nicht einmal in dieser verdammten Automatenschlange?«

Der Mann nimmt die Brille ab. Peter blickt in die Augen eines Fremden.

»Um was geht es?«, fragt der Fremde.

Jetzt sieht Peter sich in den Pupillen des Mannes. Ich sehe sehr klein aus, klein wie ein Zwerg.

»Ich habe mich geirrt«, sagt er. »Falsche Person.«

Der Mann sagt nichts. Er scheint ohne Begleitung zu reisen. Peter dreht sich um. Rita beobachtet ihn. Er signalisiert ihr mit einer Geste, dass alles in Ordnung ist. Herr im Himmel. Sie zieht die Augenbrauen hoch.

»Entschuldigung«, sagt er und bahnt sich einen Weg durch die Schlange zurück zu Rita.

»Ich hab ihn mit jemandem verwechselt«, sagt er.

»Mit wem?«

»Ich … weiß es nicht.«

»Du weißt es nicht?«

»Musst du alles wiederholen, was ich sage?«

»Machst du Witze, Peter?«

»Nein.«

Er dreht sich noch einmal um.

»Er ist weg.«

»Peter!«

Er antwortet nicht.

»Was geht hier eigentlich vor, Peter?«

»Frag ihn.«

»Frag ihn? Wen soll ich fragen?«

Peter antwortet nicht. Das Rauschen in seinen Ohren hat sich nicht beruhigt. Es dröhnt wie nach einem Konzert von AC/DC. Good old Anvil in Dortmund. Ein weißer Ton. Ein Leben in Saus und Braus.

»Ich hab mich getäuscht, hab ich doch gesagt«, sagt er durch das Rauschen.

»Was hättest du getan, wenn du dich nicht getäuscht hättest?«

»Ich dachte, es wäre ein alter … Freund.«

»Feind, meinst du wohl eher? Das war kein Freund, so spricht man nicht mit einem Freund. Du hast wütend ausgesehen.«

»Vergiss es«, sagt er. »Ich sollte doch zu den Kindern gehen. Mich von ihnen verabschieden. Märchen erzählen.«

*

Der Kerl sitzt drei Reihen vor ihnen im Flugzeug. Peter entdeckt ihn, als er zur Toilette geht. Der Mann schaut geradeaus, sieht ihn nicht an. Es ist nur ein Fremder.

Die Erde unter ihnen ist rot. Rot und gelb und braun mit grünen Inseln darin. Das müssen Golfplätze sein. Die Stadt ist wie ein Felsen, der in Millionen von Jahren vom Wind zerklüftet wurde. Das Flugzeug zieht eine Schleife auf das Meer hinaus, bevor es zur Landung ansetzt. Das Meer glänzt wie Stahl. In seinen Ohren rauscht Stahl. Er denkt an den Geschmack von Stahl.

Er hatte tatsächlich keine Ahnung, was ihn beim ersten Mal an die Küste verschlagen hat. Er war ziemlich betrunken in Madrid in einen Zug ein- und in Sevilla wieder ausgestiegen und nahm einige Tage später einen Bus in östliche Richtung und dann nach Süden.

Als er dort ankam, verstand er es: Es war das Meer, das Meer war ein Magnet. Und als er einmal da war, wollte er nicht mehr weg. Das Meer war zu groß, um es zu verlassen.

Er suchte sich einen Job. Sein Geld war aufgebraucht. Er konnte nicht nach Hause fahren. Das wäre Verrat gewesen, an sich selbst, am Meer. Es gab kein Zuhause, zu dem er zurückkehren konnte.

An einigen Nachmittagen stand er hinter einem Bartresen. In einem Schuppen in der Calle Trinidad, nicht weit entfernt von der Kirche. Manchmal ging er in die Kirche. Das war ein gutes Gefühl. Sie war hübsch, auch von innen. John begleitete ihn. Er hatte John nach einem Job gefragt, als er zum ersten Mal an der Bar vorbeigekommen war.

Nach den Kirchenbesuchen kehrten sie in den Schuppen zurück und überlegten, wohin sie den Betrieb verlegen könnten. Das Wort benutzte John, Betrieb. Wir müssen den Betrieb vergrößern, damit wir überleben, sagte er. Der Laden hier wirft nicht genug ab. Und ich kann es mir nicht leisten, dich mit Geld zu halten. Er sagte nichts von Anstellung, er sagte mit Geld halten, und das klang nicht nett, als ginge es um Taschengeld, so klang das.

Nach dem dritten Sonntag in Folge in der Kirche erkannte er die drei Männer, die immer in der dritten Reihe von vorne saßen und sitzen blieben, wenn alle anderen die Kirche verlassen hatten. Sie waren nicht älter als er und elegant gekleidet, im Gegensatz zu ihm. Am dritten Sonntag lächelten die drei, als er vorbeiging.

Draußen trieb er sich noch ein wenig im Schatten des Kirchturms herum, er wusste nicht, warum. John war gegangen, nach Ancha, hatte er gesagt, muss was überprüfen, hatte er gesagt und sehr geheimnisvoll geklungen.

Die drei Männer traten aus der Kirche, geblendet von der Sonne, und setzten ihre Sonnenbrillen auf. Die drei Weisen, dachte er.

Sie sahen ihn, lächelten wieder und kamen über die Plaza de la Iglesia auf ihn zu.

Der Älteste streckte eine Hand aus.

»Aitor«, sagte er. »Aitor Usetxe.«

Da, beim ersten Mal, hatte er den Namen nicht richtig verstanden. Er nannte seinen Namen. Die anderen beiden stellten sich vor: Iker Aurtenetxe und Freddy Goikoetxea. Freddy? Mag alles Englische, *that's why*. Es ist kein Zufall, dass Athletic Bilbao Athletic heißt und nicht Atlético wie die Hämorrhoiden von Atlético Madrid!

Freddys Englisch war gut. Alle sprachen gutes Englisch. Sein Spanisch war erbärmlich. Und er beherrschte kein einziges Wort ihrer heiligen Sprache, der ältesten Sprache der Welt, wenn man Aitor glauben durfte. Er konnte nur ihre Namen aussprechen, verdammt merkwürdige Namen für den, der keine Ahnung hatte. Was bedeuteten sie?

Denk an Häuser, hatte Aitor an einem Abend wenige Tage

nach ihrer ersten Begegnung gesagt. Sie saßen in einer Bar. John hatte noch nicht das Geheimnis gelüftet, aber es waren nur noch wenige Tage bis dahin. Usetxe bedeutet Haus aus Vögeln, hatte Aitor erklärt. Goikoetxea bedeutet Haus oberhalb. Ibarretxe bedeutet Haus im Tal.

»Ibarretxe?«

»Du wirst sie kennenlernen. Naiara. Eine heiße Frau.«

»Klingt gut.«

»Und du hast noch nicht meinen Bruder getroffen.«

»Klingt auch gut.«

Das Taxi fährt die E15 in westlicher Richtung. Alles, was einmal an den Wegrändern grünte, ist verbrannt, aber irgendetwas wächst trotzdem noch. Eigentlich sollte dort gar nichts wachsen. Das ist unnatürlich, genauso unnatürlich wie die Bebauung entlang der Autobahn. Oder die Autobahn selber. Damals, vor zwanzig Jahren, gab es nur eine schmale Landstraße, lebensgefährlich schmal. Weitere zwanzig Jahre zuvor war die Landschaft mit Fischerdörfern besiedelt gewesen, und es hatte nur einige wenige Hotels gegeben. Das Grün hatte sich von den Bergen bis ans Meeresufer erstreckt. Jetzt kann er den Strand vom Auto aus nicht mehr sehen. Sie sind nur hundert Meter vom Meer entfernt, aber es entzieht sich ihren Blicken.

»So sieht es hier also aus«, sagt sie.

Er schweigt.

»Sie haben die Gegend viel zu dicht bebaut.«

»Ja.«

»Hoffentlich sieht es an unserem Urlaubsort ein bisschen anders aus.«

»Bestimmt.«

»Warum sind wir noch nie hier gewesen?«, fragt sie.

»Es gibt andere Orte auf der Welt, die man sehen sollte.«

»Du wolltest nie hierher. Ich habe es mehrere Male vorgeschlagen.«

»Es hat mich irgendwie nicht gereizt«, sagt er.

»Mich hat es nachdenklich gemacht, dass du nie wolltest.«

»Was hast du gedacht?«

»Dass es einen Grund dafür geben muss, dass du nicht hierher wolltest.«

»Jetzt sind wir ja hier«, sagt er.

Sie kommen an einem verlassenen Wohnviertel vorbei. Irgendetwas hat alle Einwohner dazu getrieben, ihre Heimat aufzugeben, wahrscheinlich die Sonne, die Hitze. Oder die Grundstückspreise. Die Grundstückspreise und die Hitze. Er hat sie gespürt, als sie den klimatisierten Flugplatz verließen. Backofenhitze, keine Sauna. Die Luft ist trocken, nicht wie in den Tropen.

Er sieht einige magere Hunde mit den Schnauzen in einem Müllhaufen wühlen. Verrückte Hunde in der Mittagssonne. Er schaut auf seine Armbanduhr. Es ist Mittagszeit. Er denkt an die Wildnis in seinem Innern, ein verlassenes Land mit vergiftetem Boden. Der Taxifahrer spielt einen nackten Flamenco, eine einsame Stimme, deren Einsamkeit durch die gerissenen Lautsprechermembranen noch größer klingt. Keine Gitarren. Es ist ein Lied über die Sonne. Den Feind Sonne. Jetzt kann er das Meer sehen, das sich wie eine geballte Eisenfaust in die Stadt schiebt. Die Stadt sieht im Sonnendunst aus wie ein Haufen Asche. Eine Bucht aus Eisen, ein Meer aus Stahl, eine Sonne aus Feuer, eine Stadt aus Asche. Alles ist an seinem Platz.

Die Hauptstraße ist dieselbe, die Häuser hat es schon gegeben, als er hier war. Die Altstadt ist unverändert, und das wundert ihn fast. Als hätten sie all die Jahre seinetwegen durchgehalten, als hätten sie auf ihn gewartet, damit er sich bei seiner Rückkehr zurechtfindet. Damit er alles wiederfindet, wenn er zurückkommt.

Das Taxi hält vor dem Hotel. Palmen säumen den Wendeplatz vor dem Eingang, der von Bougainvilleen umrankt wird. Davor, neben einer Palme, steht ein Mann in Hoteluniform. Zwei Träger kommen auf das Taxi zugelaufen wie Marinesoldaten auf dem Weg zum Hubschrauber.

Sie sind im Land der Urlauber.

Sie gehen durch die Hitze und betreten das Hotel. Die Klimaanlage trifft sie wie ein kaltes Handtuch im Gesicht. Drinnen ist es kalt. Er weiß, dass sie sich schnell daran gewöhnen werden. Er weiß, dass man sich an alles gewöhnen kann. An fast alles kann man sich gewöhnen.

Rita füllt das Formular aus, das ihr die Frau an der Rezeption zugeschoben hat. Peter reicht ihr seinen Pass. Ein Pass ist immer noch nötig, obwohl es im freien Europa keine Grenzen mehr gibt. Dafür haben wir gekämpft, denkt er. Rita legt eine Pause ein und wischt sich den Schweiß von der Stirn. Die Frau hinter dem Tresen sagt etwas auf Spanisch, das er versteht. Er schaut auf, ist nahe dran zu antworten. Er sieht, dass sie mit einem Kollegen hinter dem Tresen spricht. Fast hätte er sich verraten. Er wirft Rita einen Blick zu. Ihr hat er erzählt, dass er ein wenig Schulspanisch kann und mit den Kursteilnehmern Ende des Schuljahres für eine Woche nach Spanien gefahren ist. So hat er es ihr erzählt.

»Ist das Zimmer fertig?«, fragt er auf Englisch.

»In einigen Minuten.«

»Ist das Gepäck schon oben?«

»Selbstverständlich.«

»Gibt es hier irgendwo eine Toilette?«, fragt Rita die Frau und wischt sich wieder über die Stirn.

»Ist dir nicht gut?«, fragt er.

»Doch.«

»Da hinten bei den Fahrstühlen«, sagt die Frau hinter dem Tresen. Sie ist schlank, ihr Lippenstift ist von einem helleren Rot, als er es seit langem gesehen hat. Ihre Augenbrauen sind gezupft und bilden dünne Linien. Die Augen drücken keinerlei Emotionen aus, das Dauerlächeln reicht nicht bis in die Augen.

Rita geht durch das Foyer auf die grüne Tür zu, an der *Ladies' room* steht. Es gibt nur eine Tür. *Men's room* muss auf der anderen Seite sein. Er dreht sich um. Er hat nicht das Bedürfnis, dorthin zu gehen, dreht sich aber trotzdem um.

Das Handy in seiner Jacketttasche vibriert. Er spürt den Schweiß in seiner Hand, als er es herausnimmt und die spanische SMS liest:

WILLKOMMEN ZU HAUSE.

Als sie auf dem Weg zum Fahrstuhl sind, stößt die Frau an der Rezeption einen Schrei aus. Er dreht sich um. Sie hält sich eine Hand vor den Mund und schaut zu dem Fernsehschirm, der an einer Wand im Foyer hängt. Er geht zurück, um zu sehen, was passiert ist. Rita folgt ihm.

Man sieht einen brennenden Minibus und im Hintergrund mehrere Menschen auf einer grauen Straße. Fast alles ist grau, als würde es regnen, nur das Feuer ist glutrot. Bald ist der ganze Bildschirm mit Feuer bedeckt. Es sieht aus, als würden die Flammen aus dem kleinen Fernseher in das Hotelfoyer schlagen.

»Jesus Christus«, hört er die Frau an der Rezeption hinter sich sagen. Immer mehr Menschen versammeln sich vor dem Fernsehschirm.

»Eine Bombe«, sagt jemand.

»Vielleicht eine natürliche Explosion«, sagt ein anderer.

»Still!«, ruft jemand. »Ich kann nichts verstehen.«

Er lauscht der Stimme des Reporters. Auf einer Straße in Sevilla ist ein Auto explodiert. Gar nicht weit von hier entfernt.

Sie setzen sich an einen kleinen Tisch am Swimmingpool. Es ist Happy Hour, und sie wird noch mehrere Stunden bleiben, denkt er. Es müsste Happy Hours heißen. Warum heißt es nicht

Happy Hours? Glückliche Stunden? Die glückliche Stunde ist zu kurz, niemand wird in einer einzigen Stunde glücklich.

Die meisten Tische sind bereits besetzt. Er erkennt mehrere Gesichter aus dem Flugzeug wieder. Einigen hat er zugenickt. Rita hat dasselbe getan.

Es ist immer noch hell. Die Dämmerung wird in etwa eineinhalb Glücksstunden hereinbrechen, jäh.

»Von hier aus kann man das Meer sehen«, sagt Rita und schaut mit zugekniffenen Augen zum Wasser hinter der Strandpromenade.

»Ja, wir haben einen guten Ausblick«, sagt er.

»Es sind nicht viele Leute unterwegs«, sagt sie.

»Die sind alle hier«, sagt er, »an der Bar. Alle sind hier.«

Ein Kellner kommt an ihren Tisch. Rita bestellt ein Glas Weißwein und ein Bier vom Fass. Sie braucht ihn nicht zu fragen, was er haben möchte.

»Was qualmt denn da am Meer?«, fragt sie.

»Wo?«

»An mehreren Stellen steigt Rauch auf«, sagt sie. »Dahinten zum Beispiel, bei dem umgedrehten Boot.« Sie macht eine Kopfbewegung zum Strand. Es sieht aus, als hätte sie schon einen Sonnenbrand. Über ihrer Haut liegt ein roter Schimmer. Es ist das Licht hier. Vielleicht liegt über seinem Gesicht auch so ein Glanz.

»Sardinen«, sagt er. »Sie grillen Sardinen.«

»Aha. Das wollen wir uns nachher mal angucken.«

»Wir können sie sogar essen«, sagt er.

»Woher weißt du das?«, fragt sie.

»Was?«

»Dass sie Sardinen grillen.«

»Ich hab's geraten«, sagt er. »In diesem Meer gibt es viele Sardinen. Das habe ich im Reiseführer gelesen.«

Er hört Gäste und Personal mehrere Male Sevilla erwähnen.

»Es sind bestimmt Terroristen«, sagt sie. »Baskische Terroristen.«

»Separatisten«, sagt er. »Wenn in diesem Land etwas passiert, bekommen jedes Mal die Basken die Schuld.«

»Stecken denn nicht auch meistens die Basken hinter den Anschlägen?«

»Nein.«

»Macht das in diesem Fall einen Unterschied?«

Er antwortet nicht.

»Ich habe nur das Wort Terrorist verstanden«, sagt sie.

»So werden sie immer genannt«, sagt er.

»Wie soll man sie denn sonst nennen? Separatisten?«

»Gar nichts«, sagt er.

»Sollen sie gar nicht genannt werden?«

Er schaut auf seine Armbanduhr.

»Ich muss jetzt zu dieser Registrierung fahren.«

»Möchtest du, dass ich mitkomme?«

»Meinst du, das würde dir Spaß machen, Rita? Auf einer Skala von eins bis zehn.«

»Eins.«

»Siehst du.« Er trinkt den Rest Bier aus.

»Wie lange bleibst du weg?«

»Nicht lange.«

»Ich gehe wahrscheinlich bald nach oben. Ich bin ein wenig müde von der Reise. Und ich will die Kinder anrufen.«

Er nickt.

»Wollen wir heute Abend im Hotel essen?«, fragt sie. »Oder suchen wir uns ein Lokal in der Stadt?«

»Das entscheiden wir, wenn ich zurück bin.«

»Bist du müde, Peter?«

»Nein.«

»Versuch, irgendwo Milch zum Kaffee aufzutreiben. Und Mineralwasser. Und ein paar Kekse oder dergleichen.«

Er steht auf der Straße vor dem Hotel. Die Sonne wirft lange Schatten über die Häuser, Gassen und den Boulevard, die Avenida. Sie sieht aus wie immer. Die Avenida, er kann sich nicht an den eigentlichen Namen erinnern, sie haben sie immer nur Avenida genannt, wenn sie dort promenierten, in der vergangenen Zeit.

Jetzt ist es still. Einige Touristen kommen vom Strand zurück, gehen mit leerem Blick vorbei, nach einem allzu langen Aufenthalt in der Sonne, im Sand. Im Wasser. Ein langer, leerer Blick.

Fünfzig Meter entfernt parkt eine Limousine. Er hört den Wagen starten, sieht ihn auf sich zugleiten. Jetzt.

5 Damals. Er hatte etwas geschrien und einen Schrei zur Antwort bekommen. Oder waren es zwei Schreie gewesen?

Das Licht war mit Lichtgeschwindigkeit gekommen, hatte sich von dem weißen Berg herabgestürzt. Alles war weiß geworden. Die Schreie hatten sich vertausendfacht.

»Stehen bleiben!«

»Rührt euch nicht!«

»Hände hoch!«

»Ich schieße!«

Und dann hatten sie geschossen.

Da war er außer Schussweite gewesen.

Jemand wedelte in die Richtung, in die er laufen sollte.

Ein diskretes Wedeln. Vielleicht war es auch nur eine Kopfbewegung gewesen. Er hatte das Signal wahrgenommen.

Das waren die guten Mächte.

Am Ende war er dort angekommen, wo er hingehörte. Zu den Guten.

Die Guten hatten ihn gerettet.

Die Guten hatten ihm zu dem Leben danach verholfen.

Die Guten waren seine Begleiter gewesen.

Er war ein guter Mensch.

Das sagte er sich jeden Morgen, wenn er sein Gesicht zum ersten Mal im Spiegel sah.

Du bist ein guter Mensch, guter Mensch, guter Mensch.

Er sieht sein Gesicht im schwarzen Fenster der Limousine. Das ist alles, was er sieht. Er sieht nichts anderes.

Sie fahren in nördliche Richtung, haben die Avenida verlassen, fahren weiter nach Norden, sind immer noch in der Altstadt. Die Häuser dürfen leben, bis sie von allein sterben, die alten Häuser leben weiter über Generationen, alle erweisen sich barmherzig gegen die Häuser.

Im Auto riecht es nach Leder. Neues Leder, wie frisch von einem Tier gekommen. Tieren wird keine Barmherzigkeit erwiesen, nicht in diesem Land, denkt er. Tiere haben in diesem Land keine Seele, man darf sie töten, ohne etwas dabei zu fühlen. Die Menschen sind heilig. Doch das ist eine Lüge, das hat er gründlich gelernt.

Ein Mann sitzt neben ihm auf dem Rücksitz der Limousine.

Er trägt einen weißen Anzug. Der Anzug leuchtet im Dämmerlicht, das sich auf die Altstadt senkt. Man kann nicht mehr tief in die Gassen hineinschauen. Den Fahrer kann er nicht sehen, nur den Mann in dem weißen Anzug.

Er spürt den Schweiß unter seinem Hemd, an den Beinen, im Schritt, in den Haaren. Der Mann neben ihm schwitzt nicht. Männer, die teure Anzüge tragen, schwitzen in diesem Land nicht.

Der Mann streckt die Hand aus.

»Guten Abend, mein Freund. Willkommen, willkommen«, sagt er auf Spanisch.

Peter schaut auf die Hand des Mannes. Sie ist genauso weiß wie der Anzugärmel. Alles ist weiß, weiß wie die Dämmerung am Strand. Es gibt nichts Weißeres.

Der Mann zieht seine Hand zurück.

»Ich verstehe nicht«, sagt Peter auf Englisch.

»Du hast einmal besser gesprochen als ich«, antwortet der Mann auf Englisch.

»Welche Sprache?«

»Spanisch natürlich!«

Peter antwortet nicht.

»Die richtige Sprache wolltest du nie lernen.«

»Warum auch?«

»Ja, warum«, sagt der Mann und richtet den Blick nach vorn, weg von Peter.

»Wie viele seid ihr, die die Sprache heute noch sprechen?«

»Immer noch genauso arrogant wie früher, Berger.«

»Ich heiße nicht mehr Berger.«

»Nein, ich weiß.« Der Mann dreht sich wieder zu ihm um. »Erinnerst du dich, wie ich heiße, mein Freund?«

»Bin ich dein Freund?«

»Erinnerst du dich an meinen Namen, mein früherer Freund?«

»Nein.«

»Er fängt mit A an.«

»Ich weiß.«

»Du erinnerst dich also doch?«

»Ich erinnere mich, dass dein Name Aitor ist, ja.«

»Gut. An was erinnerst du dich außerdem?«

Peter antwortet nicht. Sie haben die alten Slums hinter sich gelassen. Die Häuser sind neuer, seelenloser, er sieht das Viadukt, das die neue Autobahn trägt. Dort gibt es überhaupt keine Seele. Er sieht die Berge. Wir sind auf dem Weg in die Berge, denkt er. In den Bergen wird es ein Ende nehmen. Vom Strand aus kann man die Berge sehen, und von den Bergen kann man den Strand sehen. Ich möchte noch einmal den Strand sehen. Noch ein einziges Mal möchte ich Rita umarmen und Magda und Isa, nur ein einziges Mal.

»Woran denkst du, Berger?«

»Dass ich meine Kinder noch einmal im Arm halten möchte, bevor ich sterbe.«

»Wirst du sterben? Bist du krank?«

»Warum bin ich sonst hier?«

»Dann kannst du dich also doch erinnern?«

»Woran soll ich mich erinnern?«

»Daran, was du getan hast. Das ist alles.«

»Ich habe nichts getan.«

»Sieh einer an. Du hast nichts getan.«

»Ich habe niemanden erschossen, Aitor. Ich wusste nichts.«

»Du hast nichts getan. Du wusstest nichts.«

»Um was geht es eigentlich, Aitor? Warum bin ich hier? Und zusammen mit meiner Frau. Warum habt ihr uns gezwungen hierherzukommen?«

»Niemand hat dich gezwungen.«

»Ach nein?«

»Es sind deine eigenen Taten, die dich zwingen zurückzukommen, Berger.«

»Du täuschst dich. Es ist alles ein Missverständnis. Rita hat mit der Sache nichts zu tun.«

Aitor antwortet nicht. Er scheint die Berge zu betrachten. Peter stellt fest, dass das Auto angehalten hat. Aitor hebt die Hand. Sie fahren weiter, das Auto biegt in einen Verkehrskreisel ein und fährt westwärts weiter.

»Warum bin ich hier, Aitor?«

Der Mann in dem weißen Anzug dreht sich zu ihm um.

»Das erfährst du in fünfzehn Minuten. Würdest du bitte so freundlich sein, so lange zu schweigen.«

*

Rita legt den Hörer auf. Die Kinder hatten kaum Zeit, mit ihr zu reden. Die Großmutter hat den ganzen Abend verplant, und der hat gerade angefangen. Magda wusste, dass es ein Abenteuer werden würde, Isa auch. Es würde ein spannender Abend werden, bis zum Schlafengehen.

Sie sitzt im Wohnzimmer des Hotelappartements. Es ist

sauber, eins der besseren Hotels am Meer. Sie haben Glück gehabt.

Die Balkontür steht offen. Ein Windzug bewegt die Gardine, und durch die Glaswand fällt ein Sonnenstrahl, der sich wie ein goldenes Band durch das Zimmer schlängelt.

Es klingelt zweimal an der Tür. Dann ist Peter also schon zurück.

Sie steht auf, geht durch den Vorraum und legt die Hand auf die Klinke. Auf der anderen Seite der Tür hört sie ein Husten. Es klingt fremd.

»Ja?«, sagt sie auf Englisch.

»Room service«, antwortet eine Männerstimme durch die Tür.

»Ich … habe nichts bestellt.«

»Is compliment from management, Señora.«

Ein Gruß des Hauses. Sie dreht sich zum Appartement um. Hatte nicht ein Obstkorb auf dem Tisch gestanden? Mit einem Kärtchen? Sie kann sich plötzlich nicht mehr erinnern. Sie sieht nur das Band aus Gold am anderen Ende des Vorraums.

Mit einem merkwürdigen Gefühl öffnet sie die Tür einen handbreiten Spalt. Als ob sie in Gefahr wäre. Als befände sie sich an einem feindseligen Ort.

Sie sieht einen Mann in weißer Jacke mit einem Tablett, auf dem eine Flasche und zwei hochstielige Gläser stehen. Die Jacke erkennt sie, so eine Jacke tragen alle Hotelangestellten. Der Mann lächelt. Ihn kennt sie nicht.

»A bottle of cava from management, Señora.«

Sie öffnet die Tür ganz, und der Mann geht an ihr vorbei durch den Vorraum ins Zimmer. Dort stellt er das Tablett auf einen Tisch.

Sie folgt ihm.

Er dreht sich zu ihr um, nickt und lächelt. Sie versucht sich ebenfalls an einem Lächeln.

Der Mann lässt rasch einen Blick durch das Zimmer schweifen, als sähe er es zum ersten Mal. Vielleicht ist er noch neu, denkt sie.

Er geht an ihr vorbei zurück zur Tür.

»Guten Abend, Señora.«

»Guten Abend.«

Sie trägt ihre Handtasche an einem Riemen über der Schulter und holt die Brieftasche heraus, greift einen Schein und reicht ihn dem Mann. Er nimmt ihn entgegen und verbeugt sich, ohne einen Blick auf den Schein zu werfen.

Die Limousine setzt Peter mitten auf der Avenida ab. Er sagt nichts, als er aussteigt. Er sieht das Auto wie einen großen schwarzen Raubfisch durch den Verkehr des Boulevards pflügen. Er schaut auf seine Armbanduhr, und ihm wird klar, dass er eine Stunde im Bauch des Raubfisches verbracht hat. Oder waren es zwei?

Ein Paar mittleren Alters überquert den Zebrastreifen, als das Auto vorbeifährt. Es wird von den Lichtern der Stadt angestrahlt wie Schauspieler auf einer Bühne. Die beiden sind blass und rot, erst kürzlich eingetroffene Touristen. Wie er. Sie sehen aus, als kämen sie aus dem Norden, was keine Überraschung ist, denkt er. Hier gibt es kaum andere Touristen als uns Nordländer.

Das Paar hat die sichere andere Straßenseite erreicht. Beide tragen bunte Bermudashorts und identische weiße T-Shirts. Sie sind beide dick. Peter verabscheut sie auf die gleiche Art, wie er sich selbst verabscheut.

Seine Hand, die er jetzt von sich streckt, zittert.

Die Touristen entfalten einen Stadtplan. Sie schauen auf, blicken in seine Richtung, als hielten sie ihn für einen Einheimischen, als wäre das hier seine Stadt.

Er flieht in eine Bar. Jetzt erkennt er alles wieder, nur diese Bar kennt er nicht.

Der Schnaps, den er bestellt, ist zu klein. Er bestellt ein

zweites Glas und noch eins. Es sind kleine Gläser. Der Schnaps hilft, dass seine Hand aufhört zu zittern, dass sein Körper aufhört zu zittern.

Er verlässt die Bar, drängelt sich durch die Menschenmenge. Es sind viele Gäste in der Bar, als wäre es das letzte Stündlein auf Erden.

Draußen sind genauso viele Leute unterwegs. Alle sind draußen. Die ganze Stadt ist auf den Beinen. Alle, die aus dem Norden gekommen sind, laufen hier herum. Alle lachen, als wäre das Leben ein einziges großes Gelächter, ein einziges großes Fest.

Er hält das Handy in der Hand. Er begreift nicht, warum er nicht sofort angerufen hat, als er das Raubtier verlassen hat. Seine Finger zittern wieder. Er drückt auf die Tasten, er braucht Schnaps, er braucht Zeit.

»Peter, hallo.«

Er hört seinen Namen, hört ihre Stimme. Er muss die Nummer eingegeben haben, sie muss seinen Namen auf dem Display gelesen haben.

»Ja ... ich bin's. Wie geht es?«

»Ich höre, dass du es bist.«

»Alles ... klar?«

»Deine Stimme klingt merkwürdig.«

»Nein, nein.«

»Wo bist du?«

»Mitten in der Stadt. In zehn Minuten bin ich bei dir.«

»Okay.«

Er hört sie gähnen, als hätte er sie geweckt.

»Ich bin ein bisschen eingenickt«, sagt sie.

»Bis gleich«, sagt er.

»Ich glaube, ich bin zu müde, um heute Abend noch zum Essen auszugehen«, sagt sie. »Vielleicht essen wir eine Kleinigkeit im Hotel.«

»Okay.«

»Du bist fast ... zwei Stunden weg gewesen«, sagt sie. »War es interessant?«

»Was?«

»Na, die Konferenz.«

»Ich weiß nicht recht. Ziemlich dünn besetzt.«

»Dünn besetzt?«

»Es gibt nur wenige Seminare.«

»Dann haben sie dich also zu einem richtigen Urlaub eingeladen.«

»Scheint so. An den wenigen Vorträgen, die angeboten werden, muss ich wohl teilnehmen.«

»Vergiss nicht, dass du die Kinder anrufen wolltest.«

»Das mach ich jetzt. Tschüs.«

Er drückt auf Aus und gibt eine neue Nummer ein, während er in eine schmale Seitenstraße auf der anderen Seite des Parks einbiegt. Er lässt es lange klingeln, aber niemand meldet sich. Er schaut vom Display auf. Er ist allein auf der Straße, als hätten alle guten Geister die Stadt verlassen. Er hört keinen Ton, nur das Rauschen in seinem Kopf, das immer lauter wird, statt abzuebben. Es kann nicht das Rauschen des Meeres sein, aus dieser Entfernung ist es nicht mehr zu hören. Er wählt den kürzesten Weg zum Meer und biegt nach rechts ab, geht an einem Hotel vorbei, das noch aus der alten Zeit stammt. Nach fünfzig Metern hat er die Strandpromenade erreicht und hört Meer und Menschen zurückkehren. Er nimmt die Treppe zum Strand hinunter, zieht die Schuhe aus und geht durch den Sand.

Jetzt steht er am Wassersaum. Das Meer kommt in langen Wellen auf ihn zugerollt, glitzernd im Lichterglanz der Stadt.

Als er die Hotellobby betritt, steht der Portier vor dem Fernseher, der an der Wand hinter dem Tresen hängt. Einige andere Personen stehen auch da und schauen auf den Schirm.

Peter sieht Flammen auf dem Bildschirm, vielleicht an einem Strand, und hinter den Flammen ein Haus. Die Szenerie kommt ihm bekannt vor, nicht nur die Flammen. Er ist in diesem Gebäude gewesen. In der anderen Zeit ist er dort gewesen, in der bösen Zeit, der unbeschreiblich glücklichen Zeit.

Der Portier dreht sich zu den Gästen um und macht eine hilflose Handbewegung.

»*¿Que pasa?*«, fragt Peter.

»*En Estepona. ¡Esta tarde! ¡Estepona!*«

Der Mann schüttelt wütend den Kopf. Er sieht aus, als hätte er Angst. In seinem Gesicht spiegelt sich der Terror. Peter erkennt ihn wieder. Terror ist Strafe für etwas, das man nie getan hat.

Er geht hinauf zu dem Hotelappartement, klopft an die Tür und nennt seinen Namen.

Rita öffnet. Sie sieht ausgeruht aus, glücklich.

»Hast du Milch mitgebracht?«, fragt sie.

»Mist«, sagt er. »Die hab ich vergessen.«

»Nicht schlimm. Wir haben eine Flasche spanischen Champagner von der Hotelleitung bekommen. Champagner ist besser als Kaffee.«

»Ich habe bei deiner Mutter angerufen, aber da hat sich niemand gemeldet.«

»Wahrscheinlich machen sie einen Spaziergang. Ich habe vorhin mit ihnen gesprochen.«

»Das war vorhin«, sagt er, »nicht jetzt.«

Er bleibt im Vorraum stehen und gibt eine Nummer in sein Handy ein, lässt es klingeln, steckt das Handy weg, schaut auf.

»Scheiße.«

»Was ist los? Du wirkst ja richtig aufgebracht.«

»Was treiben die um diese Zeit noch draußen?«

»Es ist doch gerade erst kurz nach sieben. Mama macht um diese Zeit gern einen kleinen Spaziergang um den Block ... Übrigens hat sie gesagt, dass sie gutes Wetter haben, klar und mild.«

Er schweigt.

»Und außerdem hat sie gesagt, dass sie vielleicht in unser Haus ziehen, weil das bequemer für die Kinder ist.«

»Warum kann sie sich nicht ein Handy anschaffen wie jeder normale Mensch! Sie hat ja nicht einmal einen Anrufbeantworter.«

»Was ist los mit dir, Peter. Bist du betrunken?«

»Nein, noch nicht.«

»Was ist passiert?«

»Nichts ist passiert.«

*

Aber es ist etwas passiert.

Er verlässt den Vorraum.

»Ich gehe duschen«, sagt er.

Er denkt darüber nach, was heute Abend passiert ist. An das Gespräch in Aitors Limousine. Aitor Usetxe. Einst ein junger Mann, so jung wie er selber damals.

Jung in dem Haus am Strand von Estepona.

Die Limousine. Es ist gerade eine Stunde her und fühlt sich an wie ein Jahr. Wie zwanzig Jahre.

Sie waren in den Kreisverkehr eingebogen und dann weiter Richtung Westen gefahren, die Bebauung lichtete sich, aber die wenigen Häuser wurden größer, alles wurde größer und lichter, eine neue Stadt, die in den Jahren seiner Abwesenheit entstanden war. Banken, öffentliche Gebäude, Gebäude mit eisernen Pforten. Die Limousine bog in einen von Palmen gesäumten Boulevard ein, zu beiden Seiten des Boulevards Parks, grüner Rasen. Zwischen zwei Häusern sah er das Meer schimmern, wie ein Gemälde. Die Sonne war im Begriff unterzugehen, sie war größer geworden und färbte alles mit ihrem intensiven Rot.

Sie parkten auf dem Boulevard, unter einem Baum, dessen Name Peter nicht einfiel.

Aitor nickte zur anderen Seite, zu einem Gebäude, das neu aussah, groß und neu. Es war fünfzig Meter entfernt. Mehrere Autos parkten auf der Straße davor und in dem Innenhof,

Limousinen, einige von ihnen sicher gepanzert. In dem Gebäude schien eine Bank untergebracht zu sein.

Die Glasfassade schimmerte rot und schwarz im Dämmerlicht.

Aitor schwieg.

Nichts rührte sich auf der anderen Seite des Boulevards. Peter sah zwei Männer, die die Pforten bewachten, keiner von beiden rührte sich. Er registrierte die Waffen, die sie trugen.

»Siehst du das Haus?«, fragte Aitor.

Peter zuckte beim Ton in seiner Stimme zusammen.

»Siehst du es?«, wiederholte Aitor.

»Ich bin ja nicht blind. Vielleicht von der Sonne geblendet, aber nicht blind.«

»In wenigen Minuten kommt ein Mann heraus«, sagte Aitor.

Peter schwieg.

»Hast du mich gehört?«

»Ich bin ja nicht taub. Wer kommt heraus?«

Aitor steckte eine Hand in sein Jackett und zog ein Foto aus der Innentasche. Er hielt es Peter vor die Augen. Das Licht reichte aus, um Details zu erkennen.

»Er wird nicht allein herauskommen«, sagte Aitor. »Üblicherweise ist er von einem kleinen Trupp umgeben.«

Das Foto zeigte einen dunkelhaarigen Mann in Aitors und Peters Alter. Der Mann lächelte, er winkte mit einer Hand und hielt eine Rede oder etwas Ähnliches. Er stand hinter einem Pult, einem Rednerpult, am unteren Bildrand waren einige Hinterköpfe zu sehen.

»Es ist ganz neu«, sagte Aitor. »Hier in der Stadt aufgenommen.«

»Wer ist das?«, fragte Peter.

»Erinnerst du dich nicht an das Gesicht?«

»Nein. Warum sollte ich? Wer ist das?«

»Schau genau hin!« Aitor nickte mit dem Kopf in Richtung Gebäude.

Mehrere Männer kamen heraus.

Ganz hinten gingen zwei Männer hintereinander. Der eine trug einen dunklen Anzug, der andere einen hellgrauen, der an Aitors Anzug erinnerte, als wäre die Farbe im Dämmerlicht nur ein wenig dunkler geworden.

Aitor reichte Peter ein Fernglas.

Er hielt es sich vor die Augen.

»Der im grauen Anzug. Der andere ist sein erster Leibwächter. Bodyguard *número uno*.«

Aitor lächelte schwach.

»Der Rest wartet beim Auto«, fuhr er fort.

Peter beobachtete die Männer durch das Fernglas. Der Mann in dem grauen Anzug sagte etwas zu einem anderen, der lächelte. Jetzt lachten mehrere der Männer. Das Bild wurde trübe, als er den Blick auf den Boulevard richtete, wo fünfzehn Meter entfernt drei Männer in dunklen Anzügen neben einer Limousine warteten. Sein Blick kehrte zu dem Mann zurück.

»Wer ist das?«

»Erkennst du ihn nicht?«

Peter antwortete nicht. Er antwortete nicht, weil er mit einem Mal wusste, wen er auf dem körnigen Foto gesehen hatte. Es war wie ein Blick in die Vergangenheit. Er erkannte das Gesicht. Es hatte sich nicht wesentlich verändert.

Peter wusste, dass Aitor wusste, dass er es wusste.

»Ja«, sagte Aitor, als hätte Peter auf seine Frage geantwortet, »das ist unser aller Jesús Maria.«

Peter sah den Mann mit seinem Gefolge auf die Straße treten. Mehrere Autos waren vorgefahren, einige große Lexus waren dabei, den Hof zu verlassen, auf dem das Gebäude stand. Sie sahen aus wie schwarze Panzerwagen.

»Man kann kaum glauben, dass ihm der Name zu seinem Schutz gegeben wurde. Jesús Maria.«

Peter ließ das Fernglas sinken.

»Wie meinst du das?«

»Die Madonna und ihr Sohn. Aber schau ihn dir an, schau dir den Sohn an! Er umgibt sich mit einer ganzen Armee.«

Aitors Gesicht hatte sich plötzlich verdunkelt, als wäre die Dämmerung in seinen Körper eingedrungen. Seine Augen veränderten sich. Er sah aus wie ein Mann, der große Schmerzen leidet. Als wäre der Schmerz in seinen Körper eingezogen, als wäre er von der Sonne in seinen Körper umgesiedelt.

»Aber das wird nicht reichen«, sagte Aitor. »Nichts kann Jesús Maria Montañas schützen.« Er lächelte wieder, doch das Lächeln war meilenweit von seinen Augen entfernt. »Erinnerst du dich, wie wir darüber Witze gemacht haben, Peter? Dass ihr fast die gleichen Nachnamen hattet. Berger und Montañas. Es ist schade, dass du deinen gewechselt hast. Matteus ist langweiliger.« Er lächelte wieder. »Aber er passt, das ist interessant. Wir befinden uns immer noch in der Heiligen Schrift. Das ist interessant.«

Peter sah die Limousine langsam davongleiten.

»Bald schützt ihn nichts mehr«, sagte Aitor.

»Wie meinst du das?«

»Vor dir, Peter.«

Bevor er antworten konnte, fuhr das andere Auto vorbei. Für den Bruchteil von Sekunden sah Peter Jesús' Profil auf dem Rücksitz, das plötzlich von der untergehenden Sonne angestrahlt wurde, einer wahnsinnig feuerroten Sonne. Das Profil wurde zu einer scharfen Silhouette, ein perfekter Scherenschnitt.

»Vor mir?«

»Ja. Du wolltest doch wissen, warum du hier bist. Die Antwort ist gerade an uns vorbeigefahren.« Aitor deutete mit dem Kopf auf das entschwindende Auto. »Dort fährt der Mann, den du umbringen wirst.«

Der Chauffeur der Limousine hatte einen wahnsinnigen Flamenco aufgelegt, nachdem sie sich von der Bürgersteigkante losgerissen hatten. Die Lautstärke ließ keine Unterhaltung zu.

Aitor starrte geradeaus vor sich hin, als kämpfte er dagegen an, Peter anzuschauen, als fürchtete er, er könnte etwas tun, was er bereuen würde, etwas Gewaltsames.

Sie waren zurück auf dem Weg ins Zentrum. Die Palmen, das Gras, Parks und Gebäude waren schwarz geworden im Dämmerlicht. Von der Sonne war nur noch ein brennendes Band am Horizont über Afrika geblieben. Es war gar nicht weit dorthin. Es gab Menschen, die hatten versucht, die Distanz schwimmend zu überwinden.

Sie bogen in den westlichen Teil der Uferpromenade ein. Die Strände waren jetzt leer. Es schwamm niemand mehr im Meer.

Der Chauffeur stellte die Musik leiser.

»Ich werde dich über die Lokalpolitik informieren«, sagte Aitor. »Unser Jesús lässt sich zur Wahl als Bürgermeister dieser stolzen Stadt aufstellen. Die Wahl findet in zwei Wochen statt. Alle rechnen damit, dass er gewinnt.«

Er drehte sich zu Peter um.

»Du sagst nichts?«

Peter antwortete nicht. Ihm war furchtbar übel, als müsste er sich jeden Moment übergeben. Und damit die Lederbezüge in der neuen Limousine verderben.

»Kö...können wir anhalten? Anhalten!«

Er spürte den Mageninhalt schon in der Kehle. Aitor verstand und gab dem Fahrer ein Zeichen. Das Auto hielt. Die Tür an Peters Seite öffnete sich automatisch. Er warf sich hinaus und übergab sich. Das Erbrochene bedeckte den Beton, auf dem sie parkten. Ihm stiegen Tränen in die Augen. Er war blind.

»Ich verstehe dich«, hörte er Aitors Stimme. »Glaub nicht, dass ich es nicht verstehe. Aber ändern wird es nichts.«

Eine Sekunde lang dachte Peter an Flucht. Davonstürmen, ins Hotelzimmer stürzen, Rita holen, fliehen, fliehen!

Doch in derselben Sekunde wurde ihm klar, dass es sinnlos war.

Er ließ sich zurück in den Lederbezug sinken. Es roch streng, neu, bösartig. Die Übelkeit schwappte noch einmal hoch, legte sich aber wieder. Er blieb sitzen, den Hinterkopf gegen das Leder gelehnt. Seine Kopfhaut war mit einem Schweißfilm bedeckt, sein ganzer Körper war schweißnass.

»Er ist Polizeipräsident in unserer Stadt gewesen«, hörte er Aitors Stimme. Sie klang, als würde sie durch einen langen Tunnel rollen, wie Wellen rollen, er war an dem einen Ende des Tunnels, und es gab keinen Weg hinaus. »Jesús war Polizeipräsident. Kannst du dir das vorstellen? Er ist erst kürzlich zurückgetreten. Um sich der Politik zu widmen.« Die letzten Worte klangen wie Stahl, die Wellen hatten sich in Stahl verwandelt.

»Er war da in jener Nacht«, sagte Aitor jetzt. »Er war am Strand.« Er drehte sich zu Peter um. »Verstehst du?«

»Was? An welchem Strand?«

»Erinnerst du dich nicht? Du warst doch auch dabei. Jesús hat hinter dem Überfall gesteckt, dem Hinterhalt. Ich weiß, dass er es war. Jesús steckt hinter allem.«

»Woher willst du das wissen?«

»Dann erinnerst du dich also?«

»Ich erinnere mich an den Strand.«

»Er hat meinen kleinen Bruder umgebracht!«, sagte Aitor laut.

Peter schwieg. Sie saßen im Dunkeln. Jetzt war es nicht mehr so eilig, irgendwohin zu fahren. Wir wollen nirgendwohin, dachte er. Dies ist das andere Ende des Tunnels. Er schaute zum Horizont. Der war im Abend versunken, über Afrika war es schwarz. Ich befinde mich am Ende des Tunnels, und das Licht ist fort, dachte er. Ein entsetzlicher Gedanke.

Aitor beugte sich zu ihm herüber. Sein Gesicht wurde angeleuchtet, als sich der Fahrer vorn eine Zigarette anzündete.

»Und du bist von der Bühne verschwunden, mein Peter. Wie hast du das geschafft? Das habe ich mich immer gefragt.«

»Ich hatte Glück.«

»Glück? GLÜCK?«

»Sie haben mich nicht gesehen. Ich war schon oben … am Weg. Ich habe mich in den Dünen versteckt. Hinter den Dünen.«

»Dort gibt es keine Dünen.«

»Es gab jedenfalls ein paar Hügel. Ich weiß nicht, wie du die nennst.«

»Ich glaube dir nicht. Und ich habe dich schon immer fragen wollen, was wirklich passiert ist. All die Jahre im Gefängnis habe ich gedacht, dass ich dich das eines Tages fragen werde.«

»Jetzt hast du es getan.«

Aitors Augen waren schmal geworden. Peter sah es, es war das Einzige, was er in der Dunkelheit sehen konnte.

»Ich könnte dich in diesem Augenblick umbringen«, sagte Aitor. »Wie man ein Eichhörnchen erschlägt.«

»Hast du im Gefängnis daran gedacht, Aitor?«

»Anfangs. Anfangs habe ich das gedacht.«

»Aber jetzt nicht mehr.«

»Nein, jetzt bin ich ruhiger.«

»Jetzt willst du jemand anderen umbringen.«

Aitor antwortete nicht.

»Ich kann es nicht tun«, sagte Peter. »Ich kann es nicht für dich tun.«

»Es geht nicht mehr um mich, mein Freund. Es geht um dich.«

»Es geht um Rache«, sagte Peter. »Es geht um uns beide, aber nicht allein um uns.«

Aitor nahm eine Schachtel dünner Zigarren aus seiner Jackettasche und zündete sich eine an, ohne Peter eine anzubieten. Wieder wurde sein Gesicht von einer Streichholzflamme angeleuchtet, aber Peter konnte es auch ohne Licht sehen. Ihm stieg der bekannte Zigarrenduft in die Nase, und alles kehrte zurück, wie immer, wenn sich eine Geruchserinnerung meldet. Das Vergangene einer bestimmten Zeit und an einem bestimmten Ort steht plötzlich vor einem, einer guten Zeit, einer bösen Zeit, einem guten Ort, einem bösen Ort.

»Du hast mich gezwungen hierherzukommen, mir keine Wahl gelassen«, sagte er. »Du hast Kontakte in Schweden, die meine Familie bedrohen. Ich bin gezwungen worden, meine Frau mitzubringen. Und jetzt willst du mich zwingen, einen Fremden zu töten. Ich frage mich ernsthaft, ob es sich dabei um einen schlechten Scherz handelt.«

Aitors Hand schoss vor und packte Peter am Hemdkragen. Peter spürte, wie er sich um seinen Hals zusammenzog. Der Fahrer drehte sich um. Peter sah, dass er eine Pistole in der Hand hielt. Und Aitors Miene war nicht die eines Witzboldes.

»Der Tod meines Bruders war kein Scherz, du Scheißkerl! Der Tod der Kameraden war kein Scherz! Meine Jahre im Gefängnis waren kein Scherz!«

Peter versuchte, sich aus dem Griff zu befreien, indem er sich nach hinten lehnte. Aitor ließ los. Er nahm die Hand weg und gab dem Fahrer ein Zeichen. Die Limousine schaukelte weiter. Sie fuhr durch eine Stadt, die in das Gelb der künstlichen Beleuchtung getaucht war.

Sie waren wieder im Zentrum.

Vor den getönten Scheiben flanierten Menschen vorbei. Es war wie der Blick aus einem Gefängnisfenster auf das Leben außerhalb der Mauern. Aitor und Peter hatten die Plätze getauscht. Das war der erste Schritt.

»Was glaubst du, wie ich dich gefunden habe, Peter Mattéus? Du wolltest verhindern, dass wir dich finden, nicht wahr?« Aitor lächelte. Jetzt wirkte er wieder ruhig. »Warum hast du deinen Namen geändert?«

»Ich musste vorsichtig sein. Das ist doch logisch. Ich war involviert, durch dich, zum Beispiel. Ich musste weggehen und … ein neues Leben beginnen.«

Aitor lachte auf. Es klang wie ein Zischen.

»Und jetzt bist du wieder ›involviert‹, Amigo. Einmal kann

man weglaufen, aber man kann nie zweimal vor seiner Verantwortung davonlaufen, wie man sagt.«

»Wer sagt das?«

»Halt's Maul!«

Die Limousine hielt vor einer Bar, auf dem Bürgersteig standen Stühle und Tische.

Peter sah, wie sich Aitors Hände ballten und wieder öffneten, sich ballten und wieder öffneten. Er spürte ein Ziehen um den Hals. Er wusste, dass Aitor seine Hände am liebsten um seinen Hals schließen würde, seine Finger um seinen Hals pressen, bis seine Augen explodierten.

»Apropos laufen«, sagte Aitor. »Jesús läuft am Strand. Er joggt. Da gibt es eine Stelle, wo sie keine hundertprozentige Sicherheit gewährleisten können. So scheint er es haben zu wollen. Als würde er sich auf den Strand verlassen.«

»Auf den Strand verlassen?«

Aitor nickte.

»Er ist immer am Strand gelaufen. Dort fühlt er sich sicher. Er ist am Strand aufgewachsen. Wusstest du das?«

»Ich weiß so gut wie nichts von ihm. Warum erzählst du mir das alles?«

»Am Strand«, sagte Aitor, »wird es geschehen.«

6

Er hat ein Handtuch um die Hüften geschlungen, als er ins Zimmer kommt. Seine Haare sind noch nass.

»Hast du dich ein bisschen beruhigt?«, fragt sie.

»Ja. Her mit dem Champagner. Ach nein, ich möchte lieber Whisky.«

»Bist du sicher?«

»Warum sollte ich nicht sicher sein?«

»Du hattest eine Fahne, als du gekommen bist.«

»Das war nur Sherry. Auf dem Empfang hat es Sherry gegeben.«

Er geht zu der Anrichte in der Küchenecke und schraubt die Whiskyflasche auf, nimmt ein Trinkglas vom Bord und schenkt sich ein.

»Ich habe zu Hause angerufen, während du geduscht hast«, sagt sie. »Willst du nicht auch anrufen? Ich bin mir sicher, das würde sie freuen.«

Er nimmt die Armbanduhr hoch, die er auf die Anrichte gelegt hat, und kontrolliert die Zeiger.

»Dafür ist es jetzt zu spät«, sagt er.

Sie sitzen in einem Innenhof, der einem das Gefühl gibt, als befände man sich in einem Zimmer im obersten Stockwerk eines Hochhauses, so nah sind die Sterne.

Er sieht eine weiß gekalkte, mit dunkellila Bougainvilleen bewachsene Mauer, mehr Blüte als Wand.

Sie sitzen sich, eingekreist von anderen Restaurantgästen, an einem Tisch gegenüber, auf dem eine weiße Stoffdecke liegt. Es ist ein lauer Abend. Schon auf dem Weg hierher hat er sein Jackett ausgezogen.

Der Kellner schenkt Rita Wein ein. Ihr Gesicht leuchtet im Schein der brennenden Kerzen.

Der Kellner schenkt ihm Wein ein und stellt die Flasche in einen Behälter mit Eis. Dann verneigt er sich andeutungsweise und geht.

Sie prosten sich zu.

Rita betrachtet ihn.

»Versuch ein wenig abzuschalten«, sagt sie.

»Ich habe abgeschaltet.«

»Betrachte es nicht als Job.«

Er trinkt von seinem Wein, als sie das sagt, und verschluckt sich.

»Was hast du gesagt?«

»Sieh es nicht als Job.«

»Was?«

»Den Job! Oder das Seminar oder wie immer du es nennen willst.«

»Nein ... nein. Wahrscheinlich steckt mir noch der Schwedenstress im Körper.«

»Der Schwedenstress«, wiederholt sie.

»Darauf trinken wir!« Er trinkt und schenkt sich ein weiteres Glas ein.

»Sei vorsichtig«, sagt sie.

»Es ist ja nur ein bisschen Wein«, sagt er.

»Um wie viel Uhr findet denn dieser Empfang morgen statt?«

»Äh ... um eins. In der Mittagszeit.«

»Und die wollen also, dass ich dabei bin?«

»Ja.«

»Muss ich wirklich? Ich würde gern darauf verzichten. Um die Zeit möchte ich lieber am Strand liegen.«

Ein Ober kommt zu ihrem Tisch und serviert ihnen Schälchen mit *Gambas al ajillo, Jamón serrano*, marinierter Paprika, Sardellen und kleinen frittierten Fischen.

Er nickt ihnen und den Tapas zu und geht davon.

»Entschuldige mich bitte einen Moment.« Peter steht auf und verlässt den Tisch.

Er betrachtet sein Gesicht im blauen Toilettenlicht. Eiskaltes Licht, sechzig Grad kälter als das Licht draußen. Wasser rinnt über sein Gesicht, er atmet heftig und stoßweise. Seine Augen verschwimmen im Spiegel.

Er spritzt sich mehr Wasser ins Gesicht.

Er trocknet sich mit den Papiertüchern ab, wischt sich über Stirn, Mund und Augen, betrachtet sich erneut im Spiegel. Seine Augen sind wieder da, es sind seine Augen, er ist es.

Er schüttelt langsam den Kopf.

»Scheiß drauf«, sagt er, als er sich wieder an den Tisch setzt. Er war nur wenige Minuten weg. Die Gambas zischen immer noch in den heißen Lehmschalen.

»Wie bitte?«

»Auf diesen verdammten Empfang. Das Essen. Scheiß drauf.«

»Kann ich das denn?«

»Ja.«

»Wunderbar.«

»Ich lasse mich eine Weile dort blicken, und dann verbringen wir den Nachmittag am Meer.«

Auf einer kleinen Bühne vor der Mauer schlägt ein Flamencogitarrist einen Akkord an. Ein Sänger auf einem Stuhl neben dem Gitarristen beginnt zu singen. Mit heiserer Stimme, hell und gefühlvoll. Der Mann muss so um die siebzig sein. Er singt von Abschied: »*Adiooos Granada, Granaudaaa mia* …«

Sie lieben sich. Er nimmt sie brutal, als wäre dies die letzte Gelegenheit. Als wollte er die Gelegenheit gewaltsam festhalten.

»Au!«

Er hört nicht auf.

»Au, aua.«

Er hält inne.

»Entschuldige.«

Sie schaut zu ihm hoch und nimmt sein Gesicht in die Hände.

»Irgendetwas stimmt nicht. Was ist mit dir? Oder ist etwas mit … mir? Mit uns?«

»Nein, nein.«

Er legt sich auf den Rücken neben sie, sinkt neben sie. Sie wartet darauf, dass er noch etwas sagt. Er schweigt. Nach einer Weile dreht er sich zu ihr um.

»Warum hast du mich geheiratet, Rita?«

»Wie meinst du das?«

»Heiraten … Kinder bekommen. Warum wolltest du das mit mir?«

»Weil ich dich liebe, natürlich.«

»Aber warum liebst du mich? Was an mir liebst du?«

»Ich liebe dich, Peter Mattéus. Ich liebe den Mann, der Peter Mattéus heißt. Manchmal bist du ein Trottel, aber den liebe ich wohl auch.«

Er gibt einen Laut von sich, der wie ein kurzes Lachen klingt.

»Was war das?«, fragt sie.

»Peter Mattéus, ha!«

»Sag nicht, dass du endgültig verrückt geworden bist.«

»Vielleicht bin ich nicht der, für den du mich hältst.«

»Das Gleiche könnte auch für mich gelten«, sagt sie.

»Wie meinst du das?«

»Es braucht Zeit, Menschen kennenzulernen, Peter. Wie soll ich das ausdrücken … Wir haben uns vor sieben Jahren kennengelernt und ein Jahr später ein Kind bekommen … und dann haben wir den Kindern viel Zeit gewidmet, die meiste.«

»Hast du schon einmal darüber nachgedacht, dass ich kaum etwas von der Zeit erzählt habe, bevor wir uns kannten?«, fragt er. »Ich war ein fast reifer Mann, als wir uns trafen.«

»Nein, habe ich nicht, weil ich es nicht sonderlich interessant finde. Das habe ich dir doch schon einmal erklärt. Ich bin so. Ich will diesen ganzen Mist von Exfreundinnen oder Blutsbrüdern, einem abgebrochenen Studium oder anderen verpassten Chancen nicht hören. Als wir uns kennenlernten, hat die Gegenwart begonnen.«

Sie lacht und legt eine Hand auf seine Brust. Ihre Hand ist warm und fest. Er wünschte, sie würde ewig dort liegen bleiben, für den Rest aller Zeit. Er will nicht an Blutsbrüder denken, und er will sich nicht bewegen, er will sich nie mehr bewegen.

»Die Zeit hat mit uns begonnen!«

Sie soll nichts mehr sagen, sie brauchen nie mehr etwas zu sagen. Nie mehr etwas zu sehen oder zu hören. Jetzt ist alles gut.

»Wir haben uns im Jahre null kennengelernt, Peter.«

»Ich wünschte, es wäre so.«

»Man kann es doch wenigstens denken. Das ist vielleicht naiv, aber es fühlt sich gut an.«

»Das ist sogar sehr naiv.«

»Gut. Es gibt schon genügend Zyniker auf der Welt.«

»Stell dir vor, ich hätte etwas getan, was du niemals wissen wolltest, Rita? In meinem früheren Leben. Etwas, das du nicht ertragen könntest, wenn du es wüsstest.«

»Darum geht es mir doch gerade«, sagt sie. »Ich möchte nichts wissen.«

»Ich mache keine Witze«, sagt er.

»Ich auch nicht.«

»Stell dir vor, ich hätte einen Menschen ermordet?«

»Hör auf, Peter. Genau das habe ich gemeint, als ich von der Vergangenheit sprach.«

»Stell dir vor, ich trage eine solche Tat mit mir herum«, sagt er. »Angenommen, ich habe bewusst jemanden erschossen.«

»Schluss jetzt.« Sie richtet sich auf. »Ich will nicht mehr darüber reden.«

Er bleibt liegen, schweigt. An der Decke sind Schatten. Vielleicht sind sie immer dort gewesen. Vielleicht sind es Schatten des Meeres. Das Meer hat es immer gegeben, es war immer da. Er hat sich immer vom Meer angezogen gefühlt. Jetzt weiß er, dass am Meer alles ein Ende nehmen wird.

»Ich weiß doch, dass du so etwas nicht getan hast«, sagt sie etwas leiser.

Er richtet sich ebenfalls auf.

»Woher weißt du das? Wieso bist du dir so sicher?«

»Ich kenne dich gut genug, um das wissen.«

Er nickt.

Sie sucht seinen Blick.

»Gibt es etwas, wovon ich nichts weiß?«, fragt sie.

»Was sollte das sein?«

»Dass du … jemanden umgebracht hast. Bevor wir uns getroffen haben. Hast du das getan?«

»Nein.«

»Warum zum Teufel redest du dann so einen Mist?«

Fluchen ist sonst nicht ihre Art. Offenbar hat er sie stärker verunsichert, als ihm bewusst war. Er hat seine Ängste auf sie übertragen. So etwas nennt man Projektion.

»Das ist krank, Peter. Dieses Spiel will ich nicht spielen.«

»Oder wenn ich kriminell gewesen wäre«, fährt er fort. »Wenn ich mir etwas Schlimmes zuschulden hätte kommen lassen. Was würdest du sagen, wenn du davon erführest?«

»Hörst du mir nicht zu? Ich will dieses Spiel nicht spielen!«

»Okay.«

Sie schaut ihn wieder an.

»Es gibt etwas, das du mir sagen möchtest, aber eigentlich auch wieder nicht.«

Er schweigt.

»Hast du etwas verbrochen?«

»Was würdest du tun, wenn du es wüsstest?«

»Ich kenne dich, Peter. Ich kenne dich seit sieben Jahren, habe fast jeden Tag mit dir verbracht. Ich hätte es gewusst. Oder du hättest es mir erzählt.«

Er nickt. Sie betrachtet ihn. Sie kann sein Nicken nicht deuten. Bestätigt er damit etwas, das sie gesagt hat, oder eher eine innere Stimme? Vielleicht trägt er ein Geheimnis mit sich herum, das es schon immer gegeben hat, so verborgen, dass sie es nie ergründen wird. Sie spürt einen kalten Schauer über ihren Rücken laufen, als hätte ein kühler Nordwind die Balkontür hinter ihnen aufgedrückt.

»Hast du in jungen Jahren eine richtige Dummheit begangen? Damit bist du nicht allein. Aber ich weigere mich zu glauben, dass du jemanden umgebracht hast.«

Wieder spürt sie den Windzug, er streicht wie ein Raubtier um das Bett, durchs Zimmer, das Appartement.

»Hast du das, Peter? Ich frage dich noch einmal.«

»Nein. Ich gebe dir mein heiliges Ehrenwort, dass ich niemanden umgebracht habe.«

»Danke«, sagt sie. »Das wäre das Schlimmste. Fast alles andere ist verzeihlich.«

»Aber wenn es passiert ist?«

Sie hat nicht verstanden, was er gesagt hat, er hat sie dabei nicht angesehen, hat zum Balkon geschaut, zum Meer. Sie berührt ihn am Arm, der kälter ist als ihre Hand.

»Lass uns damit aufhören, Peter. Es tut mir nicht gut. Unsere Unterhaltung wird mir langsam unheimlich.«

»In Ordnung.«

Er setzt sich auf und greift nach dem Wasserglas, das

auf dem Nachttisch steht, trinkt einen Schluck. Das Wasser schmeckt nach nichts, verbreitet nur eine schwache Kühle im Zwerchfell, als es durch seine Kehle fließt.

»Ich weiß nicht, warum ich so rede«, sagt er. »Vielleicht habe ich etwas geträumt.«

»Wir haben doch noch gar nicht geschlafen.«

»In einer anderen Nacht.«

»Hast du geträumt, du wärst ein Mörder?«

»Ich weiß es nicht.«

»Wenn ein Serienmörder mit einem Schlachtermesser in unsere Wohnung eindringen würde und ernsthaft drohte, mich und die Kinder zu zerstückeln, und du kämst Sekunden später mit einer Pistole hereingestürzt und würdest ihn erschießen, dann würde ich jubeln. Reicht dir das als Kommentar?«

»Vollkommen.«

»Hast du von so einer Situation gesprochen?«

»Ungefähr.«

Die Sonne geht über den Wüsten von Afrika auf, als er vor der Anrichte in der Pantryküche steht und ein Glas Saft trinkt. Er tritt auf den Balkon hinaus. Der Strand ist leer, ganz und gar leer. Das Meer ist sehr groß und grau und regungslos in Erwartung der Sonne, die sich noch nicht gezeigt hat. Alles wartet darauf, dass sie sich zeigt. Bis jetzt hat sie nur ein kaltes Licht vorausgeschickt. Erst Licht, dann Wärme, denkt er. Er trägt Shorts und ein T-Shirt. In einer Minute wird er sich im Vorraum die Joggingschuhe schnüren. Er hat Rita in der vergangenen Nacht angekündigt, dass er in der Morgendämmerung laufen wolle. Sie hat gelacht. Aber hier steht er.

Auf den Notizblock, der auf der Anrichte liegt, hat er ICH KAUFE MILCH geschrieben. Er weiß nicht, warum.

Vielleicht war es ein Versuch, normal zu sein. Das Leben normal wirken zu lassen. Mehr verlangen wir nicht. Das Leben soll normal sein. Wir wollen schon im Voraus wissen, dass es normal wird. Dass es warm wird. Dass wir Milch für den Kaffee kaufen.

*

Als er die schmale Treppe zur Avenida hinaufsteigt, haben die ersten Sonnenstrahlen die Häuser erreicht, die dem Strand am nächsten stehen. Eins der Cafés, an denen er vorbeikommt, hat schon geöffnet. Noch sind keine Gäste da. Er fröstelt in einem kurzen Windhauch, dem letzten Windhauch der Nacht, kehrt um und setzt sich an einen Tisch. Eine Frau kommt aus dem Lokal. Er bestellt Kaffee und Toastbrot mit Butter und Marmelade. Während er auf das Frühstück wartet, füllt sich die Straße mit Menschen, als hätten sie nur darauf gewartet, dass er als Erster die Initiative ergreift. Jetzt ist die Sonne zu sehen, er spürt sie im Gesicht, schließt die Augen und genießt die Wärme.

Als er den Kaffee getrunken hat, legt er einige Münzen auf den Tisch und geht zur Altstadt hinauf.

Bis dorthin hat die Sonne es noch nicht geschafft. Einige Geschäfte öffnen gerade, Jalousien aus Metall werden mit einem Scheppern hochgezogen, das in seinem Kopf widerhallt. Ihm fällt auf, dass er heute noch gar nicht an das Rauschen in seinen Ohren gedacht hat, was sonst das Erste ist, woran er beim Aufwachen denkt. Vielleicht neutralisiert das Meeresrauschen das Rauschen in seinem Kopf. Jetzt hört er es wieder, das Rauschen im Kopf, in den Ohren, er ist schon zu weit entfernt vom Meer.

Die Gasse gibt es noch. Der Eingang sieht genauso aus wie damals. Dorthin fällt nie ein Sonnenstrahl. Er fröstelt, als er die hundert Meter zu der breiteren Straße am anderen Ende geht. Die Gasse ist wie ein Tunnel. Am anderen Ende ist Licht. Jetzt steht er in dem Licht.

Die Straße führt bergan. Über ihm ragen die Berge auf, hinter dem höchsten Punkt der Gasse, den er bald erreichen wird. Die Berge sind noch da, wenigstens die nächsten hundert Millionen Jahre wird es sie noch geben.

Eine Frau scheuert auf Knien die Steinplatten in einem Patio. Sie schaut auf, als er vorbeigeht, er nickt ihr zu, sie nickt nicht zurück.

Er hat den Marktplatz erreicht. Im Schatten von drei Palmen neben der Kirche bleibt er stehen. Am anderen Ende des Platzes ist ein Café. Von der Stelle, wo er steht, kann er die Fenster sehen, das einstöckige Wohnhaus, die Verwahrlosung, die Schönheit, über der Tür hängt ein weiß-blaues Schild, das im Lauf vieler Jahre von der Sonne ausgebleicht wurde, er weiß genau, wie viele Jahre es sind. Bar Azul steht auf dem Schild, von hier aus kann er die Buchstaben nicht lesen, aber er weiß, dass sie noch da sind, weil das Schild noch da ist.

Er war an der Namensfindung für das Café beteiligt, oder für die Bar, oder für die Bar und das Café.

Es gibt eine Fotografie von ihm, da sitzt er vor dieser Bar.

Vor nicht allzu langer Zeit hat er dieses Foto angeschaut, aber er hat das Gefühl, als wäre es Jahre her. Er hat es wiedergefunden in einem Safe in Stockholm.

Das Foto wurde vor vielen, vielen Jahren aufgenommen.

Aitor und er, vor vielen Jahren, die in die Kamera lächelten, vor vielen Jahren.

Die die Frau anlächelten, die hinter der Kamera stand, die Frau, die das Foto gemacht hat.

Er überquert den Platz, die Tür steht offen, ein schwarzes Loch im Schatten der Sonne, und er geht hinein. Es dauert einige Sekunden, ehe sich seine Augen an die Dunkelheit im Lokal gewöhnen.

Ein Mann um die fünfzig hebt Stühle von den Tischen. Es riecht nach Reinigungsmittel, Dettol, ein Geruch, der alle Erinnerungen, alle Bilder in Sekundenschnelle aufblitzen lässt.

Der Mann schaut auf. Sein Haar ist grau und kurz geschnitten. Er trägt ein T-Shirt, und die Tätowierungen schlängeln sich wie schwarze Schlangen um seine Arme.

»*Es cerrado, Señor.*«

»Schon klar, John«, sagt Peter auf Schwedisch.

Der Mann erstarrt in der Bewegung, mit der er gerade einen Stuhl von einem Tisch hebt.

»Was zum Teufel«, sagt er.

Peter macht ein paar Schritte auf ihn zu.

»Das kann nicht wahr sein«, sagt der Mann. Er hält den Stuhl immer noch erhoben. Die Bewegung sieht aus wie ein Krafttraining. Unter der Haut seiner Arme schwellen Bizeps und Trizeps, die Schlangen winden sich darum.

»Es ist aber wahr«, sagt Peter.

Jetzt kann er das Interieur der Bar erkennen, das Schachbrettmuster des Steinfußbodens, die Theke mit den Flaschen dahinter, Stühle und Tische, die Steinwände mit den verblassten Plakaten, die aussehen, als wären sie in der Waschmaschine gewaschen worden.

Genauso hat es damals ausgesehen. In diesem Raum ist die Zeit stehengeblieben.

»Was machst du hier?«, fragt der Mann.

»Du siehst aus, als hättest du ein Gespenst gesehen.«

»Bist du kein Gespenst?«

»Du siehst auch aus wie ein Gespenst, John.«

»Sind wir das nicht alle?«

»Ich nicht.«

»Du musst eins sein, sonst wärst du nicht hierher zurückgekommen.«

»Ich hab nicht damit gerechnet, dass du noch da bist.«

»Und trotzdem stehst du jetzt hier.«

»Ich wusste nicht, wohin ich gehen sollte.«

»Was hat dich dazu getrieben zurückzukommen? An die Küste?«

»Ein Seminar.«

»Was soll das Scheißgerede? Nichts könnte dich dazu bringen, dich hier wieder blicken zu lassen, soweit ich das verstanden habe. Schon gar kein Schwedenjob.«

Vom Platz sind Geräusche zu hören, ein Lastwagenmotor. Das Geräusch erstirbt. Eine Tür wird geöffnet, zugeknallt. Ein Mann tritt aus dem Licht draußen in die Bar. Das Licht dringt nun überall ein, durch die Zwischenräume in den schweren Jalousielamellen, durch die Tür, durch die unsichtbaren Ritzen in den Mauern.

»Das Bier ist da«, sagt John.

Er nickt dem Mann zu und geht mit ihm hinaus ins Licht.

Der Laster startet wieder, Peter hört ihn jenseits der Mauern, als er in der Seitengasse vorbeifährt. Er hört ihn auf der Rückseite des Gebäudes. Er sieht sich wieder um und schließt die Augen, versucht sich zu vergegenwärtigen, wie es hier war, als noch alles gut war.

John kehrt durch den Hintereingang in die Bar zurück. John Österberg. Ihn gibt es noch.

»Die Zeit vergeht, aber das Bier bleibt«, sagt er.

»Viele Gäste?«

»Das wirst du heute Abend sehen.«

»Dann bist du also reich geworden.«

»Erzähl mir, warum du hier bist«, sagt John. »Du solltest nicht hier sein.«

7 Rita überquert die Strandpromenade und geht die Stufen zur Playa de la Fontanilla hinunter. Sie trägt eine Basttasche über der Schulter. Am Strand sind zum Schutz der Badegästefüße vor dem heißen Sand lange grüne Matten ausgerollt.

Es ist ziemlich leer. Wenn die Hitze ihren Höhepunkt erreicht, ist die Nachsaison angebrochen. Heute Nacht hat sie eine Weile auf dem Balkon gestanden und gespürt, wie ihr auf der Stirn Schweiß ausbrach. Die Nacht hat keine Abkühlung gebracht. So etwas hat sie noch nie erlebt. Die Sonne war weg, aber die Hitze war geblieben.

Sie kann frei unter den Liegestühlen wählen, die in drei geraden Reihen aufgestellt sind, und entscheidet sich für zwei Stühle, die dem Wasser am nächsten stehen, breitet das Badelaken über den einen und hängt die Tasche an einen krummen Nagel, der in den Ständer des fest verankerten Sonnenschirms geschlagen ist. Der Schirm besteht aus geflochtenem Stroh. Ihre Tasche an dem Nagel sieht aus, als wäre sie hier zu Hause.

Sie setzt sich in den Schatten des Schirms und beginnt ihre Beine mit Sonnenschutzmittel einzucremen. Sie schaut über das Meer. Es liegt still da. Dort draußen ist nichts, kein Schiff, kein Schwimmer, keine Vögel, nichts.

An der Nordseite der Strandpromenade reihen sich einstöckige Wohnhäuser. In den Erdgeschossen sind Bars und Restaurants. An einem der Fenster im Obergeschoss über einer Tapasbar steht ein Mann mit einem Fernglas. Er beobachtet Rita, hat ihren Spaziergang über den Strand verfolgt, und jetzt sieht er, wie sie den Jungen bezahlt, der die Liegestühle verleiht. Sie streckt sich nach der Tasche, die an dem Nagel hängt, vermutlich noch derselbe Nagel wie zu der Zeit, als er als Kind am Strand herumgelaufen ist und das Sklavengeld für *las sombrillas y las tumbonas* kassiert hat. Er könnte dort immer noch herumlaufen. Sein Vater ist an ebendiesem Strand mit ein paar Hundert Pesetas in der Tasche gestorben, er hat den Sonnenschirm-Euro nicht mehr erlebt. Er, auch zum Sklaven geboren, hätte den Platz seines Vaters einnehmen können. Der Vater starb mit dem Mund voller Sand. Niemand war da, der den Sand aus seinem Mund entfernte. Nicht einmal das konnten sie.

Der Mann sieht den Jungen weggehen. Die Frau ist allein am Strand. In einigen Stunden werden die Deutschen und Engländer einfallen, wenn sie ihren Rausch einigermaßen ausgeschwitzt haben. Dagegen hilft nur mehr Alkohol. Altes Besäufnis wird wie neu. Nach einer Stunde medizinischer Behandlung schwimmen sie wieder. Tanzen in der Sonne. Die Frau schaut in seine Richtung. Sehen kann sie ihn nicht. Vielleicht hat das Fernglas einen Reflex geworfen. Er lässt es sinken.

Sie hat von einem Haus auf der anderen Seite der Strandpromenade ein blendendes Licht wahrgenommen. Wie ein jäher Blitz, denkt sie.

Sie sitzen an einem Tisch vor der Bar Azul, der blauen Bar. Auf dem Tisch stehen zwei Gläser Bier. John Österberg nimmt einen Schluck. Leute bewegen sich über den Platz. Hunde bellen, Hammerschläge hallen wider, aus einem gerissenen Lautsprecher irgendwo in einer nahen Seitengasse scheppert Musik. Die Altstadt ist erwacht.

Peter hat erzählt, was ihn veranlasst hat, an die Sonnenküste zurückzukehren, aber er hat nicht alles erzählt.

»Was soll ich tun?«, fragt er. »Ich brauche deinen Rat.«

»Wen sollst du umbringen? Weißt du, wer es ist?«

»Ja … aber nicht mehr, als man mir gesagt hat.«

»Kennst du ihn von früher?«

»Nein. Ich wusste, wer er war, aber das ist auch alles.«

All die Lügen in dieser Geschichte, denkt er. Jeder hat seine persönlichen Gründe zu lügen. Eigentlich weiß jeder, dass alle lügen. So ist es das Beste für alle, etwas, wonach man sich richten kann.

»Das müsstest du aber.«

»Wie meinst du das?«

»Wenn er damals schon in die Geschichte verwickelt war. Wenn ihr in einem Alter seid, müsstest du ihn kennen.«

»Wir waren damals nicht die Einzigen in dem Alter, John. Auch wenn alle im selben Alter zu sein schienen. Du wohnst doch hier. Montañas. Jesús Maria Montañas. Kennst du ihn?«

»Ich will es nicht wissen.«

»Kennst du ihn?«, wiederholt Peter.

»Ehemaliger Polizist, hast du gesagt? Die kommen und gehen. Es sind ziemlich viele. Wir befinden uns in der Gegend Spaniens, wo es die meisten Polizisten gibt.«

»Und die kriminellsten Polizisten.«

»Das hängt zusammen. Aber ich weiß, wer er ist. Montañas. Alle wissen, wer das ist. Er wird Bürgermeister, die Wahl ist vermutlich eine reine Formsache.«

»Erinnerst du dich an ihn … von früher?«

John antwortet nicht. Er betrachtet den Platz, der vor ihnen liegt, ein schöner Platz. Peter folgt seinem Blick. Es gibt nur Palmen, Sonne und Steine auf dem Platz.

»Er war manchmal in der Bar«, sagt John.

»Alle sind hier gewesen.«

»Er hat nie eine Uniform getragen.«

»Nein.«

»Auch nicht, als du ihn getroffen hast?«

»Nein.«

»Warum hast du gelogen und behauptet, du kennst ihn nicht?«

»Ich habe nicht gelogen. Ich kannte ihn nicht. Ich bin ihm nur ein einziges Mal begegnet. Hier, wie du sagst.«

»Okay.«

»Glaubst du mir?«

»Spielt das eine Rolle?«

»Ich weiß es nicht.«

»Wenn es dir wichtig ist, dann glaube ich dir.«

»Danke.«

»Hier an der Küste ist Montañas der Verbrechensbekämpfer Nummer eins.«

»Aber wie ich sehe, flammt der Terror wieder auf. Bei unserer Landung hat es in Sevilla gekracht. Und gestern Abend in Estepona.«

John schweigt. Er nimmt einen Schluck Bier und schaut über den Platz, der inzwischen im Schatten des gleißenden Lichtes liegt. Seine Augen sind farblos wie die eines Blinden. Er richtet sie auf Peter. Man kann sich nicht in ihnen spiegeln.

»Es könnte jemand dahinterstecken, den wir von früher kennen«, sagt er und schaut wieder auf den Platz. Ein Mann in einem dunklen Anzug geht vorbei. Die Hitze scheint ihm nichts auszumachen. Er hat eine Aktentasche in der Hand, vielleicht ein Anwalt. Peter nimmt einen Schluck von dem Bier. Es schmeckt fade.

»Einige aus dieser verrückten alten Clique gibt es immer noch.«

»Woher weißt du das?«, fragt Peter.

»Ich lebe hier.«

»Und wen gibt es noch?«

»Iker. Ainora. Manchmal schaut Jesús vorbei.«

»Jesús?«

»Ja.«

»Das ist aber ein anderer Jesús, oder?«

John antwortet nicht. Der Mann im Anzug kommt zurück. Er wirft ihnen einen Blick zu. Er trägt noch immer die Aktenmappe. Sie könnte sonst was enthalten. Er verschwindet den Hügel hinunter.

»Ich will es nicht wissen«, sagt Peter.

»Ich versuche nur, dir zu helfen.«

»Von denen ist keine Hilfe zu erwarten. Im Gegenteil.«

»Ach?«

»Ja. Ich will nichts über die Clique hören.«

»Auch über sie nicht?«

John sucht seinen Blick. Peter erwidert ihn. Es ist, als würde er in Glas schauen, Milchglas, als versuchte er an einem kalten Wintertag durch Glas zu sehen.

»Sie? Wen?«

»Nun tu nicht so, mein Freund.«

»Ich will es nicht wissen.«

»Sie wollte es.«

»Was? Wie?«

»Sie wollte es wissen. Sie ist zu mir gekommen und hat nach dir gefragt. Jeden Tag. Aber du warst nicht mehr da. Du warst verschwunden und hast dich nicht verabschiedet. Du hast ihr nie *hasta luego* gesagt, oder? Immer wieder hat sie nach dir gefragt, bis sie es irgendwann aufgegeben hat.«

Peter nickt. Er hört das Geräusch der Palmen. Als wäre ein Wind aufgekommen, aber so ist es nicht. Es ist der Wind in seinem Kopf, der stärker geworden ist. Er bläst ihm von Ohr zu Ohr zu Ohr. Er spürt den Schweiß am Hinterkopf. Übelkeit steigt aus seinem Magen auf, langsam, wie sich die Schlangen an Johns Armen winden, wenn er die Hand mit dem Bierglas hebt. Peter nimmt auch einen Schluck, aber es hilft nichts. Der Wind bleibt, die Schlangen bleiben. Eine schwarz gekleidete Frau mit einem schwarzen Schirm zum Schutz gegen die Sonne überquert zielstrebig den Platz. Sie könnte er früher auch gekannt haben.

»Ich habe sie schon seit Jahren nicht mehr gesehen«, sagt John. »Ungefähr so lange, wie du weg bist, habe ich sie nicht mehr gesehen.«

»Was? Wen?«

»Hörst du mir nicht zu?«

»Natürlich höre ich zu.«

»Ich hab sie schon lange nicht mehr gesehen.«

»Du weißt also nicht, wo sie ist?«

John betrachtet ihn wieder mit seinen Augen, in denen sich nichts spiegelt.

»Ich glaube, sie lebt noch in der Stadt. Oder irgendwo an der Küste. Ein Bekannter hat mir vor vielen Jahren erzählt, dass sie aus der Clique ausgestiegen ist und geheiratet hat.«

»Geheiratet? Wen?«

»Ist das von Bedeutung?«

Peter antwortet nicht. Er hebt das Glas, aber es ist leer.

»Möchtest du noch eins?«, fragt John.

»Ja.«

John steht auf und geht ins Haus. Peter schaut auf seine Armbanduhr. Es ist bald zwölf. Er versucht nachzudenken, aber bei dem Rauschen in seinem Kopf kann er keinen klaren Gedanken fassen. Der Alkohol dämpft das Geräusch. Alkohol erhöht den Serotoningehalt und dämpft das Rauschen. Er wünschte, das ganze Leben wäre Urlaub. Er würde trinken und nie mehr damit aufhören. Die Verantwortung könnte jemand anders übernehmen.

John kommt mit einem neuen Glas Bier vom Fass zurück, nur *una caña*, nur ein kleines Glas, es gibt keinen Grund, schon vor zwölf Uhr mittags betrunken zu sein.

John bleibt stehen.

»Mir hast du auch nie *hasta luego* gesagt, Svante.«

»Peter.«

»Wie?«

»Ich heiße jetzt Peter.«

»*Whatever*. Du hast mir nie tschüs oder *so long* oder *adieu* gesagt.«

»Jetzt sehen wir uns ja wieder. Ich brauchte nichts dergleichen zu sagen. Ich bin zurückgekommen.«

»Haha.« John lächelt nicht, als er die Lachgeräusche ausspricht. »Was ist überhaupt passiert? Als du abgehauen bist?«

»Spielt das eine Rolle?«

»Ohne Hilfe wärst du in dieser Stadt keine fünfhundert Meter weit gekommen. Oder?«

Peter antwortet nicht.

»Wer war es?«

»Ich habe es geschafft, mich vom Strand wegzuschleichen. Ich habe es geschafft. Sie hatten mich nicht unter Kontrolle.«

»Ach so.«

»Das spielt jetzt auch keine Rolle mehr.«

»Für irgendjemanden spielt es offenbar eine verdammt wichtige Rolle«, sagt John. Er setzt sich. »Wie viel Zeit hast du für diesen … Auftrag?«

»Nicht viel.«

»Wie willst du dieses Mal entkommen?«

»Ich weiß es nicht.«

»Hast du deiner Frau davon erzählt?«

»Nein.«

»Warum nicht?«

Peter nimmt wieder einen Schluck Bier. Das Licht über dem Platz hat sich verändert, als zögen Wolken über den Himmel. Er schaut hinauf, aber dort gibt es nichts, nur blau, *azul.*

»Meine Familie wird bedroht«, antwortet er schließlich. »Ich muss versuchen, sie da rauszuhalten.«

»Aber das geht nicht. Deine Familie hängt schon mit drin, nicht wahr?«

»Das ist Naiara!«

Aitor lächelte breit, als stellte er seine schöne Schwester vor.

»Hallo, hallo, hallo!«, antwortete er. Das klang total blöd. Er war nervös.

»Du bist das also, der vom Nordpol kommt?«, fragte sie.

»Na ja, halbwegs.«

»Ist es dort beständig kalt?«

»Wir haben einen weißen Winter, der grässlich ist, und einen grünen Winter, der ganz okay sein kann.«

»Immer Winter?«

»Leider.«

»Dann verstehe ich, dass du zu uns gekommen bist.«

»Gekommen, um zu bleiben.«

»Das gilt wahrscheinlich für uns alle«, sagte Naiara.

»Aber du stammst nicht von hier, oder?«

»Inzwischen schon.«

»Was bedeutet das?«

»Wir können es dir erklären, wenn du willst«, sagte Aitor.

»Was wollt ihr erklären?«

»Genau das wollen wir doch erklären.«

»Was machst du heute Abend, Naiara?«, fragte er. Im Augenblick war er nicht an Erklärungen interessiert.

»Am Strand sitzen und den Sonnenuntergang anschauen.«

»Eine nette Beschäftigung.«

»Die allerschönste.«

»Am Strand hier unten? Der Fontanelle, wie ich ihn nenne.«

»Nein, an einem anderen, einem sehr besonderen Strand.«

»Wo ist der?«

»Das ist geheim.«

Er steigt mitten auf der Avenida in den Bus. Der Bus fährt nach Westen. In der Nähe eines Gebäudes, das er gestern zusammen mit Aitor beobachtet hat, steigt er aus.

Beobachtet!

Er überquert die Straße, bleibt vor der Pforte des Bankpalastes stehen. Ein Wachmann betrachtet ihn mit trägem Blick, nein, mit drohendem Blick, der sich mit Trägheit maskiert. Hier gibt es Gras und Palmen, die nicht den Rußtod sterben wie die Palmen entlang der entsetzlichen Avenida. Der Wachmann in schwarzer Uniform macht einen Schritt auf ihn zu. Die Guardia Civil macht einen Schritt auf ihn zu. Die Gedanken toben, stürmen wieder durch seinen Kopf. Er geht weg, zurück über die Straße. In seinem Kopf rauscht der Wind. Von irgendwoher hört er Stimmen, er dreht sich um. Auf der anderen Straßenseite nähert sich Jesús Montañas, nur wenige Meter entfernt, drei Männer sind bei ihm, seine Leibwächter. Sie durchschreiten die Pforte. Jesús wirft einen raschen gleichgültigen Blick um sich, der vielleicht auch den Fremden auf der anderen Straßenseite streift. Eine halbe Sekunde lang begegnen sich ihre Blicke, nein, der Abstand ist zu groß, es ist unmöglich. In seinen Ohren heult der Sturm.

Peter und Rita liegen in ihren Liegestühlen. Strandleben, manche baden, die meisten liegen im Schatten der Sonnenschirme, einige spielen Fußball, andere schlagen einen Ball mit Schlägern.

Die Bar befindet sich in der Mitte des Strandes, ein Schuppen mitten im Sand. Bar Mirage, ein Strandschuppen, eine Fata Morgana, die real ist. Im Schutz des Blechdaches sitzen Leute auf Stühlen um die Theke herum. Das Dach muss heiß sein wie die Hölle.

Ein Verkäufer, der eine Kühltasche an Riemen über den Schultern trägt, geht an den Liegestühlen, am Wasser entlang, vor und zurück, vor und zurück.

»Aaagua … cerveeeza … zuuumo … aaagua … cerveeza … zuumo.«

Er wirft Peter und Rita, die schräg vor ihm liegen, einen

Blick zu. Peter wuchtet sich in eine sitzende Haltung, nickt dem Verkäufer zu, der herankommt und die Box im Sand abstellt und den Deckel anhebt.

»*Una cerveza, por favor.*«

Peter dreht sich zu Rita um, die aussieht, als schliefe sie. Der Liegestuhl steht teilweise im Schatten, ihre Beine liegen ungeschützt in der Sonne. Der Verkäufer schaut auf ihre Beine, vielleicht schaut er auf ihre Beine. Ihr Gesicht ist unter dem Sonnenhut verborgen.

»Rita? Möchtest du etwas trinken? Bier? Wasser?«

Sie macht eine abwehrende Handbewegung.

Peter streckt dem Verkäufer einen Euroschein hin. Der Verkäufer beginnt nach Wechselgeld zu suchen. Peter hebt die Handfläche.

»*Es bueno.*«

»*Gracias, Señor.*«

»*De nada.*«

Der Verkäufer nimmt den Schein entgegen und reicht ihm die Bierdose. Die Dose ist sehr kalt. Aus der Kühlbox steigt Rauch auf. Sie ist der kälteste Ort an der Sonnenküste. Peters Finger erstarren, als er die Dose mit der Hand umschließt. Würde er das Metall mit der Zunge berühren, würde sie kleben bleiben. Als Kind hat er einmal die Zungenspitze an eine Teppichklopfstange auf dem Hof gelegt, und die Zunge ist hängengeblieben. Es war Winter, und die Zunge klebte am Stahl fest. Von Panik gepackt, hatte er sich losgerissen, und sein Mund füllte sich mit Blut. Mehrere Wochen lang konnte er nichts schmecken. Manchmal tritt das Symptom wieder auf. Dass er nichts schmecken kann. Ist es das Säuerliche, das er nicht schmeckt? Ist es das Süße? Er hat noch nie Teppiche geklopft. Es gibt keine Teppichklopfstangen mehr. Er würde keine Teppiche klopfen, selbst wenn es die Stangen noch gäbe. Eine Teppichklopfstange auf dem Grundstück in Enskede Gård. Wie würde das aussehen? Er könnte behaupten, es sei ein Torpfosten. Er hat

Sehnsucht nach Enskede Gård. Wenn er wieder zurückkommt, wird er Enskede Gård nie mehr verlassen. Der hübscheste Stadtteil auf der ganzen Welt. Wenn er zurückkommt. Wenn er zurückkommt, wird er den Globen umarmen. Er wird Stockholm umarmen.

Er trinkt von dem Bier. Es ist immer noch kalt. Er stellt die Dose in den Sand und betrachtet den Rücken des Verkäufers, der sich mit seiner Kühlbox entfernt, *aaaagua ... ceeerveeza ... aaagua ... zuuumo.* Die Stimme wird immer leiser. Peter lehnt sich zurück, schließt die Augen, öffnet die Augen, schließt sie wieder ... schließt sie ... Er öffnet die Augen, schüttelt den Kopf und verfolgt die Wanderung des Verkäufers am Strand entlang. Der Mann geht nach dem letzten Liegestuhl einfach weiter, sein Körper scheint zu zerfließen in der flirrend heißen Luft, die wie Glas ist, fließendes Glas. Peter schließt die Augen ... schließt die Augen ... Er öffnet sie wieder und sieht vier Gestalten in regelmäßigem Rhythmus angelaufen kommen, sie sind weit entfernt, noch Hunderte von Metern von dem Verkäufer entfernt, sie laufen in der Luft, sie kommen näher und werden mit jedem Schritt größer, jetzt erkennt er sie. Jesús und seine Leibwächter joggen in Anzügen und flachen Schuhen am Wassersaum entlang, es sind dieselben Anzüge, in denen er sie vor einigen Stunden gesehen hat, sie bewegen sich zielstrebig, eingehüllt in einen besonderen Schimmer. Sie bewegen sich in Slow Motion. Peter kann jede Bewegung erkennen, Bewegungen wie im Zeitlupentempo, früher hieß es Zeitlupentempo, zur Zeit der Teppichklopfstangen, jetzt passieren sie den Verkäufer, der sich ebenfalls in Zeitlupe nach ihnen umdreht, er scheint etwas zu rufen, nimmt die Kappe ab, dreht sich um und lächelt über das ganze Gesicht. Die vier Männer nähern sich Peter, sie gleiten heran, ihre Jacketts flattern im Wind, die Hosenbeine, Wasser spritzt um ihre Schuhe, sie laufen an Ball spielenden Menschen vorbei, alles ganz normal, ein dicker Mann versucht in einer ausrollenden Uferwelle zu versinken, sie laufen an dem Dicken vorbei, sie laufen an allen vorbei, niemand dreht sich nach ihnen um, niemand ruft, niemand zeigt auf sie, nur der fröhliche Bierverkäufer hat sie bemerkt. Er lächelt immer noch in weiter Ferne. Er winkt. Als die Männer nur noch wenige Meter von Peter entfernt sind, breitet sich auf Jesús' weißem Hemd ein roter Fleck aus, dehnt sich bis zu seiner Brust aus, Blut pumpt aus seiner Brust, er läuft weiter, seine Beine bewegen sich wie vorher, seine Männer laufen neben ihm her wie vorher. Niemand sieht es, nur Peter. Einer der Leibwächter hat Blut im Gesicht, Blut an der Schulter. Die Männer lachen, lachen, jetzt haben sie die Volleyball spielende Gruppe erreicht, sie laufen unter dem Netz hindurch, Jesús an der Spitze, mitten durch das Spiel, niemand reagiert, niemand dreht sich nach ihnen um, sie hinterlassen eine rote Spur im Sand. Aber niemand reagiert, nur Peter reagiert. Jemand muss ja reagieren. Er schreit. Schreit.

Jemand versetzt ihm einen harten Schlag auf den Arm.

Er versucht sich zu schützen.

»Nein«, schreit er. »Nein!«

»Peter? Peter! Wach auf.«

Eine bekannte Stimme.

»Peter!«

Er öffnet die Augen. Sie sitzt vor ihm, sie liegt nicht mehr im Schatten. Einige Leute schauen in ihre Richtung, eine junge Frau hält einen Ball in der einen Hand, einen lächerlich großen Schläger in der anderen.

»Ich muss wohl eingenickt sein«, sagt er.

»Und bist mitten in einem Alptraum gelandet«, sagt sie.

Am Strand ist es ruhig, keine Leichen, kein Blut, keine Sirenen, kein Krankenwagen. Die Gruppe spielt Volleyball, als ob sich nichts Außergewöhnliches in ihrem Strandleben ereignet hätte.

»Es ist nicht gut, wenn man in der Sonne einschläft«, sagt Rita.

Er sieht die Bierdose im Sand, hebt sie auf und trinkt. Das Bier hat sich erwärmt, ist aber immer noch ein wenig kühl.

Es ist später Nachmittag auf der Avenida. Peter steht in einem der langen Schatten.

Die Limousine gleitet heran. Die hintere Tür wird geöffnet.

Aitor trägt ein schwarzes Hemd, kein Jackett. Peter trägt ein beigefarbenes Hemd und eine weiße Leinenhose. Sein Gesicht ist rot.

»Du warst am Strand«, stellt Aitor fest, als die Limousine weitergleitet. »Du musst vorsichtig sein mit der Sonne.«

»Fahr zur Hölle.«

Aitor lacht auf.

»Das klingt schon vertrauter.«

Sie fahren über ansteigende Straßen in Richtung Norden. Zwischen den weißen Gebäuden ist es menschenleer. Es ist Siesta.

»Durch diese Straßen sind wir als junge Männer gegangen«, sagt Aitor. »Wie du siehst, hat sich nichts verändert.« Er lacht wieder. »Es ist immer noch heiß.«

»Es ist unmöglich«, sagt Peter.

»Was ist unmöglich?«

»Montañas umzubringen. Das ist nicht machbar. Ich kann es nicht machen.«

»Darüber reden wir später.«

»Später? Gibt es denn noch mehr zu besprechen?«

Die Limousine fährt über das Autobahnviadukt. Die schneebedeckte Spitze des Sierra Blanca leuchtet auf halbem Weg in den Himmel. Halbwegs in den Himmel und halbwegs in die Hölle, denkt Peter. Linkerhand sieht er eine große Busstation. Die hat es früher nicht gegeben.

Sie fahren weiter nach Norden, auf die Berge zu. Die Landschaft ist braun und rot, wie ein Körper, der schutzlos der Sonne ausgesetzt war. Das ist die Hölle. Es ist ein zum Tode verurteiltes Land, denkt er.

Ein einsamer Bauer auf einem Feld schaut ihnen nach, als sie vorbeifahren.

»Guck dir den armen Teufel an«, sagt Aitor.

»Er versucht wenigstens, eine anständige Arbeit zu machen.«

»Er könnte mein Vater sein«, sagt Aitor. Sein Gesicht ist hart geworden. »Ich komme aus den Bergen. Mein Vater wurde ans Meer vertrieben. Wir kommen alle aus den Bergen. Niemand hat uns eine Chance gegeben. Niemand. Wir wurden gezwungen, an die Küste in ein fremdes Land zu ziehen.« Er macht eine Handbewegung, die Sonne und Erde umfasst. »Hier bekommt man nie eine Chance. Man muss sie sich selber nehmen.«

»Ich kenne deine Geschichte, Aitor. Du hast sie mir erzählt.«

»Ich habe sie nicht zu Ende erzählt. Man kann sie nicht zu Ende erzählen.«

»Wohin sind wir unterwegs?«

*

Die Limousine parkt am Straßenrand. Der Fahrer lehnt an der Motorhaube und raucht. Der Rauch bewegt sich wie Asche durch die trockene Luft.

Peter und Aitor stehen vor einem Abgrund.

Hinter den verbrannten Hügeln liegt die gleißende Stadt. Dahinter ist das Meer. Es verschmilzt mit dem Himmel. Der Himmel über ihnen ist weiß. Blau ist es nur unter ihnen.

»Von hier kann man endlos weit sehen«, sagt Aitor.

Peter antwortet nicht. Aitor zeigt in westliche Richtung.

»Dort. Dort ist der Strand. Die Bucht ist dahinten, am weitesten entfernt. Weit hinter San Pedro.«

»Welcher Strand?«

»Das weißt du, mein Freund.«

»Strände sehen doch alle gleich aus.«

»Dieser ist besonders.«

»Ich habe gesagt, dass ich mit dem, was ... passiert ist, nichts zu tun hatte, Aitor. Dem, was hinterher passiert ist.«

»Du warst ein Teil von dem, was hinterher passiert ist, mein Freund. Damals hast du nicht dafür bezahlt. Du hast gewonnen. Ich musste den Preis zahlen. Jetzt bist du an der Reihe.«

»Warum hast du so lange gewartet, Aitor?«

»Ich hab gesessen. Das weißt du.«

»Du hättest mich trotzdem hierher kriegen können. Es hat nichts mit dem Gefängnis zu tun.«

Aitor antwortet nicht.

»Dir geht es um Rache«, sagt Peter, »um nichts anderes als Rache.«

»Es heißt, Rache ist ein Gericht, das man kalt genießen soll«, sagt Aitor. »Ich wollte abwarten, um zu sehen, ob das wahr ist. Ob es das wert war.«

»Und? War es das wert?«

»Ja.«

»Dann ist deine Geduld also belohnt worden, Aitor.«

»Es heißt auch, man soll die Mahlzeit dampfend heiß servieren.«

»Ist das auch wahr?«

»Ja.«

»Dann muss man aber lange warten bei Tisch.«

»Genau das ist der Sinn, Amigo.«

Peter spürt die Sonne auf dem Kopf, wie eine Feuerhaube. Hier oben ist er der Sonne viel näher als am Meeresufer. Hier gibt es kein Wasser, in dem man sich abkühlen kann. Keinen Strand.

»Ich kann es nicht tun. Es ist unmöglich.«

Aitor dreht sich zu ihm um. Peters Gesicht spiegelt sich in den Gläsern der Sonnenbrille. Es ist verzerrt. Er kann die Bergspitze sehen, den weißen Himmel, der genauso schwarz wie die Brillengläser ist.

»Er wird von Leibwächtern geschützt«, fährt Peter fort. »Man kommt nicht nah genug an ihn heran.«

»Du hast es geschafft. Heute Vormittag.«

»Was?«

»Du bist heute nahe an ihn herangekommen. Vor der Bank. Du hättest es dort und in dem Moment erledigen können.«

»Du beschattest mich? Das hätte ich mir doch denken sollen. Aber ich hätte es in dem Augenblick nicht tun können. Ich habe keine Waffe.«

»Nein, noch nicht. Dafür ist es noch ein wenig zu früh.«

Aitor zündet sich eine Zigarre an. Peter hört, dass der Wind stärker geworden ist. Eine Wolke gleitet schnell vorbei. Ein Adler taucht am Himmel auf und kreist über ihren Köpfen. Der Wind ist weitergezogen. Peter hört nur das Rauschen in seinen Ohren, ein Phantomgeräusch. Über ihnen zieht der Schatten des Adlers seine Kreise.

Der Adler stößt herab auf eine Beute, die nur Adler erspähen können.

»Ich mache es nicht«, sagt Peter. »Du kannst mich nicht zwingen.«

»Hast du es deiner Frau erzählt? Hast du es Rita erzählt?«

»Du hast mir verboten, mit ihr darüber zu sprechen.«

Aitor antwortet nicht. Der Adler ist wieder an seinen Ausgangspunkt zwischen Himmel und Erde zurückgekehrt, bereit, erneut herabzustoßen. Es sieht aus, als wäre es etwa gleich weit zum Himmel wie zur Erde. Der Adler schwebt auf den Winden. Dem Adler gehört der Himmel. Er kontrolliert die Erde darunter.

»Du hast mich gezwungen, Rita mitzunehmen. Du hast mir keine Wahl gelassen.«

Aitor scheint den Adler zu beobachten. Der stößt wieder herab, legt die Schwingen an und fällt der Erde entgegen.

»Ich werde sie bitten, zur Polizei zu gehen. Das ist die einzige Möglichkeit. Ich gehe selber zur Polizei.«

»Du hast Familie. Sei vorsichtig.«

»Fahr zur Hölle!«

Aitor lässt die halb gerauchte Zigarre auf den Felsen fallen, sie fällt auf trockene Erde. Tritt die Glut mit dem Absatz aus. Der Felsen und der Schuh haben die gleiche Farbe, sind wie füreinander gemacht. Aitor dreht den Kopf ein wenig zur Seite, von Peter weg, und nickt dem Fahrer diskret zu, der vor dem Auto steht.

Der Fahrer setzt sich in das Auto und nimmt sein Handy hervor.

Rita steigt die breiten Treppenstufen vom Strand zur Promenade hinauf. Bis zum Hotel sind es fünfzig Meter in nördlicher Richtung. Es ist Mittagszeit, und die Schatten der Häuser bieten keinen Schutz.

Sie schließt die Tür zum Appartement auf. Zehn Meter entfernt steht ein anderer Gast im Korridor, sie schaut nicht hin, es ist ihr egal, es ist zu warm, sie hat schon wieder Durst, obwohl sie kurz vorm Verlassen des Strandes etwas getrunken hat.

Der Vorraum liegt im Halbdunkel.

Sie lässt die Basttasche mit den Badesachen auf den Steinfußboden fallen und schüttelt die Sandalen von den Füßen. Dann geht sie in die Küchenecke. Die Appartementtür steht immer noch halb offen.

Sie erwarten sie im Schlafzimmer. Wie sollte sie das ahnen? Hinter ihr gleitet ein Schatten zur Tür herein. Es ist der Gast aus dem Korridor. Sie hört nichts.

Sie öffnet die Kühlschranktür, bückt sich nach einer Plastikflasche mit Orangensaft und richtet sich auf.

Ein Paar Hände legt sich um ihren Hals und auf den Mund.

Ihre Hände werden mit vehementer Kraft auf den Rücken gezogen.

Ich muss ruhig bleiben ich muss ruhig bleiben ich muss ruhig bleiben.

Sie sieht nichts anderes als das Meer dort draußen es stürzt ihr entgegen alles stürzt ihr entgegen.

Die Flasche prallt auf den Boden, der Saft spritzt auf wie Sonnengeglitzer. Sie spürt die Flüssigkeit auf den Lippen, die sich mit dem Salz mischt, es schmeckt bitter.

Die Flasche kreiselt unter ihren Füßen, die wie in Spasmen zehn Zentimeter über dem Fußboden zucken. Sie schwebt über dem Boden.

*

Jesús Maria Montañas kommt in Begleitung einer Frau in seinem Alter aus dem Entree der Bank. Sie hat ihn untergehakt. Ihnen folgt ein Mann in schwarzem Anzug. Die kleine Gruppe bewegt sich rasch auf ein schwarzes Auto auf dem Parkplatz zu. Der Fahrer wartet neben dem Wagen. Er öffnet die hintere Tür. Die Frau steigt ein. Der Fahrer geht um das Auto herum, öffnet die Tür auf der anderen Seite, und Jesús steigt ein. Der Mann in dem schwarzen Anzug setzt sich neben den Fahrer, und das Auto gleitet hinaus auf die Straße.

Sie fahren durch das Zentrum und weiter in östlicher Richtung an dem Hotel, am Grundstücksamt, Tankstellen, Bars, Restaurants, Kaufhäusern vorbei. In der Nähe der alten Verkehrsinsel, die die Stadtgrenze markiert, biegt das Auto ab und fährt weiter einen Hügel hinauf, biegt nach rechts ab und hält vor einem niedrigen Gebäude von den Ausmaßen eines halben Wohnblockes. Man erkennt auf den ersten Blick, dass es sich um eine Schule handelt. Sie ist in fröhlich bunten Farben gestrichen, auf dem von einem hohen Zaun umgebenen und von Palmen beschatteten Schulhof gibt es Spielgeräte, Rutschbahnen, Schaukeln, ein Piratenschiff.

Die Frau steht neben dem Auto. Die hintere Tür ist offen. Auf dem Rücksitz schimmert Jesús' Gesicht.

Ein Mädchen von etwa zehn Jahren winkt, als es durch die Pforte kommt. Die Frau lächelt und winkt zurück.

»Esmeralda!«

Die letzten Meter rennt das Mädchen, die Frau beugt sich hinunter, umarmt es und gibt ihm einen Kuss.

»Papa ist mitgekommen«, sagt die Frau.

Das Mädchen steigt ins Auto, die Frau folgt ihr.

Das Auto fährt weiter die Straße hinauf, über das Autobahnviadukt, vorbei an der Busstation, dann durch die Landschaft über den einzigen Weg, der in die Berge hinaufführt.

Nach etwa fünf Kilometern erreicht es eine kleine Ansammlung weißer Villen, die wie weiße Zuckerstücke in der toten Landschaft verstreut liegen. Die Häuser sind von Zäunen, Palmen und Rasenflächen umgeben, die neongrün leuchten. Wenn die Villen eine kleine Stadt bilden, dann sind die Ziegelschuppen am Rand ihre Vorstädte. Einige Gestalten hacken in der Erde. Staub hüllt sie ein wie Rauch. Eine mittelalterliche Szene. Hier ist der Asphalt noch nicht angekommen. Er reicht nicht einmal ganz durch die weiße Stadt.

Die Männer, die die Szene vom Felsen aus beobachten, erinnert das Auto an ein Insekt, das langsam über die vertrocknete Erdkruste kriecht. Von oben sieht das Auto aus wie ein Käfer, der einzige, der den letzten Krieg überlebt hat, eine Kakerlake.

Einer der Männer zündet sich eine Zigarre an. Während unten Stille herrscht, sind hier oben die Winde zu hören. Ein Vogel schreit, und ein anderer Vogel antwortet ihm. Die Zikaden bringen sich für ihr abendliches Konzert in Stimmung.

Das Auto dort unten hält vor einem Anwesen. Langsam gleitet das Eisentor auf, das den Zugang zum Grundstück versperrt. Ein Mann hinter dem Tor beaufsichtigt es. Das Auto fährt wieder an, rollt um das Rondell herum und hält vor dem Portal der Villa, das von Pfeilern und Palmen flankiert wird. Es kann römischer Stil sein, griechischer Stil, maurischer, vielleicht alles zusammen, der Stil des Mittelmeeres.

Das Mädchen springt aus dem Auto. Der Mann und die Frau folgen langsamer, würdevoller.

Hinter der Villa türmen sich die höchsten Gipfel der Berge. Aus dieser Perspektive sieht es aus, als läge der Berg auf dem Grundstück der Villa.

Die Männer auf dem Felsabsatz sehen, wie sich der Mann bückt und das Mädchen hoch in die Luft schwingt. Es hebt die Hände wie zu einer Siegergeste.

Aitor reicht Peter das Fernglas. Er hält es sich vor die Augen. Das Mädchen lacht. Der Mann lacht. Die Frau lacht. Zu hören ist nichts. Es ist ein Stummfilm.

»Er war einer von den ehrgeizigen Bullen«, hört Peter Aitor sagen. »Einer von denen, der hinter der ehrgeizigen Falle steckte, die sie uns gestellt haben. Ich weiß, dass er meinen Bruder getötet, ihn persönlich umgebracht hat.«

Peter lässt das Fernglas sinken. Die Menschen dort unten sind noch da, wie Ameisen neben einem Insekt.

Aitor betrachtet ihn.

»Ich glaube, du hast von der Falle gewusst«, sagt er.

8

Die Limousine hält mitten auf der Avenida, an derselben Stelle wie immer.

Er steigt aus, und die Limousine fährt davon.

Er geht direkt in die Bar und bestellt sich einen Gin Tonic. Es ist dieselbe Bar. Und er der neue Stammgast.

Niemand meldet sich, als er über Handy anruft. Er tippt drei weitere Nummern ein. Nirgends meldet sich jemand.

Er kippt den Drink hinunter, wirft einige Münzen auf die verzinkte Theke und tritt hinaus auf die verdammte Avenida. Ein Pferdefuhrwerk, vollgestopft mit Touristen, rollt vorbei. Eine Frau hebt die Kamera und richtet sie auf ihn. Er starrt in das Objektiv. Die Frau lässt die Kamera sinken. Die Frau sieht ängstlich aus. Er hasst sie. Er hasst sie alle. Jetzt lachen sie. Er hasst ihr Lachen. Er kehrt in die Bar zurück und bestellt sich noch einen Gin Tonic. Der Barkeeper nickt, zeigt keine Verwunderung, mischt den Drink. Auf der Fernsehmattscheibe, die von der Decke hinter dem Barkeeper hängt, läuft ein Fußballspiel. Eine weiße Mannschaft gegen eine rote. Niemand scheint hinzusehen. Die Stimme des Kommentators klingt gelangweilt. Auf dem Spielfeld passiert nichts.

Peter bekommt seinen Drink und reicht das Geld mit einer abwehrenden Geste über die Theke, behalt das Wechselgeld. Er trinkt, und nach einer Weile legt sich das Rauschen in seinem Kopf. Verebbt langsam. Er muss es untersuchen lassen, wenn er nach Hause kommt. Haha. Ich habe einen stressbedingten Tinnitus, Doktor, ich weiß gar nicht, woher, hab keine Ahnung, wo der herkommt. Der Fernsehkommentator beginnt zu schreien, und Peter schaut auf. Die rote Mannschaft schießt ein Tor. Spieler küssen sich ab. Jemand in der Bar schreit, und jemand ruft etwas, und dann wird es wieder ruhig. Die Männer in der Bar reden nicht viel miteinander. Sie konzentrieren sich auf das Trinken. Das ist wie zu Hause. Spanier sind die Schweden des Mittelmeeres, die Nordschweden des Mittelmeeres. Er ist nie im richtigen Nordschweden gewesen, ist nicht bis zu den Hüften im Schnee versunken. Jetzt würde er das, selbst das, lieber als alles andere tun. Er würde alles lieber tun, alles, als das, was er tun soll. Das Glas in seiner Hand ist leer. Er trinkt trotzdem, es schmeckt nach nichts, es schmeckt schlecht. Der Barkeeper sieht ihn an, er nickt und hält das Glas wider besseres Wissen hoch. Das ist ein schöner Ausdruck, wider besseres Wissen, als ob es eine Wahl gäbe, als ob das Wissen eine Wahl hätte. So etwas gilt nur für den, der zu wenig weiß.

Das Glas in seiner Hand ist nicht mehr leer. Er trinkt. Es schmeckt nach Tannenreisig und Medizin, als wäre die Medizin aus Tannenreisig hergestellt. Aus Tannenreisig kann man prima Hütten bauen, das hat er als Kind oft gemacht, als kleiner Junge. Damals hat es noch inmitten von Stockholm Wald gegeben.

Genau das will ich, ich will eine Hütte aus Tannenreisig bauen und mich darin verstecken. Ich trinke nur noch das Glas leer, dann geh ich los und suche Tannenreisig.

Draußen hat sich der Abend um die Menschen verdichtet. Vorankommen ist schwer. Das Rauschen in seinem Kopf wird wieder lauter. Dagegen hilft nur Alkohol. Er macht einen Ausfallschritt, muss sich an der Hauswand abstützen, findet Halt mit der Hand, beruhigt sich. Das Rauschen wird schwächer. Er muss aufhören zu trinken. Wenn sich die Beine verheddern, muss man aufhören zu trinken.

Sie meldet sich nicht, als er sie auf ihrem Handy anruft. Die Tasten sind schwer zu erkennen, die miese Beleuchtung ist hier an der Wand auf der Avenida am miesesten. Das Licht des Tages mischt sich mit dem Licht der Dämmerung auf eine sinnlose Art. Er versucht noch einmal anzurufen. Die Straßenleuchten, die über der Fahrbahn hängen, sind defekt, schwanken im Wind wie schwarze Löcher in der Dämmerung.

Sie meldet sich immer noch nicht. Er stößt sich von der Wand ab wie ein Schiff von einer Kaimauer, nein, eine Jolle von einem Bootsanleger. Seine Beine tragen ihn, als er weitergeht. Es ist ein Gefühl, als ginge er über Wasser, über das Meer.

Sie meldet sich nicht. Er ruft an. Er kürzt den Weg durch den lächerlich kleinen Park ab, jetzt geht er die Straße zum Hotel hinunter, er schaut auf, jetzt hat er das Hotel erreicht, dort ist der Eingang, da ist die Rezeption. In der Rezeption ist niemand, es sind überhaupt keine Menschen da. Der Fernseher in der Ecke murmelt vor sich hin, das Fußballspiel ist zu Ende. Auf der Mattscheibe gleitet eine tote Landschaft vorbei, als er die Treppe hinaufläuft. Warum läuft er? Was veranlasst ihn zu laufen? Ist es der Alkohol? Macht der Alkohol seltsame Dinge mit ihm, veranlasst ihn zu laufen? Seltsame Dinge, denkt er.

Jetzt steckt er den Schlüssel ins Schlüsselloch. Ein altes Schloss, ein alter Schlüssel. Hotelschlüssel sind unüblich geworden, er ist Karten gewöhnt. Und dass die Gäste den Schlüssel mit sich herumtragen müssen, wenn sie das Hotel verlassen! Das musste man früher nie, den Schlüssel mitnehmen! Man konnte ihn abgeben, aber man konnte ihn auch mitnehmen. Das hier ist nicht in Ordnung.

Er schiebt die Tür auf. Drinnen ist es dunkel. Die Vorhänge scheinen zugezogen zu sein. Die schweren Vorhänge müssen vollständig zugezogen sein.

»Rita? Rita?«

Seine Augen gewöhnen sich langsam an das Licht in dem halbdunklen Vorraum. Die Basttasche mit den Badesachen liegt auf dem Fußboden, die Badesachen halb verstreut. Die Sandalen liegen auch auf dem Boden, aber nicht ordentlich nebeneinander. Sie stellt ihre Sandalen grundsätzlich akkurat ausgerichtet hin, ganz gleich, wie nötig sie zur Toilette muss, bloß keinen Sand ins Bad tragen. Er geht ins Bad, dort ist kein Sand, nichts, es ist nichts zu hören.

»Rita?«

Was soll das verdammte, sinnlose Rufen? Warum ruft er? Um das Heulen in seinem Kopf zu übertönen, zu vertreiben?

In der Pantry liegt die Saftflasche in einer Pfütze, die noch nicht ganz verdunstet ist. Die Flüssigkeit hat eine unangenehme Farbe, so unangenehm wie der giftige Schein der Abenddämmerung.

Auf dem Bartresen in der Pantry liegt ein aufgeschlagener Notizblock. Er liest:

ICH KAUFE MILCH

Warum hat sie das geschrieben? Wenn sie unterwegs ist, um einzukaufen, kann sie sich doch an dem verdammten Telefon melden. Die Mitteilung hätte etwas ausführlicher sein müssen.

Innerhalb von Sekunden fällt ihm ein, dass es sein eigener Zettel ist, den er heute Morgen geschrieben hat, es ist seine Schrift.

Er geht ins Schlafzimmer. Auch hier sind die Vorhänge zugezogen. So haben sie das Zimmer heute Morgen zurückgelassen, sie hat es so zurückgelassen. Er war zu dem Zeitpunkt schon draußen in der Wildnis.

Ihre Kleider hängen im Schrank, alle Kleider, soweit er es überblicken kann. Ihre Schuhe stehen auf dem Fußboden.

Auch diesmal meldet sie sich nicht, als er ihre Nummer wählt. Er geht auf den Balkon, das Handy gegen sein Ohr gepresst. Unten liegt der Hotelpool, einige Gäste sitzen an der

Bar, im Pool taucht ein kleiner Junge. Es ist wieder Happy Hour, hier ist immer Happy Hour.

Die Schwiegermutter will er nicht anrufen. Es gibt keinen Grund zur Sorge. Es gibt keinen Grund, andere zu beunruhigen.

Als er die Treppe herunterkommt, sieht er den Jungen wieder in den Pool tauchen.

Die Frau in der Rezeption schaut ihn an, es scheint dieselbe zu sein wie beim Einchecken.

»Hat meine Frau eine Nachricht hinterlassen?«, fragt er. »Rita Mattéus? Eine Nachricht?«

Die Frau tippt auf der Tastatur, die sie vor sich hat. Der Fernseher hinter ihr ist eingeschaltet. Irgendwo brennt es. Häuser brennen.

Die Frau blickt auf.

»Nein, bedaure, keine Nachrichten.«

Warum sagt sie »bedaure«? Glaubt sie, dass er eine Nachricht erwartet hat? Glaubt sie, dass er und Rita ausschließlich über Nachrichten miteinander kommunizieren? Warum glaubt sie das?

»Hat sie ihren Schlüssel abgegeben?«, fragt er.

Die Frau verneint.

»Woher wollen Sie das wissen?«, fragt er.

Sie antwortet, dass sie den ganzen Nachmittag in der Rezeption Dienst hatte.

»Können Sie trotzdem einmal nachsehen?«

»Es ist ungewöhnlich, dass jemand einen Schlüssel dalässt.«

»Jetzt sehen Sie schon nach, verdammt noch mal!«

Sie zuckt zusammen. Sie geht zu einem paar Meter entfernten Schrank, öffnet die Schranktür. Eine selten plumpe Art, die plumpen Schlüssel der Gäste zu verwahren. Sie dreht sich um.

»Nein, Ihre Frau hat keinen Schlüssel abgegeben.«

»Sie ist nicht im Appartement. Im Zimmer.«

Die Frau zuckt mit den Schultern. Mir doch egal.

»Hat jemand nach uns gefragt? Oder nach mir?«

»Nicht, seit ich Dienst habe.«

Im Hintergrund brüllt der Fernseher. Es sieht aus, als würden Flammen aus der Mattscheibe schlagen.

»*Es Torremolinos*«, sagt die Frau.

»*¿Una bomba?*«, fragt er.

Sie zuckt mit den Schultern, aber diesmal nicht gleichgültig. Sie hat es vermutlich verstanden. Der Terror ist im Paradies eingezogen.

Er legt das Handy auf den Bartresen in der Pantryküche. Es ist schlimmer, einen Anrufbeantworter anzurufen, als alles andere. Anrufbeantworter sind die dämlichste Erfindung, die es gibt.

Sie ist unterwegs und kauft die verdammte Milch, die sonst nicht gekauft wird.

Sie ist unterwegs und nimmt einen Drink. Sitzt in einer Bar und beobachtet die Leute. Sie mag das, Leute beobachten.

Sie geht spazieren. Ein entspannter Spaziergang am Wassersaum. Dorthin wird er gehen. Dort sollte er sein. Dort ist sie.

Er nimmt das Handy wieder auf und versucht eine Nummer einzugeben. Seine Finger sind zu groß, die Tasten zu klein, sie sind für Kinderfinger gemacht. Er legt es wieder zurück. Ihm tropft Schweiß in die Augen. Er schließt sie. Es brennt. Er wischt sich über Augen und Stirn. Unter den Achseln hat er große Schweißflecken, sie sind gut zu sehen, obwohl das Hemd hell ist, alles ist in dem Spiegel zu sehen, in den er jetzt starrt. Er könnte in einem Werbespot für Deodorant auftreten. Dieser Mann benutzt das falsche Produkt. Hier ist das richtige. Hier ist ein Bild von dem Mann, nachdem er das richtige Produkt benutzt hat. Aber nicht jetzt. An allen anderen Tagen, aber nicht heute. Auf dem hinteren Teil der Anrichte steht eine Flasche Lariós Gin, er ist mit zwei Schritten dort, nimmt die Flasche, schraubt sie auf und setzt sie an die Lippen. Ein tiefer Schluck, er verschluckt sich, bekommt einen Hustenanfall, Gin spritzt aus seinem Mund über die Arbeitsplatte. Er beugt sich über die Anrichte, hustet und würgt, als müsste er Tannenreisig auskotzen, und in dem Augenblick klingelt das Handy, das er auf die Anrichte gelegt hat.

Er versucht zu atmen.

»J...ja?«

»Hallo, Papa!«

»Ha...hallo, Schätzchen.«

Eine Stimme aus der guten Welt. Er hatte sie vergessen, er hatte sie tatsächlich vergessen.

»Deine Stimme klingt komisch, Papa. Bist du erkältet?«, fragt Magda.

»Nein ... nein. Ich habe nur etwas in die falsche Kehle bekommen.«

»Ist es weg?«

»Was?«

»Bist du schwer von Kapee, Papa? Das, was in deiner Kehle war.«

»Ja, es ist weg ... jetzt ist es weg.«

»Habt ihr heute schönes Wetter gehabt?«

»Nur. Schönes. Wetter.«

»Deine Stimme klingt wirklich komisch, Papa.«

Er hustet noch zweimal.

»Kann Mama dir nicht auf den Rücken klopfen?«

»Doch, da ...«

»Jetzt rate mal, Papa!«

»Was?«

»Rate, ob es hier regnet.«

»Ich rate, dass es regnet.«

»Richtig! Jetzt muss ich Mama etwas fragen.«

»Ich ka...«

»Ich bin bei uns zu Hause«, unterbricht ihn Magda. »Wir suchen einen Pullover. Oma sucht auch. Isa sucht auch. Ma-

mas Pullover. Sie hat erlaubt, dass ich ihn anziehen darf, wenn ihr in Urlaub seid. Er ist rosa und blau. Aber wir können ihn nicht finden. Ich hab ÜBERALL gesucht. Wir wollen uns verkleiden. Oma will eine Maskerade machen.«

»Kann ich bitte mit Oma sprechen?«

»Nein! Erst muss ich Mama nach dem Pullover fragen.«

»Mama kauft gerade etwas ein. Sie … kommt bald wieder.«

»Ich glaube, du schwindelst.«

»Nein, ich schwindle nicht!«

»Sag ihr, dass sie sofort anrufen soll und mir sagen, wo der Pullover ist!«

»Versprochen, Mäuschen. Gibst du mir jetzt mal die Oma ans Telefon?«

Er reibt sich mit der freien Hand über die Augen. Schweiß ist auf das Handy getropft. Es fühlt sich an wie ein Stück Seife. Er wischt das Telefon am Hosenbein ab, drückt es wieder ans Ohr.

»Ja? Hallo?«

»Bei euch alles in Ordnung, Gun?«

»Ja.«

»Nichts … Besonderes?«

»Nein … Was ist los, Peter? Deine Stimme klingt merkwürdig.«

»Das hat Magda auch gesagt, es ist nur die Wärme. Hat heute Nachmittag jemand nach mir gefragt? Kürzlich? Heute Abend?«

»Nein.«

»Es hat niemand von hier angerufen?«

»Wie meinst du das? Dich von Spanien aus angerufen?«

»Ja.«

»Nein, nicht seit ich da war. Und die Mädchen sind nicht allein gewesen. Rita hat angerufen, aber das ist schon einige Stunden her.«

»Wann war das?«

»Oje, schrei doch nicht so, Peter. Ist bei euch etwas passiert?«

»Nein, nein. Wann hat sie angerufen?«

»Das mag wohl … vier Stunden her sein. Dreieinhalb vielleicht.«

»Was hat sie gesagt?«

»Dass alles in Ordnung ist. Dass sie vielleicht eine Weile an den Strand gehen wollte.«

Er schweigt.

»Ist sie nicht dort, Peter?«

»Wo?«

»Ja, was weiß ich, am Strand oder dort, wo ihr seid.«

»Sie … wollte etwas besorgen.«

»Du redest tatsächlich etwas wirr«, sagt Gun. »Es ist nicht gut, wenn man sich zu lange der Sonne aussetzt.«

»Nein … da hast du wohl recht. Ich leg mich ein wenig hin.«

»Und sei vorsichtig mit dem Alkohol.«

»Ja, ja.«

»Gut.«

»Ich ruf später noch mal an … später heute Abend«, sagt er. »Ich rufe an, wenn wir gegessen haben. Es wird nicht spät.«

In den letzten Minuten der Dämmerung sind die Wellen dünn und weich. Er geht am Wassersaum auf und ab, die Wellen spülen über seine Füße. Das Wasser ist nicht kalt. Die Vermieter haben die aufgestellten Liegestühle gerade ausgerichtet. Er ist schon zweimal an den Reihen entlanggegangen. Er ist der einzige Mensch hier unten, eine einsame Silhouette. Ein Wolkenfetzen hoch oben im Süden sieht aus wie ein Bergmassiv.

Auf der anderen Seite der Promenade, hundertfünfzig Meter von Peter entfernt, beobachtet ihn jemand. Dazu ist kein Fernglas nötig. Der Betrachter steht an einem offenen Fenster, das wie ein dunkles Loch in der Fassade des Hauses an der Promenade klafft. Menschen bewegen sich vorbei, auf dem Weg in die blaue Stunde.

Der Betrachter hebt ein Spezial-Fernglas vor die Augen. Peters Bild erscheint wie ein Negativ, schwarz wird weiß. Er ist fast gänzlich weiß, eine Silhouette in dem unnatürlichen Licht.

Peter fingert an seinem Handy, das ist durch das Fernglas zu erkennen.

Es klingelt. In unmittelbarer Nähe des Beobachters klingelt es. Auf dem Tisch neben ihm vibriert ein Handy. Er beobachtet weiter den Mann am Strand. Der Mann lässt den Arm sinken. Das Telefonklingeln und Vibrieren auf dem Tisch hören auf.

Er bewegt sich zwischen den Touristen, die Läden betreten, an Cafétischen, an Bartresen sitzen, die unter den Palmen lachen, flanieren, joggen, in offenen Sportwagen vorbeigleiten, sich in Pferdekutschen spazieren fahren lassen. Die Hitze hat etwas nachgelassen, es ist aber immer noch sehr warm. Er spaziert durch einen nervösen Traum. Wieder hat er ihre Nummer gewählt, er ist wieder im Hotel gewesen, hat vor dem Fleck auf dem Steinfußboden gestanden, die Flasche aufgehoben, hat den Fleck umkreist.

Er hat in der Rezeption nachgefragt, ob sie jemanden das Hotel betreten sehen haben, der hier nicht hingehört. Sie haben ihn nicht verstanden. Sie haben ihn angeschaut, als hielten sie ihn für betrunken. Er ist betrunken, aber er weiß noch, was er tut und wie er heißt. Wie er jetzt heißt, als er durch die Straßen um den Apfelsinenmarkt geht. Er ist nicht betrunken, heute Abend wird er nicht trinken. Bevor er den Tresen der Rezeption verließ, hat er sich für den Champagner bedankt. Eine nette Geste, hat er gesagt. Sie haben ihn verständnislos angesehen. Er war noch einmal umgekehrt. Der Champagner, hatte er gesagt. Der Cava. Eine Willkommensflasche. *With compliments* von der Hotelleitung. Sie hatten nicht verstanden, wovon er redete. Sie haben einen Obstkorb auf den Tisch gestellt. Sie spendieren keinen Cava oder Wein. Das gehört nicht zu ihren

Gepflogenheiten. Obstkörbe sind ihre Gepflogenheit. Zum Teufel, jemand hat uns Cava gebracht, sagte er. Haben Sie gesehen, wer das war?, fragten sie. Nein, meine Frau, meine Frau hat die Flasche entgegengenommen. Er sah ihr vielsagendes Lächeln. Dann sagten sie nichts mehr. Sie hatten verstanden. Er hätte dem Chefportier, oder was er war, in die Fresse schlagen mögen. Es war nicht viel Phantasie nötig, um zu verstehen, was für Gedanken dem Kerl durch den Kopf gingen.

Er war gegangen.

*

Er bewegt sich durch einen Wirbelstrom unterschiedlicher Lichter durch die Stadt. Alle Gesichter, die sich ihm zuwenden, sind feindlich. Sie wissen etwas, das er nicht weiß. Wissen etwas von Rita, wissen etwas von ihm. Sie wissen, alle wissen alles über ihn. Sie wissen, dass er ein Fremder ist. Sie sehen das Opfer, wenn sie ihn sehen. Alles ist seinen Augen abzulesen. Seine Augen leuchten wie Asche in der Dämmerung, absorbieren alles Licht, schwarzes Licht, achtzig Prozent schwarzes Licht.

Das Schild über dem Eingang zu dem Gebäude ist grau wie der Beton, schwarz wie die Uniformen. Darauf steht in Neonschrift POLICIA NACIONAL. Er steigt die Treppe unter den Leuchtbuchstaben hinauf, die mannshoch, fast so groß wie ein Mensch ist. Seine Hand zittert, als er die Tür aufschiebt wie das Tor zu einem schwarzen Schloss.

Die Frau hinter der Glasluke hat ihn noch nicht bemerkt, den Fremden. Morgen weltberühmt, heute ein Niemand.

Die Wände in dem Raum sind weiß gekalkt, das Licht der Neonröhre unter der Decke ist unbarmherzig und nackt. So muss es sein. Das ist die Regel Nummer eins. Wer immer hier eintritt, tut das in Nacktheit und Unbarmherzigkeit. Reiß einem Menschen die Kleider vom Leib, und er wird den Tod wie eine Barmherzigkeit empfinden.

Einige der Personen, die auf Stühlen an der Wand sitzen, sind Ureinwohner, alle anderen Touristen, Skandinavier mit blonden Haaren und verbrannter Haut, hirnlose Blondinen, blaue Augen und verbrannte Haut, zwei Frauen und ein Mann. Sie glotzen ihn an, als hielten sie ihn für einen Arzt oder Botschaftsangehörigen, der ihnen Hilfe bringt. Alle anderen starren geradeaus ins Leere. Die Skandinavier haben keine sichtbaren Verletzungen. Wahrscheinlich geht es um Taschenraub, Diebstahl. Jedes Mal dieselbe Verwunderung, dieselbe Naivität.

Die Frau hinter der Scheibe macht eine gelangweilte Geste in Richtung der Stühle, will nichts notieren, keine Namenserfassung.

Durch eine Tür neben dem Empfangsschalter betritt ein Polizist in schwarzer Uniform den Raum. Sein Gesicht ist ausdruckslos. Dies ist ein Abend von vielen in seinem Leben. Er wirft einen Blick in ein Dokument und schaut auf.

»*¿Señor Barajas?*«

Ein Mann von etwa sechzig Jahren erhebt sich langsam und schwerfällig und folgt dem Polizisten durch die offene Tür, die sich hinter ihnen schließt.

Eine ältere Frau schläft halb zusammengesunken mit offenem Mund. Ein Mann mittleren Alters in einem abgetragenen Anzug hustet hohl. Tot, dieser Ort ist tot, nichts wird hier geschehen, nichts.

Draußen sind die Zikaden zu hören, das Zirpen dringt durch die nicht verglasten Fensteröffnungen. Die junge Dunkelheit strömt herein und mischt sich mit der nackten Deckenbeleuchtung. Es ist diese Art von Dunkelheit, die Menschen blind macht. Er steht auf und geht.

Aitor Usetxe sitzt in einem Ledersessel. Das Zimmer wird von einer Stehlampe und einer Straßenlaterne erhellt, die an einem Draht über der Strandpromenade vor dem Balkon hängt.

Er raucht eine dünne Zigarre, der Rauch verbreitet sich im Raum.

An der Tür steht ein zweiter Mann. Aitor gibt ihm ein Zeichen, und der Mann verlässt den Raum. Als er die Tür öffnet, fällt kein Licht ins Zimmer.

Draußen rollt das Meer, es kann nicht weit bis zum Meer sein. Die Brandung hört sich nah an, so nah, als könnte sie ins Haus spülen.

»Soll ich Ihnen etwas holen lassen? Eine Tasse Kaffee? Mehr kaltes Wasser? Vielleicht ein Glas Wein?«

Die Frau, die ihm gegenübersitzt, schüttelt den Kopf. Vor ihr steht ein Glas Wasser. Sie hat das Strandkleid gegen Straßenkleidung gewechselt.

»Ich will meine Kinder anrufen«, sagt sie. »Das ist das Einzige, was ich im Augenblick will.«

»Natürlich.«

»Ich will sie jetzt anrufen.«

»Ich werde für ein Telefon sorgen.«

Aber er rührt sich nicht. Sie schaut zum Balkon. Die Gardinen bewegen sich, der Wind ist stärker geworden und die Brandung lauter.

Er rührt sich noch immer nicht. Nur der Rauch zieht langsam durch das Zimmer.

Über der Fassade hing ein Neonschild, AVIS. Plötzlich stand er dort drinnen und jetzt sitzt er im Auto und fährt am Meer entlang in Richtung Westen. Die Bucht ist schwarz, die Städte im Westen glitzern, als wäre es eine einzige Stadt, die sich an der Küste entlangzieht. Alles fließt ineinander, wird zusammengepresst. Er fährt auf der linken Spur, schnell, permanent auf der linken Spur.

Das Meer ist nah, Wasser umspielt seine Füße, die siebte Welle schwappt über seine Sandalen. Er trägt Shorts und ein Leinenhemd, der Wind ist warm. Das Wasser in der kleinen Bucht ist warm, die Landestelle, die Abholstelle.

Hier ist es gewesen.

Seine Hände im Sand. Er zieht sie heraus und wirft eine Faustvoll Sand in Richtung Meer.

Wenn er die Augen schließt, sieht er die Gestalten, hört die Schreie und die Schüsse, er kann die Schüsse über dem Sand hören.

Er sieht einen Mann durch den Sand laufen, einen Mann, der sich vom Ufer entfernt, einen Mann, der wegläuft. Die Geräusche werden schwächer, während der Mann läuft, immer schwächer hört er, was hinter ihm passiert, schließlich hört er nur noch seinen eigenen Atem. Über ihm leuchtet der Mond. Es war nie die Sonne. Es war der Mond. Auf der schmalen Straße, die es damals noch gab, wartete hinter den Sanddünen ein Auto auf ihn. Er warf sich in den Fond und legte sich auf den Boden. Das Auto startete mit durchdrehenden Reifen und verschwand. Die roten Rücklichter wurden immer kleiner, als es verschwand. Der Himmel über allem war sehr groß und ging bald in graue Morgendämmerung über. Sein Gesicht wurde vom Mondlicht beleuchtet.

So würden ihn einige in Erinnerung behalten.

Er hatte Flugzeuge abheben und landen sehen, die Positionslichter blinkten wie rote Sterne am Himmel. Er sah sie von dem Auto aus, das ihn fortbrachte vom Strand. Dem Strand des Todes, dem Strand des Verrats, der Gerechtigkeit, der Ungerechtigkeit. Die Politik, alles war Politik und doch keine Politik, Liebe, es war auch Liebe. Es griff immer alles ineinander.

Er schloss die Augen und dachte an die Zukunft. Er schaute nicht zurück, niemals mehr zurück.

Das Auto hatte irgendwo in der Dämmerung angehalten.

Er war in einen Hangar geführt worden.

In einem Raum hatte ihm ein Mann einen Pass zugeschoben.

Er war geflogen, war durch freundliche Wolken geflogen.

Er war zu Hause angekommen.

Er war ein anderer geworden.

Rita hatte ihn angelächelt.

Sie hatte den Brautschleier abgenommen, als er auf dem Bett lag.

Ein Spaziergang mit Kinderwagen.

Ein Foto, auf dem er einen Karton in ein Haus trägt, im Hintergrund steht ein Laster, ein Umzugswagen.

Diskussionen in dem neuen Büro, überall helles Licht, alles ist neu.

Magda und Isa lachen, wenn er sie in der Doppelschaukel schaukelt.

Die Familie beim Frühstück.

Laika in der Sonne auf der Treppe.

Er bekommt einen Umschlag von DHL.

9

Er parkt den Leihwagen an einer abschüssigen Straße, zieht die Handbremse an, steigt aus. Der warme Abend duftet nach Meer und Sternen. Die Palmen, die die Kirche umgeben, wiegen sich in der sanften Abendbrise. Alles ist wie im Paradies, alles sieht aus wie im Paradies.

In seinem Kopf singt es, während er den Platz überquert.

Nur wenige Gäste sind in der Bar. Niemand beachtet ihn.

John Österberg schaut von seinem Platz hinter der Theke auf. Neben ihm arbeitet ein Mann, ein Barkeeper, den Peter noch nie gesehen hat, ein Einheimischer. An der Wand hinter ihnen hängen Flaschen, das ist ihm bisher noch gar nicht aufgefallen, Flaschen, die an den Hälsen mit Schnüren zu Trauben zusammengebunden sind, hängende Flaschen.

Er tritt an die Theke. Das Paar, das am anderen Ende der Theke sitzt, schaut nicht in seine Richtung, niemand sieht in seine Richtung.

»Wozu darf ich dich einladen?«, fragt John. »Ein Bier? Du siehst aus, als hättest du ein Bier nötig.«

»Ich hab was ganz anderes nötig. Ich muss mit dir reden.«

»Dann rede.«

»Nicht hier.«

John wirft dem Mann neben sich einen Blick zu. Der Mann hat nicht zugehört, er presst Zitronen aus. Das Paar am anderen Ende der Theke unterhält sich. Vor beiden stehen halb gefüllte Gläser, in dem einen ist weißer und in dem anderen roter Wein. Der Rotwein steht vor der Frau. Es sieht merkwürdig aus, irgendwie falsch, Frauen haben Weißwein vor sich auf der Theke stehen, keinen Rotwein. Mit diesem Lokal stimmt irgendetwas nicht. Bar Azul. Die beiden an der Theke haben nicht die Absicht, ihre Gläser auszutrinken, haben noch nicht einmal daran genippt, sie sind nicht hier, um zu trinken.

John zeigt verstohlen auf die Hintertür seitlich von der Theke.

Er sagt etwas zu dem Barkeeper. Peter hört nicht hin, er beobachtet das Paar, besonders die Frau. Sie sagt etwas zu dem Mann. Dreh dich nicht um, sagt sie, nicht jetzt, denkt Peter.

John öffnet die Tür, und sie betreten einen fensterlosen Raum. John schließt die Tür hinter ihnen. An den Wänden türmen sich Kartons, Getränkekisten und Verpackungen bis tief in den Schatten. Im Raum ist es kühl, der Schweiß am Körper gefriert zu kleinen Eisperlen. Eisperlen, denkt Peter, das Wort ist nicht so hübsch wie Sonnenregen.

Mitten im Raum stehen ein Schreibtisch und zwei Stühle.

Auf dem Tisch liegen Papierstapel, Formulare, Ordner.

Plötzlich sieht es so aus, als würden die Papiere anfangen sich zu bewegen, als würden sie abheben. Oder als würde der Tisch abheben. Er kann nicht richtig unterscheiden, wo Decke und wo Boden ist, alles um ihn herum beginnt sich zu drehen, als säße er in einem Karussell auf einem Spielplatz, ein Karussell, das es in seiner Kindheit gegeben hat, das sich rund und rundherum drehte. Wieder bricht ihm Schweiß auf der Stirn aus. Er versucht, den Tisch zu erreichen und sich auf einen Stuhl zu setzen, versucht, aus dem Karussell auszusteigen, versucht abzuspringen.

Eine Hand ergreift seinen Arm. Er weiß nicht, ob es der linke oder der rechte ist.

»Du siehst ziemlich angeschlagen aus, mein Freund.«

John hilft ihm, sich zu setzen. Die Welt dreht sich langsamer, hört auf, sich zu drehen.

»Rita ist verschwunden«, sagt er. »Meine Frau Rita.«

»Was meinst du mit verschwunden?«

»Verschwunden!«

Er kann es nicht anders ausdrücken. John muss ihn doch verstehen.

»Was ist passiert?«

»Ich will nicht! Ich will es nicht tun! Ich kann es nicht!«

»Nun mal ganz ruhig, warte.«

John verlässt den Raum, kommt mit einem Glas Brandy zurück.

Peter trinkt und muss husten.

»Ist sie weg?«

»Das … das hab ich doch gesagt.«

Er hustet wieder.

»Woher weißt du das?«

»Keine Nach…Nachricht. Sie ist einfach weg.«

»Was willst du nicht tun?«

»Ihn erschießen!«

»Wen erschießen?«

Peter antwortet nicht. Er scheint nicht zu wissen, mit wem er spricht. Er kennt den Namen, aber das ist auch alles. John kennt den Namen schon. Kennt John den Namen?

»Mir ist nicht gut«, sagt er.

»Das sehe ich.«

»Ich muss gehen.«

»Gehen? Willst du die Bar verlassen?«

»Ja.«

»Wann ist deine Frau verschwunden?«

»Gestern, glaube ich. Oder heute?«

»Woher willst du wissen, dass sie wirklich verschwunden ist?«

»Ich weiß es.«

»Warst du schon bei der Polizei?«

»Ich hab's versucht. Aber ich war zu ungeduldig.«

»Möchtest du, dass ich dir helfe?«

»Hast du Kontakte zur Polizei?«

»Wie jeder schwedische Barbesitzer.«

»Was bedeutet das?«

»Bürokratie.«

Peter versucht aufzustehen, schafft es halbwegs, muss sich aber wieder setzen.

»Warum?«, fragt John.

»Warum was?«

»Warum ist sie verschwunden?«

Peter antwortet nicht. Er weiß immer noch nicht, mit wem er spricht. Mit welcher Seite er spricht. Er weiß nicht, wie viele Seiten es gibt.

»Hast du Aitor getroffen?«, fragt John. »Seitdem du wieder hier bist?«

»Nein.«

»Ich glaube dir nicht.«

»Warum sollte ich ihn treffen?«

»Er ist der Einzige, der mir einfällt. Der so etwas anzetteln könnte.«

Peter schweigt. Er überlegt, ob er aufstehen soll.

»Und sie natürlich«, sagt John.

»Vergiss sie.«

»Hast du sie vergessen?«

Peter antwortet nicht. Er weiß nicht, was er vergessen haben soll. In diesem Augenblick weiß er es nicht, weiß nicht, ob es von Bedeutung ist. Ob die Vergesslichkeit etwas bedeutet.

»Wer kann sie vergessen?«, fragt John.

»Du offenbar nicht.«

»Wenn du mir nicht mehr erzählst, kann ich dir nicht helfen.«

»Willst du mir denn helfen?«

»Es muss doch noch andere Gründe geben, warum du hergekommen bist.«

»Woher soll ich wissen, dass ich mich auf dich verlassen kann?«

»Schließlich bin ich auch Schwede.«

»Haha.«

»Du warst damals vielleicht ein Scheißkerl, aber es gab Schlimmere«, sagt John.

»Wer zum Beispiel?«

»Spielt das eine Rolle?«

»Meine Frau ist verschwunden!«

»Soll ich raten, wer sie gekidnappt hat? Was passiert ist?«

»Ja.«

»Ich kann es nicht«, sagt John.

»Versuch es.«

»Hier gibt es inzwischen zu viele Scheißkerle. Es kann jeder von ihnen gewesen sein.«

»Versuch es trotzdem.«

»Okay, ich tippe auf Aitor, weil mir kein anderer einfällt.«

»Danke.«

»Was willst du jetzt tun?«

»Ins Hotel zurückfahren. Vielleicht hat sich jemand gemeldet.«

»Sie selber«, schlägt John vor.

»Wir wollen es hoffen.« Peter steht auf. Seine Beine tragen ihn. Nichts bewegt sich unter ihm, nur seine Füße, die auf die Tür zugehen.

»Niemand wird ihr etwas antun«, sagt John.

Es klingt, als wüsste er etwas. Als hätte er unter Kontrolle, wem etwas angetan wird und wem nicht.

Peter dreht sich um.

»Weißt du etwas darüber, John?«

»Ich hoffe es nur. Manchmal ist hoffen genauso stark wie wissen.«

Peter verlässt den Raum. Er geht an der Theke vorbei. Das Paar sitzt immer noch da. Die Gläser stehen noch da. Aber der Regisseur hat sie umgestellt. Hat das Versehen bemerkt. Doch er hat es als Erster entdeckt. Der Barkeeper nickt, als er vorbeigeht. Er weiß nicht, wie lange er in dem Hinterzimmer gewesen ist. Ein Viertelstunde, vierzehn Tage.

Ein Telefon klingelt. John sucht es unter den Papierhaufen auf dem Schreibtisch. Er antwortet, es ist ein altes Telefon aus der alten, wilden Zeit.

»Ja. Nein. Ja«, sagt er auf Spanisch. »Das weiß ich nicht. Ich glaube, er fährt direkt zum Hotel zurück. Ja. Nein. Nein.«

Aitor hatte ihm die Landungsstellen entlang der Westküste gezeigt. Aitor war immer wie ein Nachtclubbesitzer gekleidet. Schon als junger Mann war er ein Snob. Oder etwas anderes.

»Ich will nicht wie ein verlotterter Kerl herumlaufen«, sagte er. »So wie du, ein verlotterter Schwede.«

»Und trotzdem willst du mich dabeihaben.«

»Es ist Platz für alle da.«

Sie waren auf der alten Straße durch die Nacht gefahren. Er hörte das Meeresrauschen, das von einer gewaltigen Kraft zeugte.

»Fühlst du die Spannung?«, fragte Aitor.

»Machst du es deshalb?«

»Es geht nichts über diese Spannung«, sagte Aitor. »Nichts.«

»Heute Nacht passiert doch nichts?«

»Die Spannung ist immer da«, sagte Aitor. »Wenn man erst einmal angefangen hat.«

Sie hatten am Strand gehalten. Mitten auf dem Strand. Er war nicht groß, nur eine kleine Bucht. Der Strand war vom Gold und Silber des Vollmondes übergossen. Man brauchte es nur einzusammeln.

»Morgen Nacht«, sagte Aitor. »Hier.«

Er deutete mit dem Kopf auf ein Haus, das fünfzig Meter

entfernt stand, vielleicht vierzig. Es wirkte verlassen. Mondlicht strich um die Hausecken.

»Dort können wir uns hinterher ausruhen.«

»Ist es dein Haus?«

»Jetzt ist es meins.«

»Es sieht unbewohnt aus.«

»Nur wenn niemand da ist«, sagte Aitor.

»Ist denn alles vorbereitet?«

»Wie meinst du das?«

»Für morgen Nacht.«

»Na klar.«

»Ist schon einmal jemand dabei verletzt worden?«

»Nein.«

»Das glaube ich dir nicht.«

»So etwas kommt bei uns nicht vor. Verletzt wird bei uns niemand.«

»Und die Bomben?«

»Wir geben immer eine Vorwarnung. Das wissen alle. Wenn jemand verletzt wird, dann keiner von uns.«

»Wer dann?«

»Die Polizei«, sagte Aitor.

»Die Polizei bombardiert ihre Bevölkerung?«

»Wer denn sonst? Wir sind hier in Spanien, vergiss das nie.«

Das Nachtleben ist in vollem Gang, als er am Rand der Altstadt entlang und weiter auf der Avenida fährt. Das Lachen ist in vollem Gang, das Besäufnis ist in vollem Gang. Die Touristen tanzen auf den Bürgersteigen, als wäre es der letzte Abend des allerletzten Tages. In den Gassen beginnt die Arbeitsnacht der Huren, zum Vergnügen ihrer Freier, Gott hat uns in die Welt gesetzt, damit wir uns amüsieren.

Auf dem Weg zum Hotel versuchen zwei Idioten, mitten auf der Straße vor seinem Auto zu tanzen. Er fährt über sie drüber, hört, wie ihre Körper unter den Rädern knirschend zermalmt werden.

Der Portier sieht ihn an, als er die Lobby betritt, vielleicht eine neue Flasche Cava, die es nicht gibt, nein, davon will er jetzt nichts wissen. Der Mann scheint etwas sagen zu wollen, öffnet den Mund, hebt eine Hand. Ich will nichts hören. Ich bin taub.

Die Tür zum Appartement ist nicht abgeschlossen.

Er starrt in den schwarzen Vorraum er hat Angst große Angst vor dem was ihn erwartet.

Da sieht er sie.

»Rita!«

Die nächtliche Straßenbeleuchtung sickert ins Zimmer und fällt auf ihr Gesicht. Sie sitzt in einem der beiden Sessel. In dem habe ich noch nicht gesessen, denkt er, ich hatte noch keine Zeit, darin zu sitzen. Wie lange sind wir schon hier, denkt er.

»Rita!«

Sie scheint ihn nicht zu hören, als ob sie taub wäre, als wäre er gar nicht da, als wäre sie gar nicht da.

»Rita!«

Er läuft durch das Zimmer, durch die künstliche Beleuchtung, sinkt vor ihr nieder, sinkt auf die Knie, legt die Hände auf ihre Arme.

»Rita.«

Sie bewegt den Kopf.

Öffnet die Augen.

Er nickt, er nickt wieder. Er weiß nicht, warum er das tut, seine Hände zittern. Ihre Arme zittern. Er könnte es sein, der sie zittern lässt.

»Ich bin hier«, sagt er. Das ist das Beste, was ihm einfällt. »Ich bin hier, Rita.«

»Ich bin müde«, sagt sie. »Ich muss wohl eingeschlafen sein.«

Sie wirkt ruhig. Vielleicht steht sie unter Drogeneinwirkung, sie haben ihr Drogen gegeben. So muss es sein.

»Was ist passiert?«, fragt er.

»Jetzt weiß ich, warum wir hier sind«, sagt sie.

»Wie meinst du das?«

»Ich weiß, warum wir hier sind, Peter. Warum wir an diesem Ort sind.«

»Was haben sie mit dir gemacht, Rita?«

»Wieso sie?«, fragt sie.

»Wie meinst du das?«

»Ich habe nur einen getroffen.«

»Das klingt, als wärest du ihm zufällig auf der Strandpromenade begegnet.«

Sie antwortet nicht.

»War es so?«

»Was?«

»Seid ihr euch auf der Strandpromenade begegnet?«

»Ich bin entführt worden«, sagt sie und hebt den Blick zur Wand oder was sie gerade sieht, die Balkontür, die Küchenzeile. Ihre Stimme klingt ruhig, klingt unheimlich ruhig, ihm wird ganz kalt von dieser Ruhe, als stände er immer noch in der bedrückend kleinen Kammer der Bar Azul.

»Herr im Himmel«, sagt er.

»Er hat sich als alter Geschäftspartner von dir vorgestellt«, sagt sie.

»Geschäftspartner.«

»Du wiederholst schon wieder, was ich sage.«

»Wer war es?«

»Seinen Namen hat er mir nicht genannt.«

Peter schweigt.

»Er hat gesagt, du wüsstest, wer er ist.«

»Ich weiß nichts.«

»Er hat gut Englisch gesprochen, besser als ich.«

»Rita ...«

»Ja, was ist?«

»Was ist passiert?«

»Genau das, was ich dir erzählt habe.«

Zur offenen Balkontür weht ein Musikfetzen aus der Poolbar herein. Ein Lachen, jemand springt ins Wasser. Das ist verboten, denkt er, es ist verboten, nach Einbruch der Dunkelheit im Pool zu schwimmen, verboten, zu lachen.

»Das ist der Mann, der uns gezwungen hat hierherzukommen.«

Rita erhebt sich aus dem Sessel. Seine Arme sinken auf den Bezug, er spürt ihre Schwere. Er dreht sich zu ihr um, als sie ein paar Schritte geht und sich zu ihm umdreht. Das Weibsstück unten am Pool lacht wieder. Er würde am liebsten runtergehen und sie ertränken, es würde nicht lange dauern. Rita würde hier oben warten mit ihrem Geheimnis, es ist jetzt ihr Geheimnis, es ist auch ihr Geheimnis.

»Warum hast du mir nichts gesagt? Ich bin deine Frau.«

»Ich durfte nichts sagen«, antwortet er.

»Aber ich habe es trotzdem erfahren. Von ihm.«

»Weil ich es nicht tun wollte. Deshalb sind sie zu dir gegangen.«

»Was wolltest du nicht tun?«

»Das … was sie von mir verlangen. Hat er dir das nicht erzählt?«

»Nein.«

»Was hat er denn gesagt?«

»Dass du ihn einmal verraten hast. Dass du etwas Unmoralisches getan hast. Dass er mit seinen besten Jahren dafür bezahlen musste. Dass du es auch spüren sollst, aber nur ein bisschen. Dass wir deswegen hier sind.«

»Was soll ich spüren?«

»Das frage ich dich, Peter.«

»Das ist eine Drohung.«

»Gegen unsere Familie?«

»Ja. Deswegen bist du zusammen mit mir hier.«

»Du hättest es mir erzählen sollen. Es ist … ein Verbrechen, dass du es mir nicht erzählt hast.«

»Jetzt brauche ich es nicht mehr. Jetzt ist es erledigt.«

»Alles, Peter, du musst mir alles erzählen.«

Wieder ein Platschen im Pool, das Weib da unten ist noch nicht ertrunken, was für ein hübscher Abschluss der abendlichen Happy Hour das wäre, es wäre ihnen eine Lehre.

»Was ist passiert, als du als junger Mann hier warst? Und was will er jetzt von dir? Und warum?«

In dem Mietwagen kommt ihm der Morgen da draußen wie eine abgeschiedene Welt vor. Wenn er das Fenster herunterfährt, springt ihn die Hitze an. Hier wächst nichts mehr, alles Wasser wurde zu den Golfplätzen bei Nueva Andalucía abgeleitet. Hier gibt es nur Steine und Hitze.

Der Weg schlängelt sich durch die Berge wie eine schwarze Schlange durch die Wüste. Er führt zum Kopf, dort sitzt das Gift, denkt er, dort ist es. Er sieht seine dunkle Brille im Rückspiegel. Er sieht die Stadt wie eine weiße Fata Morgana im Rückspiegel, die sich nach und nach auflöst, je weiter er sich entfernt. Dort ist das Leben, hier ist der Tod. Dort vorn ist der Tod.

Warum haben sie sich entschieden, hier zu leben, warum haben sie die tote Wüste gewählt, in der sie leben? Um zu beweisen, dass es möglich ist, auch hier Leben zu erschaffen? Zu beweisen, dass es auch hier Farben gibt, grüne Farben? Um zu beweisen, dass man Macht und Geld besitzt?

Er sieht das Haus auf sich zukommen. Es ist größer, als es vom Felsen aus gewirkt hat, sehr viel größer. Die Eisentore sind geschlossen, als er vorbeifährt. Dahinter ist keine Menschenseele zu sehen. Das Ganze wirkt wie ein abgesperrter Park.

Die Straße schlängelt sich noch einen Kilometer weiter, dann verwandelt sie sich an einer Kreuzung in einen Korridor aus Staub. Schotterwege führen wie Zweige eines vertrockneten Baumes nach Westen und Osten. Staubwege. Bis hierher hat der Asphalt gereicht. Er wendet das Auto, vor sich den weißen Berggipfel im Blick. Das Weiß blendet trotz Sonnenbrille. Schnee und Sonne sind eine kraftvolle Kombination, denkt er, das habe ich gesucht, als ich hierhergeflohen bin.

Auf dem Rückweg sieht er das kleine Mädchen innerhalb der Einzäunung. Es winkt, als er vorbeifährt, winkt wie ein Mädchen in einer Wüstenstadt, in der der einzige Zug des Tages passiert, ohne anzuhalten. Winkt, bis er verschwunden ist. Winkt.

10 Auf dem Marktplatz ist es still. Er beugt sich über das Lenkrad. In seinem Kopf ist es still, es rauscht nur ganz schwach, wie wenn man sich eine Meermuschel ans Ohr hält. Meeresrauschen. Nie mehr wird er vor dem Rauschen des Meeres fliehen können.

Er hebt den Kopf vom Lenkrad. Auf der anderen Seite des Platzes verlässt ein Mann die Bar Azul. John Österberg. Er kann Peter nicht sehen im Schatten, in dem das Auto steht. Die ganze Straße ist schwarz. Peter folgt John mit den Augen, bis er hinter einer Steigung aus seinem Blickfeld verschwindet. An der Steigung bewegt sich sonst nichts. In der Altstadt herrscht Siesta.

Er steigt aus und überquert den Platz.

Er steht in dem Lokal. Er ist allein. Aus dem Raum hinter der Bar sind Geräusche zu hören von Kartons, die hochgehoben werden. Flaschengeklirr. Er schaut sich um, bleibt stehen, lauscht. Er schließt die Augen, sehr lange hält er die Augen geschlossen.

Sie stand hinter der Theke und lächelte ihn an. Ein offenes, warmes Lächeln. Er saß vor ihr. Sie beugte sich vor und strich ihm über die Wange. Ihre Augen!

»Ich glaube, ich kann ein Auto besorgen«, sagte er. »Wir

hauen nach Ronda ab. Das Auto bringt uns nach Ronda und zurück nach Hause.«

»Warum nicht Granada?«

Er lachte.

»Mit dem Auto?«

»Warum sprichst du Englisch?«, fragte sie. »Sprich unsere Sprache. Oder wenigstens Spanisch. Du kannst es lernen. Du bist dumm, aber so dumm auch wieder nicht.«

»Sprachen kann man auf verschiedene Art lernen.« Er hob eine Hand und strich ihr über die Haare.

»En español, por favor.«

Er öffnet die Augen. Die Erinnerung zieht sich an ihren Platz in seinem Kopf zurück. Er hört jemanden aus dem Hinterzimmer kommen. Es ist Johns Mitarbeiter. Er trägt einen Karton. Er nickt Peter zu, sieht nicht überrascht aus, stellt den Karton ab.

Jetzt erkennt Peter ihn. Es ist Iker, Iker Aurtenetxe.

Der Mörder.

Jede Gruppe braucht Mörder. Jeder Club, jeder Verein. Jemand muss vorangehen, wenn andere zögern.

»Iker«, sagt er, »du bist das.«

»Bin es die ganze Zeit gewesen.«

»Dann arbeitest du also hier.«

»Scheint so.«

»Warum hast du vorher nichts gesagt?«

»Geht mich alles nichts an.«

»Geht dich nichts an?«

Iker schüttelt den Kopf. Er beginnt die Bierdosen aus dem Karton zu nehmen und in einen Kühlschrank hinter der Theke zu stellen.

»Wer weiß, dass ich hier bin, Iker?«

Iker hält inne, eine Dose in der Hand über der Theke.

»Wie meinst du das?«

»Wie viele wissen, dass ich wieder hier bin?«

»Das kann ich dir unmöglich beantworten. Woher soll ich das wissen?«

»Triffst du Aitor?«

»Nicht, wenn es sich vermeiden lässt.«

»Er ist wieder draußen.«

»Ach, wirklich.«

»Das kann kein Geheimnis sein.«

»Du musst jetzt gehen, Svante. Du musst hier weg.«

»Ich heiße nicht mehr Svante.«

Iker macht eine Handbewegung. *Whatever.*

»Wie geht es Ainhora? Lebst du immer noch mit ihr zusammen?«

Iker erstarrt. Er stellt eine Dose San Miguel auf die Theke, hebt den Blick und sieht Peter in die Augen.

»Ja, ich lebe mit Ainhora zusammen.«

»Das freut mich, Iker.«

Sie waren mit offenem Verdeck in dem alten Citroën CV2 gefahren. Er hatte am Steuer gesessen. Sie hatte den Kopf durch das offene Verdeck gereckt und zum Meer hin geschrien. Das nannte man Freudengeheul. Der Citroën war gelb, gelb wie eine Zitrone.

Sie lachte im Gegenwind.

Ihre langen Haare flatterten wie ein schwarzer Wind.

Er lachte.

»Nach Ronda!«, schrie er. »Und nie mehr zurückkommen!«

»Nicht in diesem Auto!«

»In gar keinem Auto!«

Sie fanden ein kleines Hostal in der Nähe der Arena.

Am Nachmittag liebten sie sich, einem langen Nachmittag.

Die Wände waren weiß gekalkt und nackt, alles war nackt in diesem kühlen Zimmer. Über dem Bett hing ein Kruzifix. Das war der einzige Schmuck, dachte er, zusammen mit ihr.

»Ich liebe dich«, sagte er.

»Wie heißt das auf Schwedisch?«

Er sagte es ihr.

Iker Aurtenetxe stellt den Karton auf dem Fußboden ab. Er kommt um die Theke herum. Jetzt steht er vor Peter.

»Ich bin jetzt ein anderer«, sagt er.

»Ich auch.«

»Da bin ich mir nicht so sicher.«

»Wer war ich früher?«

»Das weiß ich auch nicht mit Sicherheit.«

»Ich bin nicht freiwillig hier.«

»Ich weiß.«

»Wer hat es dir erzählt? John?«

»Nein.«

»Dann muss es Aitor gewesen sein.«

»Nein. Ich habe nichts mit Aitor zu tun.«

»Es kann kein anderer gewesen sein«, sagt Peter.

Iker legt ihm eine Hand auf die Schulter.

»Ich werde für dich beten«, sagt er.

Er bleibt in der Bar Azul. Iker ist wieder verschwunden. John ist nicht zurückgekehrt. Das Lokal ist leer, es hat noch nicht geöffnet, aber das ist relativ. Wer Durst hat, betritt den kühlenden Schatten. Er könnte sich eine *caña* zapfen, das hat er früher auch getan.

Das Gesicht in dem Spiegel neben den Flaschen ist sein Gesicht. Zehn, fünfzehn Jahre jünger. Neben seinem ein anderes Gesicht. Auch jünger, aus der Zeit, als diese Geschichte begann. Er ist zurück, er kommt immer zurück.

Damals war Jesús in Zivil. Sie saßen in der Bar Azul, und sie waren allein. Warum war sonst niemand da? Wo war John? John muss es gewusst haben. Wer sonst noch? Wussten es alle? Spielte das eine Rolle?

Jesús beugte sich über den Tisch. Seine Stimme war ein Flüstern.

»Es ist ganz einfach. Ja oder nein.«

»Habe ich eine Wahl?«

»Nein. Eigentlich nicht.«

»Und wenn ich mich für Nein entscheide?«

»Spanische Gefängnisse sind nicht angenehm.«

»Dann nehme ich an, die Antwort ist Ja.«

»Gute Antwort.«

»Was passiert … danach?«

»Mach dir deswegen keine Sorgen. Um dich brauchst du dir keine Sorgen zu machen.«

»Es wird Verletzte geben.«

»Das will ich nicht hoffen.«

»Menschen werden verletzt. Vielleicht passiert Schlimmeres.«

»Nein, wir werden sehr rasch agieren.«

Jesús hatte den Verräter angeschaut.

»Und das wirst du auch tun.«

Da war sie hereingekommen, in die Bar. Sie hatten sich umgedreht, beide gleichzeitig. Hatten sie einander wirklich gegenübergesessen?

Rasch durchquerte sie das leere Lokal. Hatten nicht Stühle auf den Tischen gestanden? Es hatten Stühle auf den Tischen gestanden. Es muss Vormittag gewesen sein. Draußen war es sehr heiß gewesen. Der August ging in den September über. Die heißeste Periode des Jahres.

Sie legte eine Hand auf seine Schulter. Er hatte sie dort gespürt wie einen Trost, eine kühle Erinnerung an Liebe. An Freiheit. Leben vielleicht. Ja.

»Ich konnte etwas eher kommen«, sagte sie.

Jesús war aufgestanden und hatte sich wie ein *caballero* verbeugt.

»Guten Tag, mein Name ist Jesús.«

»Guten Tag, ich bin Naiara.«

»Jesús ist ein Freund«, hatte er gesagt.

Sie hatte genickt und war in das Hinterzimmer gegangen.

»Wer war das?«, hatte Jesús gefragt.

»Naiara.«

»Das habe ich gehört. Aber was macht sie?«

»Ich verstehe nicht, was du meinst.«

»Was macht sie hier?«

»Sie arbeitet in der Bar.«

»Ich habe sie noch nie gesehen. Sie ist nicht von hier. Sie stammt aus dem Norden. Sie ist eine *vasca.*«

»Ich weiß es wirklich nicht.«

»Sie kommt aus den baskischen Provinzen.«

»Na und?«

Jesús hatte gelacht, ein plötzliches, brutales Lachen.

»Sie ist deine Freundin, oder?«

Jesús spricht vor einer Menschenansammlung auf der Plaza de la Iglesia. Er steht auf einer provisorischen Bühne. Es ist Wahlkampf, Bürgermeisterwahlkampf. Die Ziegelmauer hinter der Bühne ist vollständig von Bougainvilleen bedeckt. Jesús hält ein Mikrophon. Es wirkt seltsam groß in seiner Hand. Das Mikrophon sieht nicht aus wie ein Mikrophon.

Naiara steht auch auf der Bühne, nur wenige Meter von Jesús entfernt. Sie lächelt.

Rechts und links neben der Bühne haben sich zwei Leibwächter postiert und beobachten das Publikum durch ihre dunklen Brillen.

Peter hat sich unter die Zuhörer gemischt, Jesús' Rede aber nicht zugehört. Jetzt hört er zu.

»... und es ist ein absolutes Grundrecht, sich in der Gesellschaft, in der man lebt, sicher zu fühlen. Sicherheit! Sicher vor dem verabscheuungswürdigen Terror, der wieder über unser Land hereingebrochen ist. Und nun sogar an unserer eigenen Küste!«

Jesús bewegt sich über die Bühne, er wechselt das Mikrophon in die andere Hand.

»Es gibt Individuen, die sich nicht an die Gesetze halten wollen, die wir alle befolgen müssen. Sie missachten menschliche und moralische Werte, die unabdingbar sind, damit ein Land für seine Mitbürger funktioniert. Damit eine Stadt ein sicherer Hafen sein kann! Und eine solche Stadt garantiere ich euch! Meine Stadt, unsere Stadt, die neue Stadt! Der sichere Hafen! Der sichere Strand! Der offene Strand! Der offene Strand für das Gute!«

Jesús legt eine dramatische Pause ein, dreht sich zu Naiara um, die ihm lächelnd zunickt. Er lächelt zurück und wendet sich wieder dem Publikum zu.

»Mit mir als Bürgermeister müssen die Terroristen an dieser Küste in den Untergrund zurück! Mit mir als Bürgermeister müssen sich die Schmuggler eine andere Küste suchen! Jetzt ist SCHLUSS! SCHLUSS mit dem Terror an unserer schönen, friedlichen Küste! Schluss mit dem Menschenschmuggel, Schluss mit dem Waffenschmuggel, Schluss mit dem Rauschgifthandel! Jetzt beginnt eine neue Zeit! Vielen Dank!«

Die Zuhörer um Peter herum applaudieren heftig.

Er applaudiert auch. Er kann seine Hände nicht bremsen. Er applaudiert immer stärker, den Blick starr geradeaus gerichtet. Ihm kommt gar nicht in den Sinn, dass Jesús als langjähriger Polizeichef all diese Bedrohungen an der Sonnenküste längst hätte eindämmen müssen.

Es war etwas in ihrem Blick. Oder war es die Art, wie sie sich bewegte, die Arme, den Kopf? Kleinigkeiten, die alles für denjenigen bedeuten, der dafür empfänglich ist.

Etwas war anders.

Eines Nachts kam sie nicht.

»Wo zum Teufel ist Naiara?«, fragte Aitor auf dem Weg zur

Bucht. Er drehte sich im Auto um, als erwartete er, dass sie ihnen nachgelaufen komme.

Am nächsten Tag behauptete sie, sie habe im letzten Moment Magenschmerzen bekommen.

»Sehr passend«, sagte Aitor, der ein Seidenhemd und eine kühle Sommerhose trug. Man sah ihm nicht an, dass er in der vergangenen Nacht Lasten geschleppt hatte.

Sie hatten in einer Bar in San Pedro de Alcántara gesessen, mit *berberechos, boquerones, caracoles* und *hígado*, die Aitor allein essen musste.

Er verspürte eine plötzliche Übelkeit, die nicht von der gebratenen Leber auf Aitors Teller herrührte.

»Geht's dir gut, Berger?«

»Ja.«

Die Sonne hatte den höchsten Punkt am Himmel erreicht.

Ihre Augen waren irgendwo anders, vielleicht auf der anderen Seite der Costa del Sol, vielleicht in Gibraltar.

Das war der Anfang vom Ende gewesen. Dort hat es begonnen, um zwölf Uhr in San Pedro.

Peter und Rita sitzen in der Poolbar des Hotels. Der Tisch steht einige Meter vom Pool entfernt. Niemand badet. Es ist mitten am Tag, die Schatten sind kurz. Peter und Rita sitzen unter einem großen Sonnenschirm. Auf dem Tisch stehen ein Glas Wein und ein Glas Bier.

»Was wird aus uns?«, fragt sie.

»Wie meinst du das?«

»Wenn das hier vorbei ist. Wer wirst du dann sein? Wirst du wieder eine andere Person? Ein anderer Name? Eine andere … Maske?«

»Bitte, Rita.«

»Die Frage ist wichtig.«

»Wir müssen erst einmal von hier wegkommen. Das ist im Augenblick das absolut Wichtigste.«

»Ich dachte, ich wüsste, wer du bist. Und wer du gewesen bist. Aber nichts von alldem stimmt. Nicht einmal dein Name, der auch mein Name ist. Es ist nicht dein wahrer Name. Er ist falsch.«

»Zum Teufel, Rita.«

»Wie hast du früher geheißen?«

»Das spielt keine Rolle.«

»Ich will es wissen. Wie war dein früherer Nachname?«

»Berger.«

»Berger?«

»Ja.«

Sie sieht das Bergmassiv hinter seinem Kopf. Den weißen Berg hinter seinem Kopf.

»Es ging um diesen Ort!«, sagt sie.

»Ich will mich nicht erinnern.«

»Der Berg!«, sagt sie und zeigt auf die Kulisse hinter ihm. Ein Kellner, der im Schatten an der Bar sitzt, steht auf und kommt an ihren Tisch. Peter schüttelt den Kopf und winkt abwehrend.

»Ich möchte noch ein Glas«, sagt sie.

Sie dreht sich zu dem Kellner um.

»Un … vino, por favor.«

»¿Lo mismo, Señora?« Rita schaut Peter an.

»Möchtest du den gleichen Wein? Weiß und trocken?«

»Ja.«

Er dreht sich zum Kellner um.

»Sí. Lo mismo. Seco.«

Er folgt dem Kellner mit dem Blick, als er zur Bar zurückkehrt. Dann sieht er Rita an.

»Namen haben keine Bedeutung.«

»Da bin ich mir nicht so sicher«, sagt sie.

»Wie meinst du das?«

»Der Mann, den du … erschießen sollst. Er heißt Montaña.«

»Montañas.«

Der Kellner bringt Ritas Weinglas. Er stellt es vor sie hin und geht weg.

»Montañas. Selbst ich weiß, dass das Berg bedeutet.«

Sie zeigt wieder auf den Berg hinter Peter. Er zuckt zusammen, als ein Kind in den Pool springt.

»Ihr habt den gleichen Namen«, fährt sie fort, »und du behauptest, das bedeutet nichts?«

11

Rita und Peter liegen in Liegestühlen. Die Sonne wirft lange Schatten, wenn sich jemand über den Strand bewegt. Es ist immer noch Nachmittag, ein später und heißer Nachmittag.

Sie liegen dieses Mal nicht so nah am Meer, sondern näher an der Strandpromenade.

Er richtet sich auf. Das Meer glitzert, so weit das Auge reicht. Seevögel fliegen hin und her, hin und her.

Er beugt sich vor.

»Wie fühlst du dich, Rita?«

»Nicht besonders.«

»Du kannst ins Wasser gehen, ich bleibe hier.«

»Nicht jetzt.«

Sie hat die Augen geschlossen.

»Lass mich einfach nur in Ruhe«, sagt sie.

Ein Strandverkäufer kommt vorbei, ohne etwas zu sagen, und geht weiter zu einem kleinen Lieferwagen, der zehn Meter entfernt geparkt ist.

Ein Ball rollt unter Peters Liegestuhl. Er bückt sich und wirft ihn zurück zu der Frau, die ihre Volleyballtruppe verlässt, um den Ball entgegenzunehmen.

»*Gracias*«, sagt sie.

»*De nada.*«

»Hasta luego«, sagt sie.

Er nickt. Sie nickt zurück und entfernt sich.

Das Spiel geht weiter. Er betrachtet die Spieler. Sie können zehn Stunden am Stück spielen. Er wünschte, er gehörte dazu. Dass das ganze Leben nur ein Spiel wäre, das keine Rolle spielt.

Der Verkäufer steht jetzt hinter seinem Auto. Er schaut zu dem Paar in den Liegestühlen. Peter sitzt immer noch aufgerichtet da. Er sieht den Verkäufer durch seine dunkle Sonnenbrille an. Der Verkäufer macht eine kaum merkliche Kopfbewegung. Peter dreht den Kopf und schaut nach Westen. Zwei Gestalten bewegen sich etwa zweihundert Meter entfernt durch den Sonnendunst. Er kann ihre Gesichter nicht erkennen, aber er weiß, dass die Gestalten auf den schmalen Matten laufen, die am Strand ausgelegt sind.

Als sie näher kommen, erkennt er Jesús und einen seiner Männer. Die beiden joggen am Strand, in T-Shirts und Shorts, diesmal keine Anzüge, kein Traum. Jesús sagt etwas, das Peter nicht hören kann, aber er sieht die Mundbewegungen. Der andere Mann lacht. Peter erkennt ihn wieder. Man bekommt eine gute Kondition, wenn man bei Montañas angestellt ist, und der Mann scheint das Training zu genießen.

Peter hat nach wie vor seine dunkle Sonnenbrille auf.

Jesús hat die Führung übernommen. Er kommt näher, er läuft über eine Matte, die vor ihren Liegestühlen liegt.

Rita hat sich aufgerichtet. Die beiden Jogger sind jetzt nur noch zwanzig Meter entfernt. Zehn Meter vor ihnen biegen sie ab und laufen weiter in östlicher Richtung.

Sie kommen an dem Verkäufer vorbei, der immer noch neben seinem Lieferwagen steht. Er schaut ihnen nach und dreht sich wieder zu Peter um. Die Läufer passieren zwei offene Fischerboote, aus denen Qualm aufsteigt. Flammen schlagen aus dem Innern der Boote, in denen Spieße mit Sardinen aufgestellt sind. Der Rauch hüllt die Läufer ein und mischt sich mit dem Sonnendunst des späten Nachmittages.

Der Verkäufer setzt sich in sein Auto und fährt über eine Rampe zur Strandpromenade hinauf. Er fährt an den einstöckigen Häusern vorbei.

Im Schutz der Fenstervorhänge verfolgt ein Mann seinen Weg.

Er folgt auch Rita und Peter mit dem Blick, als sie ihre Plätze am Strand verlassen. Sie schütteln ihre Badesachen aus, wischen Sand von ihren Sandalen.

Sie gehen durch den Sand zur Treppe und zur Promenade hinauf.

»Es funktioniert«, sagt der Mann, der sie beobachtet.

Eine andere Stimme murmelt etwas in dem Zimmer hinter dem Mann. Aber er hat es verstanden und antwortet:

»Nein, nein.«

»Morgen also?«, fragt die Stimme aus dem Zimmer.

»Ja, morgen.«

Peter sitzt allein an einem Cafétisch in der Altstadt. Vor ihm steht ein Glas Bier. Er beobachtet die Touristen, die sich um den Apfelsinenmarkt bewegen. Er steht auf und betritt die Dunkelheit der Bar.

»Wo ist bitte die Toilette?«

Der junge Mann hinter der Theke zeigt auf eine Tür.

Rita sitzt allein in einem Café in der Nähe des Hotels. Vor ihr steht eine Tasse Kaffee. Ihr Handy klingelt, ein diskreter Ton.

Sie lauscht in den Hörer.

»Ja. Ja. Ich verstehe«, sagt sie.

Peter hat die Bar verlassen. Er geht im Schatten an den alten Gebäuden der Altstadt entlang. Er ist allein auf der Straße. Sein Handy klingelt, er meldet sich, lauscht.

»Ja. Ja. Ich verstehe«, sagt er.

Rita geht ins Hotelappartement. Sie glaubt nicht, dass wieder ein Fremder auf sie wartet. Ich habe keine Angst, denkt sie. Davor nicht.

Rasch zieht sie sich um. Ein Wind gleitet zur Balkontür herein, fast frisch, als käme er von weit aus dem Norden.

Draußen auf dem Flur lacht jemand. Es klingt fast glücklich. Sie kämpft mit den Strümpfen. Ihre Hände zittern. Sie ist sehr nervös. Nervosität ist etwas anderes als Angst. Es ist, als versuchten die Gedanken aus ihrem Kopf zu fliehen, alle auf einmal. Sie schließt die Augen, öffnet die Augen, schließt sie, öffnet sie. Der kühle Wind ist verschwunden. Wieder lacht jemand im Flur, es klingt echt.

Er steht auf der Plaza de la Iglesia. Auf eben dem Platz, wo Jesús seine stürmische Rede gehalten hat.

Jetzt ist der Platz menschenleer. Die Stadtbewohner sind in ihre Heime zurückgekehrt, in ihre Cafés. Peter steht am hinteren Ende der Kirchenmauer, die mit rankenden Pflanzen bewachsen ist. Ein jüngeres Paar geht an ihm vorbei und verschwindet in der Gasse. Er schaut auf seine Armbanduhr. Er ist nervös, furchtbar nervös. Die Gedanken bewegen sich in einer Endlosschleife, wie immer, wenn er nervös ist, wenn er nicht weiß.

Eine ältere Frau kommt aus der Gasse, in der das jüngere Paar verschwunden ist. Sie ist nicht alt, nur älter als das junge Paar. Sie ist schöner als die Jugend.

Jetzt dreht sie sich um. Peter bleibt an der Mauer stehen. Sie betrachten einander, und er geht auf die Frau zu.

Jetzt steht er sehr nah vor ihr. Sie berühren einander nicht.

Sie mustert sein Gesicht.

»Du hast dich nicht sehr verändert«, sagt sie.

»Äußerlich vielleicht nicht.«

»Ich dachte, du seist tot.«

»Ich bin nicht tot.«

»Aber ich habe es geglaubt.«

»Wer hat das gesagt?«

»Niemand. Ich habe es geglaubt. Und dass du mich für immer verlassen hast, habe ich geglaubt.«

»Naiara …«

»Du erinnerst dich an meinen Namen.«

»Ich konnte nicht anders, ich musste weg, Naiara. Das war meine einzige Chance.«

»Du hättest dich bei mir melden können. Nach einer Weile.«

»Nein.«

»Warum nicht?«

»Du kennst die Spielregeln, Naiara. Ich musste verschwinden.«

»Ich musste auch verschwinden.«

Er nickt. Sie sind allein auf dem heiligen Platz. Einige Tauben spazieren vor der eisernen Kirchentür herum. Es ist ein Platz des Friedens.

»Verschwinden …«, wiederholt sie in einem langgezogenen Tonfall.

»Jesús Montañas«, sagt er.

Sie nickt.

»Er war mein Ausweg«, sagt sie.

»Ich habe euch im Fernsehen gesehen, als wir kamen«, sagt er. »Sevilla und Torremolinos.«

»Davon weiß ich nichts.«

»Wie meinst du das?«

»Das hat nichts mit mir zu tun.«

»Warum sagst du das? Warum sollte das etwas mit dir zu tun haben? Jetzt?«

Sie antwortet nicht.

»Ich verstehe es nicht«, sagt er.

»Macht nichts«, sagt sie.

»Gibt es etwas, das ich wissen muss?«

»Nicht jetzt«, sagt sie.

»Geht es um etwas von früher? Von damals?«

»Das war ein anderes Leben«, sagt sie. »Ein anderes Land.«

Liegestühle und Sonnenschirme auf der Playa de la Fontanilla sind bereits eingesammelt und gestapelt. Die Sonne geht endlich unter.

Er steht an der Rampe zur Strandpromenade.

Er betrachtet die Stelle, wo er und Rita heute gelegen haben, als Jesús und sein Leibwächter vorbeijoggten.

Die Volleyballgang am Wassersaum ist noch da, drei Jungen und drei Mädchen. Die Rufe der Spieler wehen über den Sand wie Wind. Wie ein farbiger Wind, denkt er und geht durch den Sand zu der Stelle, ihrer speziellen Stelle am Strand.

Rita sitzt kerzengerade im Bett. Er sitzt auf dem Fußboden, den Rücken gegen das Fußende des Bettes gelehnt.

Die einzige Lichtquelle im Zimmer ist die Nachttischlampe.

Die Zikaden klingen durch die offene Balkontür wie Wind.

Er hat ein Glas Whisky in der Hand und nimmt einen kleinen Schluck. Er schmeckt wie die Medizin, die er braucht.

»Das da hilft auch nicht«, sagt sie.

»Im Augenblick schon.«

»Trink nicht mehr.«

Er stellt das Glas mit einem melodischen Klang auf den Steinfußboden.

»Du hast recht«, sagt er. »Man muss bereit sein.«

»Bist du bereit?«

»Nein«, sagt er.

»Ich glaube, ich bin bereit.«

Das Klingeln eines Telefons weckt sie in der Wolfsstunde. Er schwenkt die Beine über die Bettkante, um an das Telefon heranzukommen, das am hinteren Rand des Nachttisches steht.

Dabei stößt er mit dem Fuß das Whiskyglas auf dem Boden um.

»J…ja, hallo?«

In der Leitung surrt eine Stimme. Zunächst kann er nichts hören.

»Ich verstehe nichts«, sagt er.

Er lauscht wieder.

»Sí«, sagt er. *»Sí.«*

Er lauscht und merkt, dass sein Gesicht versteinert ist. Dass es wie der Fußboden geworden ist.

Hinter ihm sitzt Rita.

Es ist endlich Morgen. Rita verlässt das Hotel durchs Entree und geht in die Stadt.

Aitor Usetxe beobachtet sie durch die getönte Autoscheibe. Er raucht eine Zigarre. Der Fahrer hinter dem Lenkrad hustet. Er stößt mehr Rauch aus. Er hat Leben nachzuholen, viel Leben.

Rita verschwindet hinter einer Ecke.

Aitor sieht Peter aus dem Hotel kommen. Er überquert die Straße und geht auf Aitors Limousine zu.

Rita geht an den Fassaden der schmalen Gasse entlang. Die Fassaden sehen frisch renoviert aus, neu gestrichen. Es riecht nach etwas, das sie noch nie gerochen hat, Kalk wahrscheinlich. Sie kommt von einem Ort, wo nie Kalk verwendet wurde.

Ein streunender Hund trottet vorbei, ohne sie zu beachten. Die Zunge hängt ihm aus dem Maul, als herrschte bereits Mittagshitze.

Zwei ältere, schwarz gekleidete Frauen sitzen auf Schemeln vor einer Tür und putzen Gemüse. Die Tomaten leuchten rot wie Blut in den scharfen Schatten. Blut, sie denkt an Blut.

Blumentöpfe und Töpfe mit Sträuchern stehen aufgereiht wie Soldaten entlang beider Seiten der Gasse. Sie denkt an einen Soldaten, in dessen Gewehrlauf eine langstielige Rose steckt. Wo hat sie das Bild gesehen? War das nicht hier irgendwo? Hier in der Nähe, auf einer der Halbinseln?

Von irgendwoher ertönen Hammerschläge. Die Schläge hallen durch die Gassen, durch die dünne Luft. Sie hat das Gefühl, als würden sie ihren Kopf treffen, mit jedem Schlag, der durch die Gasse hallt.

Was mache ich hier, denkt sie. Es ist, als wäre sie aus sich herausgetreten und ginge neben sich her und stellte sich selbst die Frage.

Noch eine Frage: Wie bin ich hierhergeraten? Was hat mich veranlasst hierherzukommen? Es gibt so vieles, was du nicht verstehst, sagt sie zu sich selbst, als sie das Ende der Gasse fast erreicht hat. Du weißt so vieles nicht von dir, und du weißt noch weniger von deinem Mann. Wüsstest du mehr, wärest du jetzt nicht hier. Du hättest mehr Fragen gestellt. Wärst nicht so naiv gewesen. Aber Naivität ist eine gute Sache. Naivität ist besser als Zynismus. Wer naiv ist, sieht die Welt in einem hellen Licht. In der Welt der Naiven gibt es mehr Licht als Dunkelheit.

In irgendeinem Haus beginnt ein Kind zu weinen. Das Weinen wird lauter mit dem leichten Wind. Das Weinen hört auf.

Die Gasse mündet in eine andere Gasse. Rita geht nach links und weiter bis zu einem kleinen Café. Vor der Tür stehen ein wackliger Tisch und drei leere Stühle. Sie betritt das Lokal. Hinter der kleinen Theke ist niemand. Auf einem Bord hinter der Theke steht ein eingeschalteter Fernseher, eingerahmt von Schnapsflaschen.

An einem der Tische sitzt eine Frau. Allein. Rita und die Frau sind allein in der Bar. Der Tisch vor der Frau ist leer, keine Gläser, keine Tassen, nur eine Tischdecke, die rostfarben und weiß im Dämmerlicht glüht. Rita wirft der Frau einen schnellen Blick zu und schaut dann auf den Bildschirm. Dort scheint eine Talkshow zu laufen, ein Morgenprogramm, ein Vormittagsprogramm. Drei Männer sitzen auf einem Sofa einer Frau gegenüber, die offenbar die Moderatorin ist. Sie ist schön. Sie muss um drei Uhr nachts aufgestanden sein, um sich so schönzumachen, denkt Rita.

Das Fernsehen zeigt einen der Männer in Nahaufnahme. Er fährt mit der Hand durch die Luft.

»Der Terror hat den Süden wieder erreicht, und davor dürfen wir keine Sekunde die Augen verschließen«, sagt er.

»Warum ausgerechnet jetzt, Señor Montañas?«, fragt die Frau.

»Es geht immer um Aufmerksamkeit«, antwortet er. »Die größtmögliche Aufmerksamkeit.«

»Dann sollten wir in diesem Augenblick wohl eher nicht hier sitzen und reden.« Die Programmleiterin lächelt andeutungsweise.

»Wir müssen gleichzeitig Präsenz zeigen«, sagt der Mann. Vielleicht lächelt er ebenfalls schwach. »Die guten Kräfte müssen sich zeigen.«

Die Frau am Cafétisch erhebt sich. Sie geht wortlos an Rita vorbei und verschwindet hinter einem Vorhang, der eine Tür neben der Theke verdeckt.

Es ist ein einfacher Raum. Die Leuchtröhre an der Decke wirft ein scharfes Licht auf die beiden Männer, die an dem Tisch mitten im Raum sitzen. Es dauert eine Weile, ehe der eine von ihnen bemerkt, dass es kein Fenster gibt. Warum gibt es kein Fenster, denkt er.

Hinter ihm stehen zwei Männer, ganz still, wie versteinert. Vielleicht lehnen sie sich gegen die Wand, denkt er. Sonst ist es kaum möglich, so still zu stehen. Er kann eine Menge denken in dem langen Zeitraum, in dem niemand etwas sagt, aber es ist gar nicht lange, denkt er. Alle können meine Angst sehen. Das wird mir nichts nützen.

Auf dem Tisch zwischen den Männern liegt eine Pistole. Sie fängt das bösartige Licht ein, hält es fest. Die Pistole sieht lebendig aus, als könnte sie sich jeden Moment bewegen, über den Tisch ruckeln.

Aitor zeigt mit einem Nicken auf die Waffe.

»Warum nimmst du sie nicht?«

Peter rührt keinen Finger. Er versucht etwas anderes anzusehen als das schwarze Wesen mitten auf dem Tisch. Er sieht nichts anderes, er kann seinen Blick nicht vom Tisch losreißen.

»Sie ist nicht geladen«, sagt Aitor. »Du brauchst keine Angst zu haben, dass sie losgeht.«

Du brauchst keine Angst zu haben, denkt Peter, wenn sie nicht geladen ist. In diesem Raum braucht niemand Angst zu haben.

Er greift nach der Pistole.

»Das ist gut, mein Freund. Prüf das Gewicht. Fühlst du es?«

Er wiegt die Pistole in der Hand. Sie ist schwer, schwerer, als sie aussieht. Das Metall ist kälter, als es aussieht. Die Pistole fühlt sich an, als käme sie direkt aus einem Tiefkühlfach.

»Nach dem Bombenattentat in Sevilla haben sie einige Personen festgenommen«, sagt Aitor.

»Jemand, den du kennst?«

Aitor lacht auf.

»Vielleicht sind es ja Freunde von dir?«, sagt er. »Alte Freunde von dir?«

»Ich habe nichts damit zu tun. Ich hatte nie was damit zu tun. Das weißt du besser als jeder andere.«

»Du warst nur Beobachter?«

»Ja.«

»Hast du deiner Frau von deinen Beobachtungen erzählt?«

Peter fasst die Pistole und richtet sie auf Aitors Stirn.

Für den Bruchteil einer Sekunde sieht Aitor ängstlich aus. Dann lacht er.

Die Männer an der Wand lachen auch.

»Tu es! Drück ab!«, sagt Aitor.

Peter drückt ab.

Ein scharfer Laut spritzt durch den Raum. Ein hässliches Echo.

Er lässt die Pistole los. Sie fällt schwer auf den Tisch, hüpft noch einmal hoch.

»Gut«, sagt Aitor. »Ein sehr gutes Training.«

Rita tritt hinaus in die Gasse. Es ist eine andere Gasse, auf der Rückseite des Cafés. Die Frau, mit der sie eben gesprochen hat, ist am hinteren Ende der Gasse angelangt, wo es keine Töpfe und Pflanzen gibt, verschwindet um eine Ecke. Rita setzt sich in dieselbe Richtung in Bewegung. In einem Haus bellt ein Hund. Ein kleiner Junge fährt auf einem Fahrrad vorbei. Sie hört wieder Hammerschläge.

Sie sieht die Frau auf der anderen Seite des Apfelsinenmarktes. Vor dem Touristenbüro bleibt sie stehen. Sie ist umgeben von Touristen. Sie sieht einsam aus, als wäre sie allein in der Stadt. Als ob wir beide allein wären. Rita sieht die Frau nach links gehen und folgt ihr langsam. Sie will sie nicht aus den Augen verlieren.

Hinter der Markthalle gibt es keinen Schutz wie in den Gassen. Rita spürt die Kraft der Sonne, als sie aus dem Schatten tritt. Eine furchtbare Kraft. In dem furchtbaren Licht verbirgt sich der Tod.

Die Straße führt jetzt bergan. Die Frau geht dreißig Meter vor ihr her. Sie beide sind die einzigen Menschen auf der Straße. Alle anderen haben Schutz gesucht. Die Läden sind zur Siesta geschlossen. Sie ist von Gittern umgeben.

Da vorn ist eine Kirche, sie kann die Kirche sehen, als die Straße in einen kleinen Platz mündet. Die Frau vor ihr überquert den Platz. Die Kirche ist umgeben von Palmen. Auf der anderen Seite des Platzes liegt ein Café, vor dem die Frau jetzt steht. Sie geht hinein. Rita nähert sich dem Café. Über der Tür hängt ein von der Sonne verblichenes Schild: Bar Azul.

»Es ist eine Walsh«, sagt Aitor. »Ich denke, du kennst das Fabrikat. K314. Die kennst du. Die ist nicht aufzuspüren. Das kann ich dir garantieren.«

»Warum eine Pistole?«, fragt Peter. »Das ist Selbstmord.«

Aitor antwortet nicht.

»So möchtest du es haben, nicht wahr? Das ist Teil deines Spiels. Deines Rachespiels oder wie du es nennen willst.«

Aitor lächelt. Das Lächeln ist genauso kalt wie die Pistole zwischen ihnen, genauso kalt wie der Name der Waffe.

»Das lässt sich nur mit einem Gewehr durchführen«, sagt Peter. »Du hättest es selber erledigen können. Du bist der Heckenschütze. Du hättest es jederzeit tun können.«

»Nicht ich soll es tun«, sagt Aitor, »sondern du.«

Er beugt sich über den Tisch.

»In den vergangenen Jahrzehnten hatte ich keine Gelegenheit, es zu tun«, sagt er.

»Dann gib mir ein Gewehr. Stell mich an ein hoch gelegenes Fenster.«

»Nein.«

»Es wird nicht funktionieren. Nicht auf deine Art.«

»Du wirst es machen. Es wird funktionieren. Wir geben dir Deckung.«

»Deckung?«

»Wir geben dir Feuerschutz.«

»Feuerschutz?«

»Eine alte Angewohnheit von dir, du wiederholst alles, was man sagt.«

»Ich werde erschossen.«

»Nein. Dazu werden sie keine Zeit haben.«

»Keine Zeit haben?«

»Hat deine Frau dich noch nie darauf aufmerksam gemacht, dass du alles wiederholst, was man sagt?«

»Schon.«

»Diese schlechte Angewohnheit hast du nicht abgelegt.«

»Es ist das Einzige, was ich nicht abgelegt habe.«

»Bis heute nicht abgelegt.«

»Was ist mit dir, Aitor?«

»Wie meinst du das?«

»Was wirst du tun, wenn es passiert? Falls es passiert.«

»Ein Auto steht bereit. Wir fahren zum Flughafen. Du bekommst die Tickets.«

»Man wird mich erkennen.«

»Nein. Du siehst wie ein x-beliebiger Skandinavier aus. Und zwischen den Schüssen und dem Start sind nicht viele Minuten.«

Aitor macht eine Pause.

Start, denkt Peter. Start, wohin?

»Es wird noch etwas anderes geben.«

»Wie? Was?«

»Du wirst es sehen.«

»Warum schickt ihr Rita nicht heute Abend nach Hause? Später am Nachmittag? Es gehen noch Flieger, nachmittags und auch abends. Sie kann nach Amsterdam fliegen oder nach Paris. Egal, wohin.«

»Nein. Sie bleibt. Es ist verdächtig, wenn sie plötzlich allein zurückfliegt.«

»Verdächtig für wen?«

Aitor antwortet nicht.

»Du bist ein Teufel, Aitor.«

»Nein. Ich bin einer, der noch am Leben ist. Mein Bruder ist nicht mehr am Leben.«

Er beugt sich vor, über den Tisch.

»Ich durfte ihn nicht einmal mehr sehen. Er hat mir nicht erlaubt, dabei zu sein, als sie ihn verscharrt haben. Er hat es Beerdigung genannt. Lächelnd hat er das gesagt. Montañas.«

Rita betritt die Bar Azul. Die Frau, der sie gefolgt ist, steht an der Theke und dreht den Kopf.

»Willkommen«, sagt Naiara Ibarretxe Montañas.

Kurz darauf sitzen sie an einem Tisch im Lagerraum hinter der Bar.

Die Tür zu dem Raum wird geöffnet, und John Österberg kommt herein.

»Was ist mit dem Kerl, der am Strand Wasser, Sprudel und Eis verkauft?«, fragt Peter.

»Was soll mit ihm sein?«

»Ist es seine Rolle in dem Plan, mich zu erschießen? Hinterher.«

»Nein, nein.«

»Warum ist er dort? Warum muss er dort sein? Ich erwarte nicht, dass du ehrlich zu mir bist, Aitor, aber verkauf mich nicht für dumm. Der Wassermann hat eine Rolle in diesem Spiel.«

»Der Wassermann. Das ist gut.«

»Was ist seine Rolle?«

»Er soll dir Deckung geben.«

»Ha!«

»Hast du Durst?« Aitor gibt einem der Männer an der Wand ein Zeichen. Die Wandmänner. Der Wandmann.

»*¡Água! Y carajillos.*«

Der Mann öffnet die Tür, geht hinaus, schließt die Tür hinter sich. Peter sieht ihm nach und dreht sich wieder zu Aitor um.

»Du glaubst wirklich, dass diese Stadt dir gehören wird, nicht wahr?«

»Das wird sie. Wenn die Zeit reif ist, wird sie mir gehören.«

»Das klingt ja verdammt einfach aus deinem Mund.«

»Geduld ist eigentlich eine ganz einfache Sache«, sagt Aitor. »Man muss nur abwarten. Man muss lernen zu warten.«

»Und währenddessen sprengt man das eine oder andere Haus in die Luft«, sagt Peter.

Aitor schweigt. Er betrachtet Peter mit einem Blick, der … fragend wirkt. Als würde er die selbstverständliche Antwort nicht kennen. Das, was alle wissen. Was er nicht weiß.

»Damit habe ich nichts zu tun. Wir haben nichts damit zu tun.«

»Und das soll ich dir glauben?«

»Wir sind es nicht. Es ist nicht unsere Bewegung.«

»Wer ist es dann?«

Aitor antwortet nicht.

»Du musst es wissen!«, sagt Peter.

»Montañas.«

»Jesús soll dahinterstecken?«

»Er sprengt sich an die Spitze«, sagt Aitor. »Er benutzt den Terror. Das ist perfekt für ihn.«

»Das glaube ich dir nicht.«

»Glaubst du, der begnügt sich damit, hier Bürgermeister zu werden? Er ist auf dem Weg nach Madrid!«

»Er sprengt sich nach Madrid? Genau wie du dich an die Spitze morden willst?«

»Montañas hat es geschafft, oder?«

»Das kann nicht sein, Aitor. Keine Sprengattentate. Nicht dort und nicht hier an der Küste. Das wüssten allzu viele. Zu viele wären darin verwickelt. Einer ist immer dabei, der den Mund nicht halten kann.«

»Woher meinst du, weiß ich das, mein Freund?«, fragt Aitor.

»Das ist doch dein Business. Terror.«

»Das war nie wirklich Terror. Es war nur ein … Nebeneffekt, der ganz gut passte.«

»Haha.«

»Anfangs war es das Geld«, sagt Aitor. »Das ist die größte politische Antriebskraft. Alles andere ergibt sich hinterher von selbst.«

»In meinen Augen war es die Politik«, sagt Peter. »Deswegen bin ich doch auf derselben Seite gelandet wie du.«

»Du konntest es dir leisten, Romantiker zu sein. Aber die Sache hat dir nichts bedeutet.«

»Ich habe daran geglaubt.«

»Letztendlich ging es dir auch ums Geld.«

Peter antwortet nicht.

»Alles andere ergibt sich von selbst«, sagt Aitor. »Und deswegen bist du wieder bei uns.«

»Was ist in Estepona passiert?«

»Es ist etwas in Estepona explodiert«, antwortet Aitor.

»War das unser Haus?«

»Unser Haus?«

»Wer wiederholt denn jetzt die Fragen?«

»Nein, unser Haus steht noch. Aber es gehört uns nicht mehr. Dorthin können wir nie mehr zurück.«

»Ich glaube dir nicht.«

Die Tür wird geöffnet, Aitors Leibwächter kommt mit einem kleinen Silbertablett herein und schließt die Tür hinter sich. Er sieht aus wie ein Gangster, der in einem Film gelandet ist und einen Kellner spielen soll. Er stellt das Tablett auf dem Tisch ab. Darauf stehen zwei Gläser mit Wasser und zwei Tassen Carajillo – Kaffee mit Milch und Brandy.

Peter nimmt eine Tasse und trinkt einen Schluck. Er zieht eine Grimasse.

»Zu viel Brandy?«, fragt Aitor.

»Zu viel Milch.«

* Rita sitzt still auf dem Stuhl. Naiara betrachtet sie. Dann bückt sie sich, hebt eine Stofftasche vom Boden auf und legt sie vor Rita auf den Tisch.

»Stecken Sie sie in Ihre Tasche.«

Rita schiebt den kleinen Beutel in ihre Basttasche.

»Warum sind Sie selber gekommen?«, fragt Rita. »Sie hätten doch jemanden schicken können.«

»Ich wollte Sie kennenlernen.«

»Warum?«

»Ich wollte Sie kennenlernen«, wiederholt Naiara.

»Sie wollten sehen, was das für eine Person ist, die er geheiratet hat, nicht wahr? Wie sie aussieht, nicht wahr? Jetzt haben Sie es gesehen. Kann ich jetzt gehen?«

»Sie kennen mich nicht. Sie haben keinen Grund, böse zu werden.«

»Ich bin nicht böse. Ich habe nur eine furchtbare Angst«, sagt Rita.

»Ich auch«, sagt Naiara.

»Aber Sie werden nicht dabei sein«, sagt Rita.

Sie sind wieder an der Playa de la Fontanilla. Der Ort ist genauso verlassen wie gestern. Am Strand sind nicht viele Touristen, auch nicht viele Einheimische. Die Saison ist zu Ende. Früher war um diese Zeit noch Saison, aber jetzt ist es zu heiß geworden. Die Charterreisen sind versiegt wie das Wasser in den Reservoirs in den Bergen. Viele schieben das auf den globalen Klimawandel. Die Leute, die in den Schuppen nahe der Golfbahnen in Nueva Andalucía wohnen, sagen, der Klimawandel wird sie nach Norden vertreiben. Das Wasser reicht nicht gleichzeitig für Golfsport und Menschen. An der Costa del Sol haben die Behörden bereits eine Entscheidung getroffen. Für den Golf.

Peter hat nie Golf gespielt. Er kennt einige, die Golf spielen. Er mag diese Menschen nicht sonderlich, sie haben so etwas Oberflächliches, vielleicht, weil er sich selber in ihnen wiedererkennt. Aber was weiß er schon von sich. Womöglich kennt er nur die Oberfläche.

Er erhebt sich und geht zum Wasser. Die Wellen rollen weich heran. Heute gibt es keine Strömung, keinen Wind, keine Wolken, nur Sonne. In dieser Welt gibt es nur Sonne. Er spürt ihre Kraft auf dem Schädel. Er hätte eine Kappe aufsetzen sollen. Er besitzt eine, auf der der Name eines Klempners in Schweden steht. Er weiß nicht, woher er sie hat. Sie liegt in der

Tasche, die am Sonnenschirmständer lehnt. Er dreht sich um und mustert den Sonnenschirm, die Liegestühle und Rita, die sich aufrichtet und ihn anschaut. Alles ist jetzt wichtig, denkt er. Wir sind wichtig. Was jetzt geschieht, ist das Wichtigste, das wir je erlebt haben. Er hebt die Hand und winkt Rita zu. Sie ist nur fünfzehn Meter entfernt, er hätte etwas rufen können. Aber er will die Stille nicht stören. Er winkt noch einmal. Sie winkt zurück. Es ist, als würden sie an verschiedenen Ufern des gleichen Meeres stehen. Wir sind wichtig, denkt er. Fünf Minuten im Leben eines Menschen sind wichtiger als alles andere auf der Welt. Das ist Borges, aber das weiß vermutlich jeder.

Der Lieferwagen des Strandverkäufers parkt an der üblichen Stelle. Es ist sein Stammplatz geworden, Peters Stammplatz. Fünfzig Meter von der Stelle entfernt, wo ihre Liegestühle stehen, vielleicht weniger. Der Wassermann ist nicht zu sehen, als er an dem Auto vorbeigeht.

Über diesen Teil des Strandes streicht der Rauch von den Feuern, die unter den Sardinenspießen in den Kähnen brennen. Der Wind treibt einen scharfen Geruch nach Rauch und Meer herüber. In einer anderen Zeit hätten wir gegrillte Sardinen essen können, denkt er. Der Rauch ist so blau wie die Haut der Sardinen. Alles auf dieser Welt färbt auf alles ab.

Er wirft sich ins Meer.

Unter Wasser ist die Welt grün.

Hier kann ihm niemand etwas anhaben. Niemand sieht ihn. Vom Meer kommt nichts Böses mehr.

Er bleibt unter Wasser, bis er Luft holen muss.

An der Oberfläche ist das Licht stärker als in seiner Erinnerung. Er lässt sich treiben, atmet und geht über den steinigen Grund an Land. Millionen von Steinen aus dem Meer. Millionen von Jahren.

Hier braucht man Sandalen, Badeschuhe aus Gummi, wie sie auf der Strandpromenade angeboten werden, die hässlichsten Schuhe der Welt, aber praktisch, niemand will sich die Füße aufschneiden, Wunden im Urlaub sind unangenehm.

Die Volleyballgruppe hat das erste Spiel des Tages begonnen. Er hört ihr Lachen, ihre Rufe. Sie haben hier gespielt, seit er und Rita zum ersten Mal an den Strand gekommen sind.

Der Rauch über dem Strand scheint dichter zu werden.

Er sieht einige Gestalten, die sich am Wassersaum entlangbewegen. Zwei jüngere Männer kommen auf ihn zugejoggt. Sie tragen Trainingskleidung, T-Shirts, Shorts. Auf ihren Shirts steht ein Name, der Name des schwedischen Klempners, Kalle Valtonen AG. Er weiß, wer sie sind, er braucht ihre Gesichter nicht zu sehen, braucht sein eigenes Gesicht nicht zu sehen. In diesem Augenblick braucht er keine Erinnerungen.

12

Vier kleine Mädchen überqueren rasch einen Schulhof. Es ist ein trüber Tag, der schon dunkel wird, der erste Herbsttag. Das Laub der Bäume beginnt sich zu verfärben. Gestern haben die Mädchen abgefallene Ahornblätter mit nach Hause gebracht und ihren Müttern gezeigt.

Eins der Mädchen, das jetzt über den Schulhof läuft, hat ihr Herbstlaub gestern der Großmutter gezeigt. Das Mädchen heißt Magdalena Mattéus. Mama und Papa sind noch nicht aus dem Urlaub zurück. Morgen kommen sie wieder oder vielleicht auch erst übermorgen. Bestimmt übermorgen, keinesfalls später als übermorgen.

Die Mädchen haben die Fahrradständer erreicht. Magdalena und Linda gehen ein Stück gemeinsam die Straße entlang, dann muss Linda in eine andere Richtung abbiegen.

Magdalena dreht sich mehrere Male um. Hinter ihr ist ein Auto. Es fährt langsam. Irgendetwas stimmt mit dem Auto nicht. Als sie sich eben umgedreht hat, ist es stehen geblieben. Als sie weitergeht, hört sie, dass es wieder fährt. Das Auto scheint nicht in Ordnung zu sein. Es hustet, als hätte es eine Erkältung.

Zu Hause an der Gartenpforte dreht sie sich noch einmal um. Aber es ist kein hustendes Auto mehr da. Es ist wieder geheilt, denkt sie. Das ging schnell.

Sie steigt die Treppe zur Veranda hinauf und öffnet die Haustür. Sie hat riesigen Hunger. Den hatte sie noch nicht, als sie von der Schule losgegangen ist, aber jetzt hat sie großen Hunger. Heute hat es in der Schule wieder nichts Gutes zu essen gegeben. In der Schule gibt es nie, nie, niemals gutes Essen. Darum isst sie immer nur ein Butterbrot. Man kriegt großen Hunger, wenn man in der Schule nur ein Butterbrot isst.

»Oma!«, ruft sie. »Ich bin zu Hause, Oma!«

Sie bekommt keine Antwort. Sie steht in der Diele. Im Haus ist es ganz, ganz still.

»Oma? Isa? Wo seid ihr?«

Sonst hört sie immer Geklapper aus der Küche, wenn sie nach Hause kommt. In der Küche klappert es immer, wenn die Großmutter bei ihnen ist.

Draußen auf der Straße hört sie ein Auto. Sie hat die Tür nicht hinter sich zugemacht. Vor der Pforte hält ein Auto.

Es hat angefangen zu regnen. Fast wäre ich nass geworden, denkt sie.

Niemand steigt aus dem Auto aus. Der da drin sitzt, will nicht nass werden, denkt sie.

Sie ruft wieder:

»Hallooo? Oma?«

Keine Antwort.

»Warum antwortet ihr nicht? Habt ihr euch versteckt?«

Keine Antwort.

Eine Frau tanzt auf der Bühne. Sie sieht dabei sehr energisch aus. Wer Flamenco tanzt, muss energisch aussehen. Und stolz, wer tanzt, muss stolz aussehen. Sie stampft mit den Fersen auf den Holzfußboden. Das Stampfen klingt wie Hammerschläge.

Drei Gitarristen stehen hinter der andalusischen Tänzerin und spielen. Wenn man sie so nennt, Tänzerin. Naiara weiß nicht, wie man sie nennt, es ist ihr egal, aber sie denkt trotzdem darüber nach. Intensiv denkt sie darüber nach, wie es heißt, wenn eine Frau einen stolzen Tanz auf einem Holzfußboden stampft.

Jesús klatscht rhythmisch den Takt mit. Er kann dem Rhythmus folgen, er stammt von hier. Im Augenblick ist er glücklich, etwas angetrunken, aber nur ein wenig, so wenig, dass er dem Rhythmus folgen kann. Er kann tanzen, er ist ein sehr guter Tänzer. Er hat Talent für alles, was er anpackt. So ist es schon immer gewesen. Das hat ihr immer schon Angst gemacht.

Jetzt ist der Tanz zu Ende. Alle applaudieren wie verrückt. Das Lokal ist voll besetzt. Der Applaus nimmt gar kein Ende. Die Leute klatschen im Rhythmus. Die Frau stampft im Takt des Beifalls. Alle schreien. Alle klatschen, so fest sie können.

Jemand nähert sich Jesús, beugt sich vor und flüstert ihm etwas ins Ohr. Sie weiß, wer es ist, aber im Augenblick ist ihr sein Name entfallen. Er ist neu in der Organisation ihres Mannes. So nennt Jesús es, Organisation. Raul, er heißt Raul, jetzt fällt ihr der Name wieder ein.

Jesús nickt, Raul richtet sich auf und entfernt sich.

Auf der Bühne hat sich ein Sänger auf einen Barhocker gesetzt. Jetzt ist nur noch ein Gitarrist auf der Bühne. Der Sänger beginnt zu singen:

»*Adios Granada, Granaaauda mia* ...«

Die Balkontür steht offen. Es ist Abend. Vom Pool tönt Gelächter herauf. Es ist immer noch Happy Hour. Glas klirrt gegen Glas. Die Leute am Pool sind glücklich. Das ist der Sinn der Happy Hour.

Rita lehnt an der Wand. Es sieht aus, als würde sie die Wand stützen, aber vielleicht ist es auch umgekehrt. Er sitzt auf dem Fußboden neben dem Bett. Er sitzt immer öfter auf dem Fußboden. Auf dem Boden wird einem nicht so leicht schwindlig.

Sie brauchen beide Halt.

»*Mañana*«, sagt er.

»Wenn es nur so wäre«, sagt sie.

»Wie meinst du das?«

»*Mañana* bedeutet doch, dass man alles auf den nächsten Tag verschiebt, der nie kommt. Ein Klischee oder wie man es nennen soll. Ein Vorurteil gegen die Spanier. Nichts wird jemals erledigt. Man schiebt alles bis in alle Ewigkeit auf.«

»In diesem Fall meine ich es buchstäblich.«

Rita löst sich von der Wand, geht durch das Zimmer und setzt sich neben Peter.

»Warum hast du mitgemacht?«, fragt sie. »Als du hier warst, als du jung warst. Warum hast du dich am Waffenschmuggel beteiligt?«

»Damals habe ich das nicht für ein Verbrechen gehalten. Es war eher ein Abenteuer. Vielleicht habe ich auch einen höheren Sinn darin gesehen.«

»Höheren Sinn?«

»Du wiederholst, was ich sage.«

»Höheren Sinn?«

»Ich habe es nicht begriffen. Ich habe nichts verstanden. Es klingt zwar idiotisch, aber so war es.«

Sie scheint ihm nicht zuzuhören. Es lohnt sich auch nicht, zuzuhören.

»Ich weiß nicht, was ich noch sagen soll«, sagt er.

»Mir kommt es so vor, als hätte es auch etwas mit Romantik zu tun gehabt«, sagt sie.

»Vielleicht.«

»Es gab ja wohl auch noch eine andere Romantik, nicht wahr?«

Er antwortet nicht. Er hat eine Fotografie vor seinem inneren Auge, ein gelbes Auto auf einer Straße, die durch die Berge führt. Es sieht fast aus wie eine Sonne, unterwegs in die nächste Stadt.

»Hat sie dich dazu gebracht?«

»Nein, nein.«

»Sie war darin verwickelt, und sie hat dich mit hineingezogen?«

»Nein. So war es nicht.«

»Wie war es dann?«

»Wer hat dir eingeredet, Naiara hätte mich beeinflusst? Aitor etwa?«

»Welche Rolle hat er eigentlich gespielt bei dem Unternehmen oder wie man das nun nennen soll?«

»Aitor?«

»Wer sonst? Hörst du nicht, was ich sage?«

»Ich höre dich.«

»Wie romantisch war Aitor?«

»Er ist kein Romantiker. Er kämpft nicht für ein bestimmtes Ziel, jetzt nicht und ich glaube, auch damals nicht. Er ist ein Businessman.«

»Das ist vielleicht ehrlicher.«

»Ehrlicher?«

»Er wollte nur Geld verdienen. Aber du wolltest in erster Linie Sachen in die Luft sprengen.«

»Rita ...«

»Sein Bruder ist bei der letzten Operation gestorben.«

»Deswegen sind wir hier, Rita.«

»Aber nicht wie.«

»Was meinst du damit?«

»Es war eine Hinrichtung, oder? Es war geplant.«

»Das ist Aitors Version. Die hast du von ihm.«

»Wie sieht deine Version aus?«

»Es war ein Unfall oder wie man es nennen will. Gewissermaßen ein Unfall. Ein wildes Geschieße. Alle sind in alle möglichen Richtungen davongerannt.«

»In welche Richtung bist du gerannt, Peter? Oder soll ich dich Svante nennen?«

»Peter. Ich bin Peter.«

»In welche Richtung bist du gelaufen?«

»Ich kann mich nicht erinnern.«

»Wusstest du in dem Moment, dass du laufen musstest?«

»Du darfst nicht auf ihn hören, Rita.«

»War nicht Aitors Bruder der Einzige, der erschossen wurde? Der überhaupt getroffen wurde?«

»Ich weiß es nicht, Rita. Ich weiß nicht mehr als du.«

»Du warst doch dort.«

»Nein. Ich bin damals von dort weggelaufen.«

Er joggte nachmittags mit Jesús durch die Dünen. Jesús fand sich überall wie ein Blinder zurecht. Es war sein Strand. Von dort kam er.

»Der Strand wird verschwinden«, sagte er, als sie fast Fuengirola erreicht hatten. »Hier werden auf jedem Quadratzentimeter Hotels und Wohnungen entstehen.«

»Wie furchtbar.«

»Das ist die Entwicklung. Es gibt keine Alternative. Die einzige Alternative ist fortbestehende Armut.«

»Die Leute werden durch den Tourismus doch nicht reicher? Das gelingt wahrscheinlich nur den wenigsten.«

»Bist du Kommunist, Berger? Das werden wir dir bald austreiben.«

»Das sagt Aitor auch.«

»Aitor ist witzig.«

»Er könnte dein Bruder sein, Jesús. Dein Zwillingsbruder.«

»Das sagen sie.«

»Wer sagt das?«

Sie hatten sich wieder in Bewegung gesetzt. Das Laufen fiel ihnen leicht. Die Sonne war eine Freundin, der Wind war ein Freund. Das Meer war ruhig.

»Die es wissen«, sagte Jesús.

»Wer weiß es?«

»Der Schwede, dem die Bar gehört, John. Er sagt das. Er kennt alle, er weiß alles.«

»Wer außer ihm sagt das noch?«

»Naiara.« Jesús blieb stehen.

Vor ihnen kletterte Marbella die weißen Berge hinauf. Die Stadt war jetzt sein Zuhause. Er hatte geglaubt, dass sie es immer bleiben würde.

»Reicht Aitor nicht, Jesús?«

»Wie meinst du das?«

»Musst du alle haben?«

Großmutter Gun geht mit der schlafenden Isabella auf dem Arm über den Schotterweg auf die Pforte zu. Magdalena folgt ihr. Sie werden von zwei Männern begleitet.

Die Männer helfen Gun, sich mit dem Kind in ein Auto zu setzen. Sie denkt, dass das Mädchen sehr schwer ist, viel schwerer, als man vermuten sollte.

Einer der Männer schließt die hintere Tür und setzt sich auf den Beifahrersitz. Die Scheinwerfer werden eingeschaltet, das Auto fährt an.

Magdalena denkt, dass sie ganz allein sind in der Stadt. Es ist dunkel, nur die Autoscheinwerfer geben Licht, aber es reicht nicht. Ich will nicht ankommen, denkt sie. Das Auto fährt durch die Stadt. Magdalena erkennt nichts wieder. Sie weiß nicht, wo sie sind. Weit entfernt sieht sie etwas, das das Schloss sein könnte, aber sicher ist sie nicht. Es wäre gut, wenn es das Schloss wäre. Dann kann sie die Soldaten rufen, die bei dem König und der Königin Wache halten, wenn sie daran vorbeifahren. Die Soldaten können ihnen helfen. Jetzt sind sie irgendwo mitten in der Stadt. Sie fahren sehr, sehr lange in der Stadt herum. Hier sind die Häuser hoch. Jetzt sind sie in einem Haus. Sie sind nur wenige Meter vom Auto in ein Haus gegangen. Jetzt steigen sie eine Treppe hinauf. Sie betreten einen Flur. Einer der Männer trägt Isabella. Sie schläft ganz fest. Oma sagt etwas zu einem der Männer. Sie wiederholt es:

»Ich muss telefonieren. Wann kann ich telefonieren?«

»Morgen.«

»Warum nicht heute Abend?«

»Morgen.«

»Was macht das für einen Unterschied?«

Oma bekommt keine Antwort.

Rita lässt es endlos klingeln.

»Warum meldet sie sich nicht?«

»Lass mich mal versuchen.«

Er wählt Guns Telefonnummer, dann seine eigene, und stellt sich vor, dass er sich selber antwortet. Sein wirkliches Ich meldet sich, wenn er anruft. Der richtige Peter. Ein Mann ohne feindliche Vergangenheit.

»Es ist etwas passiert«, sagt sie.

»Was sollte passiert sein?«

»Was ist das für eine blöde Frage?«

»Bleib bitte ruhig, Rita.«

»Ruhig bleiben?«

»Vielleicht sind sie draußen.«

»Abends um elf Uhr?«

»Im Kino.«

»Du bist ja verrückt. Kino?«

»Ich weiß es nicht, Rita.«

»Herr im Himmel«, sagt sie.

»Ich versuche herauszufinden, was passiert ist«, sagt er.

Ein schwarzes Policía-Nacional-Auto fährt vorbei, als er vor dem Hotel steht. Die Polizisten auf den Vordersitzen werfen ihm gleichgültige Blicke zu. Jedenfalls empfindet er sie als gleichgültig. Er nimmt das Handy, tippt eine Nummer ein und wartet. Eine Gruppe Jugendlicher geht vorbei. Sie sprechen Schwedisch. Sie sind gut gelaunt, lachen, für sie ist das Leben ein Spiel.

»Hallo?«, sagt er, als sich jemand meldet. Die Stimme ist ihm unbekannt.

»Was hat er gesagt?«, fragt sie, als er in das Appartement zurückkommt.

»Er war nicht da.«

»Er war nicht da?«

»Nein.«

»Dann hast du wohl mit einem anderen gesprochen?«

»Niemand weiß etwas.«

»Jemand muss etwas wissen. Du lieber Gott!«

*

Sie können nicht schlafen. Er lauscht der Musik aus einer nahe gelegenen Bar, die Musik des Feindes. Um halb drei klingelt das Telefon. Er meldet sich nach dem ersten Signal. Es ist Aitor.

»Was geht hier vor sich?«

»Alles in Ordnung, mein Freund.«

»Wo sind sie?«

»Wir mussten das Haus wechseln. Nenn es ein sicheres Haus.«

»Ein sicheres Haus?«

»Ja.«

»Sicher wovor?«

»Vor dem Feind.«

»Ich dachte, du bist der Feind.«

»Es gibt schlimmere Feinde. Deine Kinder sind in Sicherheit. Deine Schwiegermutter auch. Ihnen wird nichts passieren.«

»Ich glaube dir kein Wort.«

»Bereite dich für morgen vor.«

»Gehört das auch zu den Vorbereitungen?«

Aitor hat bereits aufgelegt.

Am Morgen um acht klingelt wieder sein Handy. Er hört zu, ohne ein Wort zu sagen. Er drückt auf Aus.

»Was war das?«, fragt sie.

»Heute Abend um sechs«, sagt er. »Dann soll es passieren.«

Einige Sekunden später klingelt ihr Handy.

»Hallo? Hallo? Magda!«

Sie packt im Schlafzimmer ihren Koffer. Durch die Balkontür streicht ein Lufthauch, ein heißer Wind. Jetzt, in den frühen Nachmittagsstunden, brennt die Sonne am stärksten.

Sie geht ins Wohnzimmer. Er wartet auf sie.

»Lass uns noch eine Weile nach unten gehen«, sagt er.

Sie setzen sich an die Pool-Bar und bestellen ein Bier für ihn und ein Mineralwasser für sie. Zwei Gläser zum Preis von einem. Es ist Happy Hour. Sie bleiben an der Bar sitzen und trinken. Er stellt die kleine Kühltasche auf die Theke neben das Bierglas.

Sie schaut sich um. An den Tischen unter den Sonnenschirmen am Pool sitzen nur wenige Gäste. Niemand badet. Niemand traut sich hinaus in die Sonne. Das Wasser im Pool blitzt wie das Blau in den Augen eines Blinden.

»Der letzte Tag mit der Bande«, sagt sie.

»Das wollen wir hoffen.«

»Es war wirklich sehr entspannend.«

»Das war ja auch der Sinn.«

»Wollen wir gehen?«

Auf dem Steinfußboden des Vorraums stehen drei gepackte Koffer. Sie hat die Tickets in der Hand, schaut auf.

»Spätestens um acht müssen wir am Flugplatz sein.«

Er nickt und rückt die Kühltasche zurecht, die er an einem Riemen über der Schulter trägt.

»Und sie werden also dafür sorgen, dass die Koffer dort ankommen?«

»Ja.«

Sie lacht, kurz, hart.

»Herr im Himmel, hier stehe ich und mache mir Sorgen um das Gepäck.«

Er geht zu ihr, nimmt sie in die Arme. Sie sehen sich in die Augen.

»Bereit?«, fragt er.

»Bereit.«

13

Als sie in die Hotellobby hinuntergehen, versucht sie an nichts zu denken, lässt Gedanken durch ihren Kopf ziehen wie einen Sturm, der ihn leerfegen soll. Aber sie denkt an alles gleichzeitig, und das sehr klar. Die Gedanken sind wie Bilder nebeneinander aufgereiht, Bilder, an denen sie nicht vorbeigehen kann, bevor sie eins nach dem anderen berührt, ihre Hand auf jedes der Bilder gelegt hat, das in ihrem Kopf ist: Magda, Isa, Mutter, Peter, sie selbst, Aitor, Naiara, Jesús. Gesichter von damals und jetzt. Menschen. Fleisch und Blut, denkt sie. Meine Familie ist aus Fleisch und Blut. Peter ist aus Fleisch und Blut, aber wer ist er? Ist er der Fremde in meinem Leben? Sie sieht ihn vor sich, wie er das erste Mal in ihr Leben getreten ist. Da war etwas mit seinen Augen. Jetzt weiß sie, was es war.

Ihr Handy klingelt. Das Display verrät nichts. Ihr Herz schlägt schneller. Es ist wie gestern Nacht. Der bisher schlimmsten Nacht ihres Lebens. Und das war nur der Anfang, hat sie vor einer halben Minute gedacht, als sie die Lobby durchquerten. Sie sind immer noch in der Lobby. Die Palmen vor dem Eingang schwanken immer noch.

»Ja?«

»Ich bin's, Mama.«

Sie ist am Ausgang stehen geblieben, sieht, wie Peter weitergeht, hinaus zu den Palmen in das blendend weiße Licht.

»Mama?! Ist etwas pa…«

»Es ist nichts mehr passiert«, unterbricht Gun sie. »Aber ich … Sie haben mir erlaubt, dich anzurufen.«

Ihre Stimme klingt ruhig, so, als riefe sie von einem sicheren Ort an, an dem niemandem Gefahr droht.

»Warum darfst du anrufen?«

»Ich habe darum gebeten, und sie haben es mir erlaubt.«

»Aber warum rufst du an?«

»Nur um dir zu sagen, dass es uns gutgeht.«

»Geht es euch wirklich gut?«

»Den Umständen entsprechend, wie man so sagt.«

»Ich verstehe nicht, dass du so ruhig sein kannst.«

»Ich auch nicht, Rita.«

»Wo seid ihr?«

»Ich weiß es nicht. In einem Zimmer. In einer kleinen Wohnung.«

»Seid ihr noch in Stockholm?«

»Bestimmt, wir sind gestern Abend nicht weit gefahren.«

»Was sagen sie denn? Habt ihr eine Erklärung bekommen?«

»Nur, dass es … zu unserem Besten ist.«

»Wer sind sie? Wer hat sie geschickt?«

»Ich weiß es nicht, Rita. Das ist eine Frage, die ich dir stellen sollte.«

»Sprechen sie Schwedisch?«

»Es sind Schweden.«

»Herr im Himmel!«

»Was sind das für Leute, Rita?«

»Ich weiß es nicht, Herrgott, ich weiß es nicht.«

»Sie sprechen nicht mit uns.«

»Frag sie, wer ihre Auftraggeber sind.«

»Meinst du, das hätte ich nicht längst getan?«

»Ich weiß nicht, ob ich lachen oder weinen soll.«

»Und was machst du?«

»Weder noch.«

»So habe ich es nicht gemeint.«

»Wir sind auf dem Weg an den Strand.«

Gun schweigt.

»Nicht so, wie du vielleicht glaubst«, sagt Rita. »Wir werden uns nicht sonnen und auch nicht baden.«

»Was werdet ihr tun?«

»Haben sie dir das nicht erzählt?«

»Sie haben nur gesagt, dass ihr heute etwas tun werdet und wahrscheinlich heute Nacht nach Hause kommt.«

»Herr im Himmel, Mama.«

»Magdalena und Isabella wissen nicht einmal das.«

»Ich weiß nicht, was das Schlimmste ist. Ich weiß nicht, ob ich die nächsten zehn Minuten überstehe. Wie geht es den Mädchen?«

»Gut. Sie sind ziemlich still, aber wer wäre das in dieser Situation nicht.«

»Deine Stimme klingt so ruhig. Ich begreife das nicht.«

»Sie muss so klingen, Rita. Was müsst ihr heute machen? Ist es etwas Gefährliches?«

Gun bricht ab. Rita hört eine Stimme im Hintergrund in dem Zimmer in Stockholm. Die Worte kann sie nicht verstehen.

»Sie sagen, wir müssen jetzt auflegen.«

»Aber ich will mit den Mädchen sprechen!«

Jetzt hört sie mehrere Stimmen, lautere Stimmen. Sie hört die Stimmen ihrer Kinder.

»Ich muss auflegen«, sagt Gun.

Das Gespräch wird unterbrochen.

Rita merkt, dass sie hinausgegangen ist. Über ihr schwanken die Palmen. Es ist windiger als gestern. Es ist heißer als gestern. Der Himmel ist weißer als gestern. Sie hat Blutgeschmack im Mund. Sie hat sich in die Zunge gebissen. Sie führt die Hand zum Mund. Ihre Hand zittert. Peter dreht sich um. Sein Gesicht ist weiß wie der Himmel, wie Kreide, denkt sie. Das ist die

Hölle, so sieht die Hölle aus. So sehen wir aus, wenn wir in der Hölle sind. Ich werde ihm nichts von dem Anruf aus Stockholm erzählen.

Er hat sich umgedreht. Sie kommt mit dem Handy in der Hand aus dem Hotel. Hat er ihr Handy klingeln hören? Nein, er hat es nicht gehört, solche Geräusche blockiert das verdammte Rauschen in seinem Kopf. Die Turbinen in seinem Kopf laufen im Augenblick unter Hochdruck, genau wie das Blut durch seine Adern rauscht, das hängt zusammen, das versteht sogar er, und er weiß auch, dass er das Rauschen im Kopf hören wird, solange er lebt, solange Blut durch seine Adern fließt. Wenn er die Wahl hätte, würde er sich für das Blut entscheiden. Vielleicht. In diesem Augenblick, in dieser Minute, er weiß es nicht. Die Alternative ist Schlaf, der lange Schlaf, denkt er.

Er hebt eine Hand, um ihr ein Zeichen zu geben. Seine Hand zittert. Er sieht, dass sie etwas sagt. Er kann es nicht hören. Als würde der Tinnitus sein Gehör total blockieren, als hätte er genug gehört. Er will nichts mehr hören, nichts mehr sehen, nichts mehr tun, er möchte nur irgendwo liegen, den Kopf in ihrem Schoß, über ihnen der blaue Himmel, an dem sich langsam Wolken in nördlicher Richtung bewegen.

»Was hast du gesagt?«, fragt er.

»Falsch verbunden.«

»Seltsam«, sagt er.

»Wollen wir?«

Sie gehen durch den Hotelgarten, hinaus auf die Straße und weiter zur Strandpromenade. Sie trägt die Basttasche, er die Kühltasche. Über die Gehwege strömt Wasser. Jemand hat sie am frühen Morgen abgespült. Dampf steigt auf von dem Beton, als wäre es lebendige Erde. Es duftet nach Erde. Als wäre die Stadt lebendig, denkt sie, als gingen wir durch eine lebende Landschaft. Als wären wir immer noch lebendig.

Er geht neben ihr, dicht neben ihr.

»Glaubst du, sie überwachen uns auch in diesem Augenblick?«, fragt er.

»Die ganze Zeit.«

»Was hätten wir anders machen können?«

»Nichts.«

»Zu Hause«, sagt er. »Wenn ich mich nicht darauf eingelassen hätte hierherzufahren.«

»Hattest du eine Wahl?«

»In dem Moment dachte ich, ich hätte keine.«

»Ich wünschte, du hättest die Bedrohung mit mir geteilt. Als es begann.«

»Ja.«

»Das ist das Einzige, was ich mir wünsche.«

»Aber genau darin bestand die Bedrohung«, sagt er. »Ich habe es nicht gewagt.«

»Darf das überhaupt sein?«, fragt sie. »Dass jedermann einfach jedermanns Leben übernimmt.«

Er antwortet nicht. Dass jedermann einfach jedermanns Leben nehmen kann, denkt er.

»Dass man plötzlich jegliche Kontrolle über sein Leben verliert?«, sagt sie.

»Es muss nicht so sein«, sagt er. »Es muss nicht dazu kommen.«

»Vielleicht ist es immer so gewesen«, sagt sie. »Dass wir keine Kontrolle über unser Leben haben.«

Neben der Fontäne steht eine kopflose Statue. Er hat sie schon früher gesehen.

»Ich fühle mich wie der da.« Er nickt mit dem Kopf zu der Statue.

»Woher weißt du, wie er sich fühlt?«, fragt sie.

»Wie ich«, sagt er wieder. »Kopflos.«

»Die Frage ist, ob er von Anfang an keinen Kopf gehabt hat«, sagt sie.

»Das könnte auch sein«, sagt er.

»So etwas kann man richten.«

»Vielleicht ist es ihnen egal«, sagt er.

»Oder sie sind gerade dabei«, sagt sie. »Der Kopf ist in Arbeit.«

»Sobald wir abgereist sind«, sagt er.

»Heute Abend«, sagt sie.

»Es kommt darauf an, den Kopf an der richtigen Stelle zu haben«, sagt er.

»Nicht unter dem Arm«, sagt sie.

»Der Junge hat ihn nicht einmal unterm Arm«, sagt er.

»Der Junge?«

»Die Statue. Ich weiß nicht, wie er heißt. Er sieht aus wie ein griechischer Gott. Aber wir sind ja nicht in Griechenland. Oder?«

»Nein, hier ist nicht Griechenland.«

»Ich wünschte, ich wäre in Griechenland. Dort kümmern sie sich um ihre Statuen.«

»Nächstes Mal fahren wir nach Griechenland«, sagt sie. »Dort hat man mehrere Götter zur Auswahl. Da hat jeder seinen Gott oder seine Göttin.«

»Hier haben sie nie andere Götter als Gott gehabt«, sagt er. »Allah haben sie vor langer Zeit gehabt, aber er ist auch ein Gott.«

»Ich wünsche mir, dass er heute bei uns ist«, sagt sie. »Gott oder wie immer er heißt.«

»Es heißt, Gott ist überall.« Er zeigt wieder mit dem Kopf auf die Statue. Sie sind nicht viele Schritte gegangen. Vielleicht sind sie stehen geblieben. »Er sieht stark aus, obwohl ihm der Kopf fehlt. Er steht aufrecht. Er steht immer noch aufrecht.«

»Wollen wir gehen?«, sagt sie.

»Was sollen wir so früh am Strand?«, fragt er.

»Es kann jeden Moment so weit sein«, antwortet sie.

Die Sonne hat sich weiter über den Himmel geschoben. Sie haben gebadet und im Schatten unter dem Sonnenschirm gelegen. Sie haben noch einmal gebadet. Er hat das Salz im Gesicht behalten, hat es nicht abgeduscht. Das Spannen der Haut hat ihn daran erinnert, dass er noch ein Gesicht hat.

Jetzt duscht er, die Schatten auf dem Sand sind lange Speere. Es sieht aus, als wäre er von einem Heer umzingelt worden. Gottes Armee, denkt er. Sie wartet, sie wacht, wartet ab.

Er tritt unter der Dusche hervor, die in der Mitte des Strandes auf eine Holzplatte montiert ist. Blinzelnd stellt er fest, dass die meisten Badenden ihre Sachen zusammenpacken und gehen. Zu den wenigen, die noch da sind, zählen die Volleyballspieler, in ihrem ewigen Spiel, das am Wasser stattfindet. Die Spieler haben eine ewige Kondition.

Bis jetzt ist also nichts passiert. Alles ist, wie es immer war. Alle leben noch, denkt er. Nur das Meer ist gestorben.

»Wollen wir an die Bar gehen?«, fragt er.

Er schaut zur Strandbar. Dort sind jetzt nur noch wenige Gäste. Schade, es ist die beste Zeit am Tag, sich in eine Bar zu setzen, besonders eine Strandbar, wenn das Licht am schönsten ist.

»Dafür haben wir keine Zeit«, sagt sie.

»Bald ist der Tag vorbei.«

»Nein, Peter.«

»Nur ein Bier.«

»Wir haben keine Zeit.«

Sie hat ihrer beider Handtücher über die Liegestühle gebreitet. Die Handtücher werden vom Sonnenlicht beschienen und haben eine andere Farbe, als gehörten sie nicht ihnen.

Jetzt, denkt sie, das ist der Moment. Das ist deine Zeit auf dieser Erde.

Sie hebt ihre Basttasche auf, es sieht so aus, als würde sie etwas darin suchen, aber nicht finden. Es ist einfach nicht zu finden, was sie sucht.

Der Mann, der das sieht, steht an einem Fenster auf der anderen Seite der Promenade mit einem Fernglas vor den Augen.

Durch das Fernglas sieht er, dass sie aufhört in ihrer Tasche zu kramen, aufschaut und etwas zu dem Mann neben ihr sagt. Sie streckt einen Arm aus. Vielleicht zeigt sie irgendwohin. Der Mann nickt, zweimal.

Sie schlüpft in ihre Sandalen und entfernt sich, geht durch den Sand zur Treppe, die zur Strandpromenade führt. Einmal dreht sie sich um. Durch das Fernglas ist jetzt der Mann zu sehen, er hat den Blick abgewandt und schaut auf das Meer.

Sie steigt die Treppe hinauf und steht auf der Strandpromenade. Ihr Schatten ist lang, er reicht über die ganze Straßenbreite, die Hauswand hinauf bis an das Fenster, wo der Mann mit dem Fernglas steht.

Sie sieht sich um, als erwartete sie jemanden oder versuchte sich zu orientieren. Dann geht sie, verschwindet aus dem Blickfeld.

Er schaut auf seine Armbanduhr, dann zu dem Lieferwagen des Strandverkäufers. Er steht, wo er immer steht. Der Verkäufer ist nicht zu sehen. Er ist vor einigen Stunden vorbeigegangen, dann aber nicht wieder aufgetaucht.

Es dämmert, die Dämmerung ist vom Meer und gleichzeitig von den Bergen herangeglitten. Die beiden Dämmerungen haben sich hier am Strand getroffen.

Es ist dieser Strand geworden. Nicht der abgelegene Strand, der nahe Strand. Es passiert jetzt, hier! Es durchzuckt ihn, als er daran denkt, dass es in diesem Moment auf der Erde passiert. Ich werde beten, ich gelobe, für den Rest meines Lebens jeden Tag zu beten, für den Rest meines Lebens werde ich beten.

Hinter dem Lieferwagen bewegt sich etwas, weit entfernt vom Lieferwagen bewegt sich etwas, bewegt sich weit entfernt durch den Sand.

Es kommt näher und bleibt stehen. Er erkennt ein großes Auto, ein schwarzes Auto.

Ein Mann steigt aus dem Fond aus, er ist so nah, dass Peter erkennen kann, dass der Mann T-Shirt und Shorts trägt. Jetzt stemmt sich der Mann gegen das Auto und macht ein paar Dehnübungen.

Auf der anderen Seite des Autos steht ein anderer Mann und macht die gleichen Übungen.

Sie schauen einander über das Autodach an. Keiner von ihnen sagt etwas, keiner lächelt.

»Bereit?«, fragt der Mann, der zuerst aus dem Auto gestiegen ist.

»Bereit«, sagt der andere.

»*Vamos*«, sagt der erste und setzt sich in Bewegung.

Peter kann nur so viel erkennen, dass sie in seine Richtung laufen. Bis zum Lieferwagen haben sie es nicht weit. Es ist nicht weit bis zum Lieferwagen, das ist ein beruhigendes Gefühl. Solange er an den Lieferwagen denkt, ist er ruhig. Auf diese Art kann er sich selbst täuschen, wenigstens für einen Moment.

Gesichter kann er nicht erkennen, aber er weiß, wer auf ihn zugelaufen kommt, jedenfalls weiß er, wer der eine ist.

Die Limousine hat den Strand verlassen und fährt jetzt auf der Strandpromenade nebenher, sehr langsam, im Schritttempo, im selben Tempo, in dem sich die Läufer am Strand bewegen. Werden sie den Lieferwagen jemals erreichen? Werden sie weiterkommen, wie weit wollen sie kommen?

Sie laufen, als hätten sie ein Ziel.

Der Mann am Fenster auf der anderen Seite der Strandpromenade sieht alles durch sein Zielfernrohr. Es ist auf ein halbautomatisches Jagdgewehr montiert. Durch das Zielfernrohr gesehen, scheinen die Männer noch langsamer zu laufen.

Das Glas ruckt nach links, richtet sich auf den Mann im

Liegestuhl. Rechts: die Läufer. Links: der Mann im Liegestuhl. Rechts: die Läufer. Links: der Mann im Liegestuhl.

Der Mann bückt sich und zieht eine Kühltasche unter dem Liegestuhl hervor. Er schaut wieder auf.

Peter steht auf. Er hält die Tasche in der Hand. Er sieht den Läufern entgegen. Bald sind ihre Gesichter deutlich zu erkennen, jedenfalls eins: Er sieht einen Kopf, einen Körper mit einem Kopf, der sich bewegt. Er möchte eine Statue werden, denkt er. Er will eine Statue in dieser Stadt sein, nirgendwo anders, nur hier. Eine Statue mit Kopf. Darum darf der Junge im Park stehen bleiben, zum Vergleich, wie es früher war und was kommen wird. Alles soll wieder ganz werden, alles, was an dieser Küste defekt war, soll wieder in Ordnung gebracht werden. Das hat er versprochen.

Die Strahlen der sinkenden Sonne fallen auf den Lieferwagen. In Blitzgeschwindigkeit geht die Sonne unter, ja, mit der Geschwindigkeit eines Blitzes. Sie will nicht Zeugin sein. Sie will alles in Dunkelheit tauchen, ehe es zu spät ist.

Ein Sonnenstrahl trifft ein Gesicht auf dem Vordersitz im Lieferwagen. Der Kopf des Strandverkäufers war vorher nicht dort, jetzt ist er da, die Augen sehen Peter an, er schaut zurück.

Noch dreißig Meter bis zu den Läufern fünfundzwanzig Meter er bückt sich und öffnet die Kühltasche er schaut wieder auf es gibt kein Zeitlupentempo mehr alles geht sehr schnell jetzt kommen sie sehr schnell auf ihn zu jetzt wischt er sich den Schweiß aus den Augen und blinzelt und sieht hin und die Männer tragen Anzüge sie haben sich im Laufen umgezogen tragen schwarze Anzüge und sie lächeln und sie lächeln und er blinzelt und sie sind jetzt hier es passiert jetzt es passiert jetzt und die Anzüge sind weg und er bückt sich wieder und reißt die Pistole aus der Kühltasche die schwarze Pistole und im selben Moment startet der Lieferwagen mit aufheulendem Motor rast über den Sand und holt die Läufer ein und er hebt die

Pistole gegen die Läufer es trennen sie nur noch wenige Meter zwei Meter und er hört ein neues Motorgeräusch ein anderes Geräusch als ein anderes Auto die Rampe herunter auf den Strand rast.

Die Pistole in seiner Hand zittert.

Jesús' Gesicht. Der Schreck in seinen Augen. Der Schweiß auf seiner Stirn, auf der Kopfhaut. Der Schweiß auf Peters Kopfhaut. Alles zerrinnt. Die Zeit erstarrt. Es gibt nur noch Nahaufnahmen.

Er hält die Pistole auf die Männer gerichtet. Nur entsetzliche Nahbilder. Die Zeit bewegt sich wieder, stürzt durch die Jahre, zurück durch die Jahre.

Ihre Stimme, ihr Gesicht, ihre Haut. Naiaras Stimme. Ihre Worte:

»Hier ist es gefährlich für dich.«

»Soll ich abreisen?«

»Das solltest du tun.«

»Möchtest du das?«

»Nein.«

»Hier ist es nicht gefährlich. Wenn wir hier sind, ist es nicht gefährlich.«

*

Nicht gefährlich, nicht gefährlich, nicht gefährlich, klingt es in seinen Ohren, als er das letzte Nahbild sieht, als er abdrückt! Er drückt noch einmal ab, die Waffe zuckt in seiner Hand wie ein Tier, das sich loszureißen versucht, das mit lauter Stimme heult, abartige Töne schrillen in seinen Ohren, dröhnen in seinen Ohren.

Er hört nichts mehr. Die Explosionen, von seiner Hand ausgelöst, haben sein Hörvermögen zersprengt. Die Welt ist still. Alles ist wieder langsam, alles bewegt sich wieder in Zeitlupentempo.

Jesús' Brust explodiert in Rot, Rot dringt durch sein Shirt. Eine rote Explosion, eine Zeitlupenexplosion.

Der Mann neben ihm hat eine rote Schulter, das Rot breitet sich auf seinem weißen Shirt aus.

Ihre Gesichter sind offen wie die Gesichter von Kindern.

Sie schreien. Die Münder stehen offen. Er sieht entblößte Zähne. Er hört nichts.

Die Männer haben sich noch einige Schritte bewegt, aber jetzt fallen sie.

Sie fallen einen Meter von ihm entfernt.

Er könnte sie berühren.

Er kann wieder hören. Das Rauschen kehrt zurück. Er hebt den Blick. Menschen stürzen auf ihn zu, es sind die Volleyballspieler, sie kommen vom Wassersaum angelaufen.

Neben ihm bremst ein Auto. Er weiß. Er wirft sich auf den Beifahrersitz und hält die Pistole immer noch umklammert.

Am Steuer sitzt Rita.

Das Auto fliegt über den Strandstreifen, zur Rampe und in Richtung Strandpromenade. Fliegt.

Der Lieferwagen folgt ihnen.

Ritas Auto fliegt auf die Strandpromenade. Sie schafft es, einen Zusammenstoß mit dem Haus vor ihnen zu vermeiden, reißt das Steuer nach rechts, fährt weiter in Richtung Osten. Hier geht jetzt niemand spazieren.

Der Lieferwagen erreicht die Rampe, schießt über die Promenade und versperrt der schwarzen Limousine den Weg.

Sie haben die Straße erreicht, die weg von der Strandpromenade führt. Ein Einsatzwagen mit eingeschalteter Sirene und Blaulicht kommt ihnen entgegen, Farbwirbel in der Dämmerung. Nach hundert Metern begegnen sie einem Krankenwagen, einem weiteren Polizeiauto, noch einem Polizeiauto, die Fahrzeuge heulen durch das Halbdunkel. Jetzt hört er wieder, hört zu viel. Er hat seinen Kopf zurückbekommen.

Der Fahrer des Lieferwagens ist ausgestiegen und flieht durch den Sand. Zwei Männer steigen aus der Limousine.

Die Volleyballspieler haben die Stelle erreicht, wo Jesús und sein Leibwächter leblos im Sand liegen, der sich rot unter ihnen färbt. Jeder liegt in einem eigenen roten Kreis. Niemand hat den Kreis bis jetzt betreten.

Einer der Volleyballspieler, ein junger Mann, schaut dem Strandverkäufer nach, der durch den Sand auf das Meer zuläuft, und zieht eine Pistole aus dem Bund seiner weiten Shorts.

Das Mädchen neben ihm packt seinen Arm.

»Bist du verrückt?« Sie läuft los, dem Mann hinterher, der auf das Meer zuläuft.

Der Krankenwagen und der Einsatzwagen dröhnen die Rampe herunter. Der Krankenwagen hat sich an dem Lieferwagen vorbeimanövriert. Das Polizeiauto drängt den Lieferwagen weg von der Öffnung zum Strand, schiebt ihn beiseite. Die Limousine hat unterdessen zurückgesetzt.

Der Krankenwagen hält in einer Sandwolke neben den Angeschossenen. Jemand schreit. Menschen kommen aus verschiedenen Richtungen angelaufen, von der Strandpromenade, vom Strand, aus Cafés, Restaurants, Bars. Scheinwerfer schicken Strahlen über den Strand. Die Stelle, wo die beiden Männer liegen, ist angeleuchtet wie ein Bühnenbild.

Durch das Zielfernrohr ist die Bühne verzerrt. Es ist zugleich zu viel und zu wenig Licht. Aber es ist etwas zu erkennen.

Der Vorhang neben Aitor bewegt sich.

Er sieht die Sanitäter und die Polizisten. Er hat alles gesehen.

»Ist das Auto bereit?«, fragt er, ohne das Fernrohr von den Augen zu nehmen.

»Wir mussten es wegfahren«, sagt eine Stimme hinter ihm.

»Ich habe gefragt, ob es BEREIT ist?«

»Es ist bereit. Sie sind unterwegs.«

Aitor sieht Naiara Ibarretxe Montañas aus einem Auto springen, ehe es hält. Sie läuft auf die angestrahlte Bühne zu. Die Körper werden gerade in den Krankenwagen geschoben.

»Die Witwe ist schon da«, sagt er.

»Das ging schnell«, sagt die Stimme hinter ihm.

»Vielleicht hatte sie eine Vorahnung.«

Naiara schreit. Es klingt wie das Heulen eines gerissenen Tieres. Sie ist auf dem Weg in den Krankenwagen. Einer der Sanitäter hilft ihr. Sie verschwindet im Innern des Krankenwagens. Der Sanitäter sieht einen der Polizisten an, der mit einem Karabiner im Anschlag draußen steht, und schüttelt den Kopf. Von allen Seiten kreischt Sirenengeheul. Menschen laufen durch den Sand. Es nimmt kein Ende. Die Sonne ist woanders.

14

Sie biegen mit großer Geschwindigkeit um die Ecke. Hundert Meter entfernt sieht Rita das geparkte Auto, es steht entgegen der Fahrtrichtung. Sie bremst, parkt geschickt in zweiter Reihe daneben.

Es ist eine stille Straße, zentral gelegen, aber in einem ruhigen Viertel.

Sie bleiben sitzen, als wären sie bewegungsunfähig. Die Stille hämmert gegen seine Schläfen. Die berühmte betäubende Stille. Die Stille ist nicht seine Freundin. Die Vergangenheit ist nicht seine Freundin, ist es nie gewesen. Sie ist seine Freundin, eine starke Freundin, er kann es an ihrem Gesicht ablesen, an ihrem Profil. Sie ist die Einzige, die ihn retten kann.

Während der Flucht haben sie kein einziges Wort gewechselt.

Er sieht, dass ihre Arme zittern. Ihre Hände liegen immer noch auf dem Lenkrad. Seine Hände zittern auch. Nach den Schüssen und den Rückstößen hat er Schmerzen im linken Arm. Die Pistole war furchtbar stark, die starke Freundin. Sie ist immer noch dabei, liegt auf dem Boden vor seinen Füßen. Angst ist eine erschreckend starke Kraft, denkt er.

»Wir müssen weiter«, sagt sie und öffnet die Autotür.

»Weiter«, sagt er und öffnet seine Tür.

»Wie geht es dir, Peter?«

»Wir müssen weiter.«

»Ich will wissen, wie es dir geht.«

»Furchtbar.«

»Dann bist du nicht allein«, sagt sie.

»Du fährst gut.«

»Ein bisschen zu schnell.« Sie steigt aus.

Wir sind furchtbar ruhig, denkt er und steigt auch aus. Dies ist eine furchtbare Ruhe.

Sie setzen sich in das andere Auto. Sie hat es mit einem Schlüssel aufgeschlossen, den sie dabeihatte.

Sie startet, und sie fahren zurück um die Ecke, um die sie gekommen sind.

Sie sind allein. Auf den Straßen ist kein Verkehr mehr. Sie sind allein in der Stadt. Er kann kein Leben entdecken. Alles Leben ist am Meeresstrand versammelt.

Auf der Autobahn in Richtung Flugplatz fährt sie sehr schnell. Sie sind nicht mehr allein, Scheinwerferreflexe stürzen von allen Seiten auf sie ein. Draußen ist alles gelb und schwarz. Über dem Meer hängt noch ein Schimmer, die letzte Erinnerung an den Tag. Den letzten Tag. Nein, nein, nein. Er sieht die Silhouetten der Gebäude zwischen Autobahn und Meer, die großen Hotels, schwarze Wachttürme am Strand. Die Türme hat es damals auch schon gegeben, in seinem früheren Leben, aber er hat nie auf sie geachtet.

»Wollen wir heute Abend nach Torremolinos?«

»Und eins aufs Maul kriegen von den englischen Hooligans?«

»Ich dachte an das gegrillte Hähnchen.«

»Haha.«

»Calle Rio Esera. *Best chicken in town.*«

»Ich weiß, mein Freund.«

»Mein Bruder kommt mit.«

»Heißt er wirklich Jou?«
»Ungefähr.«
»Klingt portugiesisch.«
»Er ist Portugiese.«
»Dein Bruder ist Portugiese, Aitor?«
»Ungefähr.«
»Ich freue mich immer, wenn ich ihn sehe.«
»Der Junge ist nett.«

Er beugt sich vor und schaltet das Radio ein.

Der Nachrichtensprecher berichtet etwas in schnellem Tempo. Es gibt keine Musik, nur Worte. Die Worte werden noch schneller.

»Was sagt er?«, fragt sie.

Er lauscht, beugt sich etwas vor.

»Handelt es von uns?«, fragt sie.

»Nein ... es geht wieder um eine Bombe.«

»Herr im Himmel.«

»In Málaga«, sagt er.

»Wir sind auf dem Weg nach Málaga.«

»Ein Gebäude ... auf dem Weg zum Flugplatz.«

»Wir sind auf dem Weg zum Flugplatz.«

Er lauscht wieder.

»Auf der anderen Seite«, sagt er. »Aus der anderen Richtung zum Flugplatz, von der Stadt aus.«

Sie sehen die ersten Hinweisschilder für die Abzweigung zum Flugplatz. Bald kommt sie.

»Ich habe irgendwie das Gefühl, dass alles mit uns zusammenhängt«, sagt sie.

»Nein, nein.«

»Diese Bombe hängt mit uns zusammen. Mit dem, was heute Abend passiert ist.«

»Alles kann nicht zusammenhängen.«

»Du solltest genau umgekehrt denken«, sagt sie. »Alles hängt irgendwie zusammen. Wenn überhaupt jemand, dann solltest du so denken.«

»Aber wenn es nicht Aitor ist?«, sagt er.

»Wie?«

»Wenn nicht Aitor hinter den Bomben steckt?«

»Wer sollte sonst dahinterstecken?«

»Da vorn musst du abfahren«, sagt er.

Sie wirft einen Blick in den Rückspiegel. Er dreht sich um. Die Lichter sind da, die Reflexe sind da, alles in einer wahnsinnigen Mischung. Alles Chaos ist hinter und vor ihnen versammelt.

Das Rauschen in seinem Kopf wird stärker. Es gibt noch genügend Raum für eine Steigerung. Noch sieht er das Meer zwischen den Türmen, es glitzert wie falsches Silber, er kann die Wellen hören, sie bewegen sich in seinem Kopf. Die Wellen sind größer als das Geräusch der Brandung, sind lauter denn je. Es ist Nacht, eine andere Nacht, die letzte Nacht. Die erste und letzte Nacht, er wusste es, als sie ihre Vorbereitungen trafen. Ich bin nicht dabei, bin nicht hier. Bald bin ich woanders. Der hier bin ich nicht. Ich werde bald wieder ich selbst sein.

»Man kann nicht erkennen, ob jemand hinter uns her ist«, hört er sie sagen.

»Oder vor uns.«

»Würde Aitor den Flugplatz absperren? Die Macht hat er doch nicht«, sagt sie.

»Vielleicht hat er sie jetzt.«

Er schaut sie an.

»Oder er glaubt, sie zu haben.«

Sie fährt von der Autobahn ab und folgt der Ausschilderung zum Flugplatz.

Sie sind jetzt fast da.

Die Autoschlangen auf den Zufahrtswegen sind lang. Rechts sieht er die Lichter der Hauptstadt wie Lichter eines Schiffes auf dem Meer blinken. Die Berge am Horizont könnten Wolken sein.

Die Guardia Civil winken sie durch. Männer in Uniformen bewegen sich über das ganze Gelände. Da draußen sieht es aus wie Krieg. Er lässt die Seitenscheibe herunter. Es riecht nach Krieg, Kerosin riecht nach Krieg. Alles kann nach Krieg stinken. Es ist nur eine Frage der Phantasie.

»Bald werden wir erfahren, wer hier die Macht hat«, sagt sie.

»Müssen wir das Gepäck einchecken?«

»Wovon zum Teufel redest du?«, fragt sie.

»Ich weiß es nicht.«

Sie kreuzen zwischen Bussen, Taxis, Soldaten, Polizisten, Touristenführern, die auch Uniformen tragen. Horden von Touristen sind mit beladenen Gepäckwagen auf dem Weg ins Flughafengebäude.

»Es scheint ruhig zu sein«, sagt er.

»Wo soll ich parken?«

»Hinter den Bussen gibt es Platz.« Er zeigt in die Richtung.

Vorsichtig fährt sie an einem Bus vorbei, aus dem gerade Touristenmassen quellen. Wir sind auch Touristen, denkt sie. Wir kommen nur auf andere Art und Weise hier an. Aber wir sind Touristen, wir verlassen das Land wie Touristen.

Sie nickt einem Paar zu, das neben dem Bus steht und seine Koffer entgegennimmt. Zwei Männer in blauer Uniform ziehen die Gepäckstücke aus dem Innern des Busses. Alle Lichter sind blau.

»Die waren auf unserem Hinflug auch dabei«, sagt sie.

»Ich erkenne noch einige mehr«, sagt er. »Es ist unser Flug.«

»Deswegen sind wir hier«, sagt sie.

Er nimmt ihre Hand. Sie zittert nicht mehr. Auch seine Hand zittert nicht mehr. Jetzt sind sie wieder ruhig. Er ist wieder ruhig. Er hört das ungeheure Getöse eines startenden Flugzeuges. Die Silhouetten um ihn herum erstarren innerhalb einer halben Sekunde. Als würde die Zeit stehenbleiben, als gäbe es kein Vorher und kein Nachher mehr. Alles ist wieder wie es sein soll die Zeit bewegt sich wieder und der Tod bewegt sich mit ihr. Ohne Zeit gibt es keinen Tod manche sagen der Tod hat sich von der Zeit losgerissen aber sie täuschen sich alle die das sagen täuschen sich.

Der Lärmpegel von tausend Stimmen steigt zur Decke der Abgangshalle auf. Sie tosen wie das Meer. Hier drinnen ist das Licht blendend hell.

Die Schlangen vor den Check-in-Schaltern sind lang.

Er liest auf handgeschriebenen Schildern, dass die Check-in-Automaten nicht funktionieren.

Überall sonnengebräunte und müde Gesichter aus dem Norden. Kleine Kinder schlafen auf den Bergen von Reisegepäck wie Dornröschen. Alle wollen nach Hause in den Norden. Im Norden ist es sicher. Es ist kalt, aber sicher. Man kann nicht alles haben, man kann nicht Sicherheit und schönes Wetter haben. Man kann keinen hohen Lebensstandard und gleichzeitig schönes Wetter verlangen. Man muss sich entscheiden.

»Wo ist unser Gepäck?«, fragt er.

Sie antwortet nicht.

»Hast du das Gepäck gesehen?«

»Scheiß auf das Gepäck«, sagt sie.

Eine Gruppe Polizisten bewegt sich langsam durch das Menschenmeer. Sie studieren die Gesichter auf eine scheinbar flüchtige Art, fast beiläufig. Eine Aufgabe unter anderen.

»Die sind nicht unseretwegen hier«, sagt er.

»Warum sind sie hier?«

»Wahrscheinlich Routine.«

»Hat das mit der Bombe zu tun?«

»Bestimmt.«

»Wo wollen wir einchecken?«, fragt sie. »Auf der Tafel steht nichts.«

Sie hat die Tickets in der Hand.

»Wir stellen uns bei den Guides an wie alle anderen.«

Sie gehen zum Ende einer der Schlangen. Ein schwedischer Reiseleiter hilft beim Einchecken. Sie bekommen Hilfe. Sie stehen in der richtigen Schlange. Jetzt heißt es nur noch warten. Es gibt einige Verspätungen. Ja. Das Bombenattentat ist daran schuld. Vor den Zufahrten von Málaga herrscht Chaos.

Sie warten. Hinter ihnen schließen mehrere Touristen auf. Alle sind müde und rot und braun. Kinder schlafen an den Schultern von Erwachsenen.

»Ich habe in den letzten Tagen einen Traum gehabt«, sagt er leise.

»Was?«

»Einen Traum, ein Traum, der immer wiederkehrt. Immer der gleiche Traum.«

»Hm.«

»Ich habe ihn früher auch schon geträumt.«

»Warum erzählst du mir das erst jetzt?«

»Ich weiß nicht, ob es mit all dem hier zusammenhängt.«

»Wovon handelt der Traum?«

»Ich wache in einem Zimmer auf, das ich nicht kenne. Jemand liegt neben mir.«

»Ich weiß nicht, ob ich das hören will, Peter.«

»Es wird schlimmer«, sagt er.

»Ich will es nicht hören.«

Er sieht einige Männer in schwarzen Anzügen durch den großen Eingang kommen, vier Männer. Sie gehören offenbar zusammen, bleiben zehn Meter entfernt in der Halle stehen, schauen sich um. Einer von ihnen tippt etwas ins Handy ein und legt es ans Ohr.

Die Schlange bewegt sich einen Meter vorwärts.

Noch mehr Menschen haben sich hinten angestellt. Die Schlange ist etwa dreißig Meter lang.

Wir sind eine einzige anonyme Schlange, denkt er. Wir sind unsichtbar. Wir sind nichts.

Jetzt sind sie fast vorne, stehen hinter einem älteren schwedischen Paar, das mit dem Personal am Eincheckschalter das Gepäckgewicht diskutiert. Die Reiseleiterin wird dazugerufen.

»Herr im Himmel«, sagt Peter leise.

Die vier Männer, die die Halle betreten haben, kommen näher. Sie scheinen jedes Gesicht genau zu mustern. Sie bewegen sich sehr diskret zwischen den Schlangen, als wären sie eigentlich gar nicht da. Kein Grund zur Beunruhigung. Das ist alles nur Routine.

Die Diskussion vor Rita und Peter nimmt kein Ende. Diese verdammten Schweden mit ihrem verdammten Gepäck geben nicht auf. Die Tasche von der Alten scheint Ersatzteile für einen Range Rover zu enthalten. Sie ist schwer wie ein Range Rover.

»Sie wiegt nicht mehr als bei unserer Ankunft«, sagt die Frau.

»Sie wiegt zu viel«, sagt die Reiseleiterin. »Entschieden zu viel.«

»Sag was, Lars!«, sagt die Alte.

»Sie wiegt zu viel«, sagt Lars. »Das hab ich dir doch gleich gesagt.«

Die Alte dreht sich zu Peter und Rita um.

»Bei solchen Freunden braucht man keine Feinde«, sagt sie.

Sie antworten nicht. Das Weibsbild dreht sich wieder nach vorn um.

»So was habe ich noch nicht erlebt«, sagt sie.

Ihr Gatte ist in sich gekehrt wie jemand, der nicht hier sein möchte. Wie ein Mann, der aus seinem eigenen Schatten verdrängt wurde.

»Am besten, wir gehen ein bisschen beiseite«, sagt die Reiseleiterin. Sie sieht nervös aus, unglücklich, weil sie sich wieder einmal mit Dummheit und Arroganz auseinandersetzen muss.

»Ich will nicht beiseitegehen!«, sagt die Alte. »Ich will nach Hause!«

Peter hört Gemurmel in der Schlange. Die Leute werden ungeduldig. In der Luft liegt Aggression, als wäre ein Wind aufgekommen. Die Halle kommt ihm wie ein Hangar vor, leer gefegt und verlassen, kein guter Ort. Einige Orte waren nicht so gut, aber vielleicht lag es an uns, weil wir nicht so gut waren, als wir dort waren.

Niemand tritt vor und knockt die Alte aus. Ihr Mann ist keine Hilfe. Eigentlich müsste er es tun. Aber das wäre Frauenmisshandlung. Nicht gut. Er hat noch nie eine Frau geschlagen, das ist nicht gut. Er dreht sich um, sieht die verzweifelten Gesichter hinter sich, lauter gehemmte Schweden, mitten in einem inneren Kampf mit dem starken Wunsch, sich die Kleider vom Leib zu reißen und nackt und wie am Spieß schreiend durch die Halle zu rasen. Schreien, schreien, auf Unterhosen kauen. Es endlich tun zu dürfen, die Wut nicht mehr zurück in den Hals zu stopfen, wie wenn man Kotze schluckt, wenn sie hinaufdrängt, hinaus, *onwards upwards*. Es ist nicht angenehm, sie zu schlucken. Das kann gefährlich werden.

Er schließt die Augen. War ich hierher unterwegs? War dies das Ziel?

Ich habe nichts anderes verdient.

Er hört die Alte in sein Ohr schreien. Er öffnet die Augen. Sie wird von der Guardia Civil abgeführt. Dafür sind einige Männer nötig. Lars geht freiwillig mit. Sie verschwinden in einem Raum hinter dem Eincheckschalter. Zwei Männer schleppen ihren Koffer. Peter erwartet fast, dass Benzin heraustropft. Er kann kein Benzin riechen.

Jetzt sind sie an der Reihe. Rita reicht die Tickets über den Schalter. In seinem Kopf heult es, die Bandsäge läuft auf Hochtouren. Heult, brüllt. Er hat kein Gehör mehr, es ist wie vorhin, wie in einer schalldichten Zelle, einer Zelle mit gläsernen Wänden, durch die er alles sehen, aber nichts hören kann.

Die Frau hinter dem Computer sagt etwas zu Rita.

Sie antwortet.

Er hört nichts.

Die Frau sagt wieder etwas. Sie sieht aus wie ein Fragezeichen.

Jetzt hört er es. Sie fragt nach dem Gepäck. Es gibt kein Gepäck. Das Leben ist voller Paradoxe, zuerst kommt jemand mit tausend Kilo, und dann kommt nichts. Sie sind nichts.

Sie bekommen ihre Boardingcards. Sie haben es fast geschafft. Ihr Gesicht ist ein Spiegel seines Gesichtes, es drückt Erleichterung aus, Zweifel und Angst. Es ist einfach zu schön, um wahr zu sein.

Sie gehen durch die Sicherheitskontrolle. Er dreht sich um, während er den Gürtel ablegt. Draußen streifen die Männer in den schwarzen Anzügen immer noch zwischen den Schlangen umher. Vielleicht suchen sie nach den Bombenmännern. Oder Bombenfrauen. Draußen ist uniformierte Polizei unterwegs. Der Flugplatz ist ein Polizeistaat.

Er vermisst die Pistole nicht. Sie ist wie eine Schwalbe aus dem Auto geflogen und auf der toten Erde eines verlassenen Grundstücks oberhalb von Torremolinos gelandet. Eine von vielen verschwundenen Waffen an der Küste.

Sie haben es geschafft. Sie schauen sich zweifelnd an. So einfach kann es doch nicht sein.

»So einfach kann es doch nicht sein«, sagt sie.

»Es war nicht einfach«, sagt er.

»Aber trotzdem«, sagt sie.

»Denk nach«, sagt er. »Wir haben alles richtig gemacht. Wenn man alles richtig macht, gewinnt man Zeit. So machen es die besten Fußballspieler. Sie haben immer Zeit.«

»Oder Volleyballspieler«, sagt sie.

»Keiner hatte Zeit zu reagieren«, sagt er.

»Da ist ein Sofa«, sagt sie. »Ich muss mich setzen. Ich hab das Gefühl, meine Beine geben unter mir nach.«

Sie setzen sich. Um sie herum bewegen sich Menschen. Irgendwo schreit ein kleines Kind vor Müdigkeit, schreit ununterbrochen.

Sie können nicht mehr darüber sprechen, was an diesem Abend passiert ist. Es gibt keine Worte, es ist zu ungeheuerlich. Es ist zu rot, denkt er, alles ist zu rot geworden. Der Sand wurde rot, oder war es schwarz? Das schlechte Licht hat ihn schwarz gefärbt, aber es war rot.

Sie versucht anzurufen, doch es meldet sich niemand. Sie hat es auch draußen versucht. Sie schaut ihn an.

»Es hätte uns nichts genützt, wenn Mama ein Handy gehabt hätte«, sagt sie. »In diesem Fall nicht.«

»Nein.«

»Was erwartet uns zu Hause? Ich wage gar nicht, darüber nachzudenken.«

»Unsere Kinder erwarten uns«, sagt er.

»Glaubst du?«

»Das ist das Einzige, woran ich glaube.«

»Aus welchem Grund sollten wir uns darauf verlassen?«

»Weil ... weil wir nichts anderes haben.«

Er steht auf.

»Ich geh zur Toilette«, sagt er.

»Muss das sein? Ich möchte nicht allein bleiben.«

»Ich bin kurz davor, mir in die Hose zu pinkeln«, sagt er.

»Das wäre nicht gut. Nicht in dieser Situation.«

»In keiner Situation«, sagt er.

Der Waschraum ist leer. Er ist nicht kurz davor, sich in die Hose zu pinkeln. Unterhalb des Gürtels, den er eben wieder umgebunden hat, hat er keine Funktion. Er hat kaum ein Gefühl im Körper. Als er seine eigene Haut berührt, ist es, als berührte er Eis. Aber er bleibt nicht kleben, es ist nicht so, wie wenn man mit der Zungenspitze Eis berührt. Es ist eine andere Art Eis.

Der Waschraum ist nackt, Kacheln und blaues Licht, wie Eis. Alles hier drinnen ist wie Eis. Dies ist eine andere Art Eis.

Er erkennt sein Gesicht nicht wieder im Spiegel. Endlich ist er ein anderer geworden.

Das Wasser im Gesicht tut gut, er befeuchtet sein Gesicht mit dem eiskalten Wasser, schließt die Augen, denkt eine Sekunde lang an nichts. Als er sein Gesicht wieder in dem kalten Licht mustert, erkennt er nur seine Augen. Alles andere in dem Spiegelbild sind die Gesichtszüge eines Fremden.

»Hallo, Schwede.«

»Hallo, ich wusste gar nicht, dass ich Portugiesisch kann.«

»Portugiesisch?«

»Aitor sagt, du bist Portugiese.«

»Das stimmt.«

»Gut. Ich bin Schwede.«

»Aitor sagt, du bist Däne.«

»Dann bin ich eben Däne. Ich kann alles sein.«

»Hat Aitor dir unser Haus gezeigt?«

»Welches Haus?«

»Das Haus in Estepona. An dem geheimen Strand in Estepona?«

Das Wasser läuft an seinem Hals hinab in den Hemdkragen, dann weiter ins Hemd. Es ist ein angenehmes Gefühl. Er würde sich gern in ein kaltes Meer stürzen, geradewegs hinein in die Wellen. Wenn er einen letzten Wunsch freihätte, würde er sich das wünschen. Mit Rita zusammen diesen Vorhof der Hölle verlassen und sich ins Meer stürzen.

*

Draußen vor dem Gate hat sich eine neue Schlange gebildet, schon wieder eine Sicherheitskontrolle. Es gibt keine Grenze.

Sie übergeben einer Frau, die ein Lächeln lächelt, das die Augen nicht erreicht, ihre Boardingcard. Es ist ein geheimnisvolles Lächeln.

Sie passieren die Sicherheitskontrolle, lassen sich tragen von der Menschenmenge, Treppen hinunter, Treppen hinauf, die Wände sind kahl, und das Licht ist blau. Er hört nichts als das Klappern vieler Schritte auf dem harten Fußboden. Niemand sagt etwas. Die können uns wer weiß wohin führen, denkt er. So war es in dem großen Krieg. So ist es zugegangen.

Jetzt öffnet sich der Korridor zu einer Halle mit Wänden aus Glas.

Sie stehen an einer der Wände, hinter denen Busse hin und her fahren. Sie sehen Flugzeuge draußen in der Freiheit. Eins steigt in den schwarzen Himmel. Die Lichter des Fliegers sehen wunderbar aus, als wäre er auf dem Weg zu einem Fest im Himmel.

Sie denkt an Gott. Siehst du mich, Gott?

»Wie viele Gates gibt es auf diesem Flugplatz?«, fragt er.

»Das ist das letzte.«

»Da steht unser Flieger.« Er nickt mit dem Kopf zum Flugfeld. Das Flugzeug sieht freundlich aus, es hat so eine nette Nase. Wenn er nach Hause kommt, wird er ein Kinderbuch über Flugzeuge mit netten Nasen schreiben.

»Bald ist es so weit«, sagt sie.

»Das ist es wahrhaftig.«

Sie hören ein Geräusch hinter sich und drehen sich um. Die Glastüren hinaus zu den Bussen sind geöffnet worden. Ein Korridor führt aus der Wartehalle zur Busplattform. Es sind nur wenige Meter.

Die Menschenmenge bewegt sich durch den Korridor, es ist der letzte Korridor. Jetzt nur noch wenige Meter. Sie versuchen, sich in der Mitte zu halten.

Er sieht, wie plötzlich links eine Tür aufgeht. Vorher war dort keine Tür. Er hat keine Tür gesehen. Er greift nach Ritas Hand. Sie greift nach seiner Hand. Sie werden gegen die Wand gedrängt. Rita stolpert. Die Menschenmenge drängt sie nach links ab, auf die Türöffnung in der linken Wand zu. Es ist nur noch ein Meter. Er sieht das Licht dort drinnen, gelb und schmutzig. Er spürt ihre Hand, die Finger sind kalt wie Stein, hart wie Stein, und er hält sie fest, als sie in das Gelb hineingestoßen werden.

15 Hinter ihnen schlägt die Tür zu. In seinem Kopf dreht sich alles, ein lauter Ton aus der Hölle. Er bekommt einen Schlag in den Magen, der ihn einknicken lässt.

Er liegt auf den Knien, ringt nach Luft. Jetzt kann sich kein Gedanke in seinem Kopf festsetzen, dort schrillen nur die höchsten Töne, ein weißes Geräusch. Etwas steigt in seinem Körper aufwärts. Es ist die Angst. Er spuckt sie auf seine Schuhe vor sich. Hinter ihm ertönt ein Ruf. Ein Tritt gegen die Brust, ein Schlag gegen den Kopf.

Sie sitzen auf dem Rücksitz eines großen Autos. Es riecht nach Leder und Tabak. Sie sind durch Korridore im Innern des Flughafens geschleppt, getragen, gestoßen worden, vielleicht durch unterirdische Korridore. Es war kalt, es muss die Unterwelt gewesen sein.

Jetzt ist es nicht kalt. Er spürt den Schweiß in den Augen. In seinem Kopf über der linken Schläfe hämmert es. Er versucht mit der Hand danach zu tasten, um zu fühlen, was es ist, aber seine Hände sind mit Handschellen gefesselt. Wie zum Gebet. Er blinzelt das Salz aus den Augen, Schweiß ist an der Küste salziger. Er nimmt den Geruch der Küste wahr. Das Auto fährt am Wasser entlang. Es ist die alte Straße. Der Geruch des Meeres ist stark. Die Dunkelheit ist stark. Er dreht sich zur Seite und sieht ihr Gesicht. Ihre Blicke begegnen sich. Sie sagt nichts. Ihre Augen sind groß und voller Angst, als hätte sie ein Monster vor sich. Er wendet den Blick ab. Wenigstens das kann er ihr ersparen.

Sie begegnen keinen anderen Autos. Als führen sie auf einem Geheimweg. Er kennt ihn gut. Es war sein Weg, sein Weg bis nach Estepona.

Die Pension La Malagueña an der Plaza Las Flores war sein erstes Zuhause.

Sie hatte ihm beigebracht, morgens direkt bei den Fischern einzukaufen und dann zu einem *freiduría* zu gehen und sie zu bitten, den Fisch zu grillen.

Damals besaß Estepona die größte Fischereiflotte an der Küste.

Sie hatten gesehen, wie die Schiffe hinausfuhren, sie hatten gesehen, wie sie zurückkehrten.

Es war ein ganzes Leben an der Küste.

»Ich werde dich niemals verlassen«, sagte er.

Sie fahren durch eine öde Landschaft, durch Wüstenlandschaft. Der Mond wirft ein blasses Licht durch die Nacht. Er sieht Konturen von Pflanzen im Sand. Hier hatte er an einem Nachmittag vor zwanzig Jahren angehalten und hatte ein Foto gemacht, voller Staunen darüber, dass so etwas im toten Sand gedeihen konnte. Die Fotografie liegt zu Hause in seinem Safe, bei den Bildern von ihm zusammen mit Aitor Usetxe, Naiara Ibarretxe, Jesús Maria Montañas in unterschiedlichen Kombinationen oder wie man es nennen will. Bilder mit unterschiedlichen Lächeln. Aber immer mit Lächeln. Bilder von ihm und Naiara am Fenster vom Hostal Andalucía in Ronda, die Palmen vor dem Fenster. Ihr Lächeln.

»Ich mag dein Lächeln.«

Alle mögen es. Ich meine, dass alle ein Lächeln mögen. Ein Lächeln ist immer hübscher anzusehen als eine saure Miene.

»Wie meinst du das?« Er lächelte.

»Muss ich das erklären?«

»Ja.«

»Das ist eine deiner Macken. Du willst immer alles erklärt haben.«

»Das macht es leichter.«

»Was macht es leichter?«

»Das Leben.«

»Da täuschst du dich.« Sie lächelte.

Als sie nach Westen abschwenken, sind die Silhouetten rechts verschwunden. Das Meer ist noch da, die Sanddünen und der Geruch von allem, was hier zu Hause ist. Wenn er doch nur die Augen schließen könnte. Bleiben könnte. Wenn er es könnte.

Das Rauschen in seinen Ohren ist schwächer geworden, hat sich mit dem Rauschen des Meeres vereint. Er sieht sie wieder an. Sie schaut zum Meer. Die Männer auf dem Vordersitz schauen zum Meer. Alle schauen zum Meer. Er sieht das Leuchtfeuer. Wenn die Menschen, die hier leben, das Leuchtfeuer sehen, wissen sie, dass sie zu Hause sind. Sie sind in Sicherheit.

Sie haben Estepona erreicht. Ein in die Höhe geschossenes Fischerdorf, denkt er. Links sieht er das alte Hotel Mediterráneo liegen. Er hat ein Foto, da sitzen sie vor dem Mediterráneo, im Hintergrund das Meer und der Strand, die beiden Palmen neben dem Eingang im Hintergrund. Er und Aitor. Oder er und Jesús? Oder Jesús und Aitor? Er sieht, dass die Palmen noch da sind, angeleuchtet von einem blauen Schein.

Jetzt weiß ich, wohin wir unterwegs sind, denkt er.

Die Silhouette des Hauses ist dieselbe in dieser Nacht wie in allen anderen Nächten, als er hier gewesen ist. Das Licht über der Veranda ist weich. Das Auto rollt über den Strand auf das Haus zu. Es sind nur wenige Meter bis zu den Wellen.

Hinter ihnen ist immer noch der Schein von Estepona. Vor ihnen liegt Costa Natura, einen Kilometer hinter dem Haus, das Paradies der Nacktbader. Er ist nie an dem Strand gewesen. Er hat hier gebadet, aber nie nackt.

Dieser Strand ist geheim. Er hat keinen Namen.

Sie haben das Haus erreicht. Der Motor wird abgestellt, die Scheinwerfer erlöschen.

Sie winden sich aus dem Auto. Rita schreit auf, als sie irgendwo mit den Handschellen hängenbleibt. Er versucht etwas zu sagen, aber er weiß nicht, was er zu sagen versucht.

Sie stehen draußen. Er schaut an den Himmel. Ein Flugzeug blinkt sich hinauf in den Raum. Er versucht die Uhrzeit auf seiner Armbanduhr zu erkennen, aber es ist zu dunkel, er kann die gefesselten Hände nicht nah genug an die Augen heben.

Er wird in Richtung Haus gestoßen.

Seine Füße bewegen sich leicht über die steinige Erde, auf der das Haus steht, als würde das Blut leichter fließen. Seine Hände dagegen sind schwer. Die Handgelenke schmerzen. Er sieht ihr an, dass sie Schmerzen hat. Er will wieder etwas sagen, weiß aber nicht, was. Ihm fällt nichts ein, kein einziges Wort fällt ihm ein, das er zu ihr sagen könnte. Sie sieht nicht aus, als erwartete sie, dass er etwas zu ihr sagt.

Sie steigen die Treppe zur Veranda hinauf. Sie knarrt noch genau wie früher, genau dieselben Stufen wie früher.

In einiger Entfernung sieht er eine Silhouette in den Schatten. Die Glut einer Zigarre glimmt auf wie ein roter Stern.

Sie stehen auf der Veranda. Peter schaut zur Lichtquelle unter der Decke. Es ist dieselbe nackte Glühbirne, die noch genau dasselbe sinnlose Niedrig-Watt-Licht wirft.

Die Silhouette tritt ins Licht.

»Willkommen«, sagt Aitor Usetxe.

Keiner antwortet.

»Es ist derselbe Platz, wie du siehst, mein Freund«, sagt er.

»Wieso hast du es immer noch?«, fragt Peter.

»Warum sollte ich nicht?«

»Warum sind wir hier?«

»Du beantwortest eine Frage mit einer Gegenfrage.«

»Beantworte du erst meine. Sie ist relevant.«

»Haha.«

»Du brauchst nur zu antworten, Aitor.«

»Ihr habt euch an einer Überraschung versucht.«

»Das … haben wir vielleicht.«

»Ich mag keine Überraschungen.« Er zieht wieder an der Zigarre. »Hab ich noch nie gemocht.«

Er schnippt die Zigarre weg. Sie stürzt wie eine Sternschnuppe auf die harte Erde.

»Warum hast du uns nicht einfach abreisen lassen?«

Rita hat ihr Gesicht Aitor zugewandt und ein paar Schritte auf ihn zugemacht. Peter hört eine Bewegung hinter sich. Er dreht sich um. Die Männer aus dem Auto stehen mit gezogenen Waffen auf der Treppe. Er dreht sich wieder zu Aitor um.

»Er ist tot«, sagt er. »Ich bin sicher, dass du es selbst gesehen hast. Als es passierte.«

Aitor antwortet nicht. Sein Blick ist irgendwo anders, hinter ihnen. Wieder dreht Peter sich um. Er kann nichts hinter den Männern auf der Treppe entdecken, dort ist nur die Nacht.

»Was wollen Sie noch von uns?«, fragt Rita.

Aitor richtet seinen Blick auf sie.

»Ich will, dass ihr euch eine Geschichte anhört. Dass ihr beide aufmerksam zuhört.«

Er gibt den Männern auf der Treppe ein Zeichen. Dann macht er eine einladende Geste zu Peter und Rita.

»Bitte, tretet ein.«

Auf dem Weg zur Tür sieht er, dass sich noch mehr Männer auf der Veranda befinden. Eine ganze Armee.

»Hier wollten wir uns wiedersehen«, sagt Aitor. »Wir wollten uns noch einmal in Estepona treffen.«

Das Haus ist einfach und elegant eingerichtet, nicht zu viel, nicht zu wenig. Der Fußboden ist aus demselben glänzenden unverwüstlichen Holz wie damals, weich und hart zugleich. In der Mitte des Raumes liegt ein grauer Teppich. Er sieht sehr teuer aus.

Sie haben in einer niedrigen Sitzgruppe Platz genommen, Peter und Rita auf dem Sofa, Aitor in einem Sessel. Hinter ihm hängt ein hübscher Stoffdruck, der einen großen Teil der Wand bedeckt. Peter kennt ihn. Darauf ist ein Freiheitskampf in den nördlichen Teilen dieses Landes dargestellt. Eine Darstellung der Ewigkeit. Vom Ende der Zeit. Es wird noch dort hängen, wenn alles andere längst verschwunden ist, und deswegen ist es größer als das Leben. Aitor hat es ihm einmal erklärt, vielleicht war es auch Naiara.

Peter lässt den Blick durch das Zimmer schweifen.

»Erkennst du es wieder? Das Zimmer? Das Haus?«

Er antwortet nicht. Er sieht die Dunkelheit vor den Fenstern, die wie schwarze Gemälde sind.

»Vor zwanzig Jahren hast du genau dort gesessen, wo du jetzt sitzt, mein Freund. Es ist ein neues Sofa, aber es steht an derselben Stelle.«

»Was hat das alles zu bedeuten?«, fragt Rita.

»Dein Mann ist schon einmal hier gewesen«, sagt Aitor.

»Ich weiß. Er hat es mir erzählt. Er hat mir alles erzählt.«

In Aitors Augen blitzt es auf.

»Alles?«

»Bitte, Aitor«, sagt Peter, »hör mit dieser … Show auf. Ich habe getan, was du wolltest, du musst …«

»HALT'S MAUL«, sagt Aitor mit brutaler Stimme, »halt einfach nur das MAUL.«

Erneut wendet er sich Rita zu, wieder blitzt es in seinen Augen.

»Ich rede mit deiner Frau«, fährt er fort.

»Worüber wollen Sie mit mir reden?«

»Über das, was passiert ist.«

Er wirft Peter einen Blick zu.

»Wie er mich verraten hat.«

Sein Blick kehrt zu Rita zurück.

»Und wie sie … das, was er getan hat … dazu führte, dass ich meinen Bruder verloren habe. Meinen einzigen Bruder. Meinen kleinen Bruder.«

Er sagt es ganz ruhig, aber er sieht nicht mehr ruhig aus. Das Blitzen in seinen Augen ist etwas anderes geworden, etwas Größeres.

Er steht auf.

»Neunzehn Jahre«, sagt er. »Sie haben mich NEUNZEHN JAHRE in einem Keller gefangen gehalten.«

Er zeigt auf Peter.

»Und er ist entkommen. Der Teufel ist entkommen.«

»Er musste sich doch verstecken«, sagt sie. »Fliehen. Seinen Namen ändern. Alles … verlassen.«

»Das ist nichts«, sagt Aitor. »Es war nichts, es war *nada y nada y NADA*.«

»Er musste warten«, sagt sie. »Er musste auf … diesen entsetzlichen Tag warten.«

»Rita …«, sagt Peter.

»Wegen dieses Tages hat er ständig in Angst gelebt«, fährt sie fort. »Jeden einzelnen Tag. Und jetzt ist er hier. Es ist noch nicht zu Ende. Und ich bin auch hier.«

»Wir sind alle hier«, sagt Aitor, »das ist nicht zu ändern.«

»Aber wie kommen wir alle wieder hier raus?«, fragt sie und schaut durch die Fensterwand hinaus. »Wie kommen wir aus dieser Nacht heraus?«

»DU kommst heraus, Rita. Das verspreche ich dir.«

Er streckt eine Hand aus, als wollte er ihre Hand halten. Sie könnte ihre Hand ausstrecken, sie ist nicht mehr gefesselt.

»Aber er hat doch bezahlt, was von ihm verlangt wurde … ist gezwungen worden zu bezahlen.«

Sie sieht aus, als wollte sie aufstehen.

»Ich musste auch zahlen«, sagt sie.

Peter steht auf.

Er hört das Klicken eines Gewehrs, das entsichert wird. Das Geräusch explodiert wie ein Schuss in dem offenen Raum. Er kann niemanden mit einer Waffe entdecken. Der Mann an der Tür hält kein Gewehr in den Händen.

Peter setzt sich wieder.

Aitor hat sich auch wieder hingesetzt. Er beugt sich zu Rita vor.

»Ich werde dir erzählen, wofür dein Mann bezahlen muss«, sagt er.

»Was … meinen Sie damit?«

Aitor schließt die Augen vor der Frage. Er sieht aus, als sähe er etwas vor seinem inneren Auge. Er hält die Augen noch eine Weile geschlossen.

»Es war am Strand«, sagt er.

Die Silhouette hebt einen Arm, an Deck einer Yacht, die hinter Costa Natura in die Bucht geglitten ist. Im Osten, über den weißen Bergen, wird der Himmel einen Hauch heller.

Silhouetten von Männern waten durchs Wasser zu der Yacht.

Ein kleines Boot dort draußen auf dem Wasser. Mehrere kleine Boote. Sie sind auf dem Weg zum Ufer.

Kisten werden angehoben.

Die Silhouetten tragen die Ware über den Strand. Es ist eine Gruppe von fünf Männern. Der Himmel wird noch ein wenig heller. Die kleinen Boote warten auf die leeren Kisten. Weiter draußen wartet die Yacht darauf, hinaus aufs offene Meer zu gleiten. Alles ist so still, wie es nur sein kann.

Hände öffnen eine Kiste, zwei. Ein schwaches Pfeifen ist zu hören, es kann aber auch ein Ausatmen sein.

Hände, die Beutel in große Ledertaschen stecken, Beutel aus starkem Plastik. Sie enthalten weißes Pulver.

»Alles war da«, sagt Aitor. »Es waren viele Beutel, aber sie waren alle da.«

Rita konnte die Szene vor sich sehen. Aitor ist ein guter Erzähler, er kann mit Worten Bilder malen.

»Alles lief wie geplant«, sagt er. »Wir wollten gerade weggehen. Alles wäre perfekt gewesen.«

»Aber haben Sie nicht Waffen geschmuggelt?«, fragt Rita.

»Schon. Und einiges andere.«

Hände stecken Beutel in Taschen.

Jemand erhebt sich von der leeren Holzkiste. Er trägt eine Tasche über der Schulter. Das verblassende Mondlicht beleuchtet sein Gesicht, vielleicht ist es auch schon die Morgendämmerung. Es ist Peter, noch ganz jung.

»Und dann war ein Teil davon verschwunden«, sagt Aitor. »Ein Teil des weißen Goldes.«

Die Männer tragen die Kisten über den Sandstreifen zur Strandvegetation. Der Horizont hinter den Bergen wird heller. Die Zeit ist abgelaufen.

»Und dann brach die Hölle los.«

Aitor erhebt sich.

»Die Hölle ist über uns hereingebrochen.«

Überall Scheinwerfer. Alle auf die Gruppe von Männern am Strand gerichtet. Sie sind immer noch am Strand, gefangen am Strand. Schreie. Geknatter von Automatikwaffen. Schreie. Feuer.

Ein Mann fällt. Langsam, fast würdevoll.

Der Schrei eines Mannes aus tiefster Angst, eines Mannes, der stehen geblieben ist.

Die Scheinwerfer treffen sein Gesicht. Es ist Aitor, noch ganz jung.

Er stürmt zu der Gestalt, die leblos im Sand liegt.

»Jou! Jou!«

Unter den einschlagenden Geschossen spritzt Sand um ihn auf.

Hinter einem Scheinwerfer: Jesús Maria Montañas, noch ganz jung.

Er zeigt auf den Mann, der im Sand liegt.

Ein Polizist, der neben ihm steht, schießt.

»Es war eine Hinrichtung, Montañas hat ihn regelrecht hingerichtet.«

Aitor steht immer noch. Er schaut auf Peter hinunter. Peter sagt nichts. Er hat den Blick auf den Tisch gerichtet, als gäbe es dort etwas Besonderes zu sehen. Aber es gibt nichts zu sehen. Der Tisch stammt nicht aus der Vergangenheit, und die Vergangenheit ist nicht sein Freund.

»Woher wusste er, dass wir in der Nacht dort sein würden?«, fragt Aitor.

Er zeigt zum Fenster, zum Fenster hinaus.

»IN DIESER NACHT DORT SEIN WÜRDEN?«

Rita sieht Peter an. Peter starrt auf den Tisch.

»Ich werde euch erklären, woher Jesús es wusste«, sagt Aitor.

Er beugt sich vor und stößt Peters Schulter leicht mit der Hand an.

»Du hast uns verraten.«

Peter blickt auf.

»Nein.«

»Im Gefängnis«, sagt Aitor, »dort habe ich es erfahren. Aber ich habe dich von Anfang an in Verdacht gehabt.«

»Was erfahren?«, fragt Rita. »Was haben Sie erfahren?«

»Ich habe von seinem Verrat erfahren.«

Peter sieht ihn an.

»Hast du im Gefängnis von meiner neuen Identität erfahren?«

»Nicht dort.«

»Ich verstehe nicht.«

»Nicht im Gefängnis. Ich habe sie von einem anderen … Informant.«

»Einem anderen Verräter«, sagt Peter.

»HALT'S MAUL!«

Rita erhebt sich.

»Das können Lügen sein. Sie brauchen es nicht zu glauben.«

Aitor richtet den Blick auf sie.

»Was? Was?«

»Alle lügen«, sagt sie.

Aitor antwortet nicht. Er gibt dem Mann, der an der Tür steht, ein Zeichen mit dem Kopf.

Der Mann öffnet die Tür.

Zwei andere Männer kommen herein. Sie gehen auf Peter zu, packen ihn unter den Armen, ziehen ihn hoch und tragen ihn zur Tür.

»Peter! Peter!«

Sie versucht aufzustehen, wird aber von dem Mann festgehalten, der an der Tür gestanden hat.

Draußen ist die Morgendämmerung zu ahnen, eine blassere Abenddämmerung. Er wollte dieses Haus nie verlassen. Damals. Wollte es nie verlassen. Er hat dies Haus geliebt. Er war gezwungen worden, es zu verlassen, und er wusste, dass er niemals zurückkommen würde.

Und trotzdem ist er die ganze Zeit hierher unterwegs gewesen. Und jetzt ist er da. Jetzt wird er hinausgeschleppt. Er wird die Treppe hinuntergeschleppt. Er hört Rita schreien. Die

Worte kann er nicht verstehen. Das Meeresrauschen ist zu laut. Es ist in seinem Kopf. Es ist gekommen, um zu bleiben. Es ist größer als das Leben, denkt er, größer als das Leben.

Unter den Füßen spürt er jetzt Sand, er spürt den Sand an den Zehen. Er hat keine Schuhe mehr an. Warum hat er keine Schuhe an? Hat er jemals Schuhe gehabt?

Jetzt liegt er auf dem Boden. Er hat Sand im Mund, sein Kopf liegt im Sand. Er versucht, den Kopf zu bewegen. Das Licht ist unbeschreiblich blau, es ist das Mondlicht, das sich jetzt mit der Dämmerung mischt, und das bedeutet, dass es weder Nacht noch Tag ist, es gibt immer noch Zeit, die Nacht ist in Auflösung begriffen, und der Tag hat noch nicht richtig begonnen, und er lebt noch. Er fühlt immer noch das Meer in seinem Kopf rauschen. Jetzt zieht jemand an seinem Kopf, reißt ihn aus dem Sand hoch. Vor ihm flimmert Aitors Gesicht. Es hat schreckliche Schatten, als hätte er sich die Schatten auf dem Weg zum Strand angemalt. Er kniet im Sand. Ich liege, und Aitor muss seine Knie vor mir beugen.

»HIER ist mein Bruder ermordet worden! Genau an dieser Stelle!«

Er drückt Peters Kopf wieder in den Sand. Hier war es. Es riecht immer noch nach Blut. Der Sand ist immer noch schwarz. Das hat nichts mit der Dämmerung zu tun.

Sein Kopf ist wieder über der Oberfläche. Der Sand ist ein Meer. Es ist nicht zu erkennen, wo das eine endet und das andere anfängt. Hierher war er unterwegs, sein ganzes Leben lang war er zu diesem Ort unterwegs, und jetzt ist es vorbei. Jetzt ist er endlich angekommen. Wie viele Minuten noch? Zwei? Vier? Bald ist er angekommen. Bald explodiert sein Kopf in einem Rauschen von Meer und Sand.

»HIER war es«, hört er Aitors Stimme.

Er sagt etwas, hört seine eigene Stimme, erkennt sie aber nicht.

»Niemand sollte verletzt werden.«

»Was? Was?«

»Als dein Bruder starb. Er hat gesagt, dass niemand verletzt werden würde. Er hat versprochen, dass kein einziger Schuss abgegeben werden sollte.«

Rita steht einige Meter entfernt. Er kann nicht sehen, ob sie festgehalten wird, an etwas gefesselt ist. Er ist nicht gefesselt. Aitor hat seinen Kopf losgelassen.

»Er hat es versprochen ...«

»Du hast ihm von diesem Strand erzählt. Du hast ihm erzählt, in welcher Nacht es passieren soll.«

Er kann nicht antworten.

»Die große Nacht«, sagt Aitor. »Die große Nacht in Estepona.«

»Ich ... ich hatte keine andere Wahl.«

»Worüber habt ihr hinterher geredet?«

Aitor packt seinen Kopf. In seinen Haaren ist Sand, in den Augen, in Mund, Hals, alles ist Sand.

»Du bist mit Heroin für drei Millionen Dollar entkommen! Hast du ihm das auch erzählt?!«

Jetzt ist Ritas Gesicht ganz nah. Man muss sie hergeführt haben. Sein Gesicht ist ihrem zugewandt. Aitor hat es gedreht. Ihr Gesicht leuchtet wie von innen heraus. Etwas beleuchtet ihr Gesicht. Ich sehe es zum letzten Mal, denkt er. Er weiß, dass sie alles mit angehört hat. Hoffentlich glaubt sie, dass ich jetzt lüge. Dass ich irgendetwas sage. Dass Aitor irgendetwas sagt, das die Wahrheit ist. Dass sie nicht daran glaubt. Glaub nicht der Wahrheit. *Don't believe the truth.*

Aitor hält jetzt eine Pistole in der Hand. Er kann nicht erkennen, was für ein Fabrikat es ist. Sie sehen alle gleich aus. Alle Waffen sind schwarz. Das Geräusch ist furchtbar, als er die Waffe entsichert. Er drückt sie an Peters Kopf. Es gibt keinen Abstand. Als er Jesús erschossen hat, gab es einen Abstand, einen kleinen Abstand.

»Drei Millionen für den Tod meines Bruders! War es das wert?«

Er spürt den Druck der Waffe an seiner Schläfe. Es ist die schwächste Stelle. Die Schläfe ist ungeschützt. Sie ist der schwächste Teil des Kopfes.

»WAR ES DAS WERT?«

»Er … er hat gesagt, dass nicht geschossen werden würde. Keine … Toten. Er hat es gesagt. Er hat es versprochen.«

Peter kniet jetzt. Aitors Gesicht schwebt über ihm, wie der Mond. Die Gesichtszüge sind verwischt, bei allen beiden, sie sind schon vor langer Zeit ausgewischt worden. Seitdem haben sie Masken getragen.

Aitor sieht ihn über den langen Pistolenlauf an. Aus Peters Perspektive ist der Lauf einen Meter lang. Das ist es, worum es hier geht. Einen Meter. Es ist diese Stelle, wo er kniet, wo Aitor steht. Ein Meter in jede Richtung. Ein Quadratmeter. Ihr beider Gefängnis.

»Er ist tot, Aitor. Du hast es gesehen. Er ist weg. Jesús ist weg. Ich habe es getan. Ich habe ihn erschossen. Er ist tot. Ich habe für meine Sünden bezahlt.«

»In zwei Sekunden hast du bezahlt.«

Die Sekunden vergehen. Und der Strand explodiert in Weiß.

16

Der Strand ist Tag geworden. Das unerhörte Licht ist überall.

Aitor ist vom Licht geblendet. Peter sieht sein Gesicht, geblendet und weiß, blind und verwirrt.

Es ist wie damals, beim letzten Mal. Die unerhörten Scheinwerfer schleuderten ihre Strahlen über den Strand. Unerhörte Schreie über dem Strand.

Er kann nicht hinter die Scheinwerfer sehen, sieht nicht Jesús Maria Montañas' Gesicht hinter den Scheinwerfern.

Um Jesús herum stehen vier Männer in schwarzen Anzügen. Sie sind auf dem Geheimweg gekommen.

Aitor versucht, sein Gesicht gegen das blendende Licht zu schützen, hält sich eine Hand vor die Stirn. Der Pistolenlauf ist immer noch auf Peters Kopf gerichtet.

»Ich möchte dich eigentlich nicht erschießen, Aitor«, hallt Jesús' Stimme über den ganzen Strand, über das Meer, die Felsen, das Haus. Der Lautsprecher verzögert seine Stimme, als spräche er von weit her. Aber er ist hier. Er ist endlich hier, denkt Rita.

»Lass die Pistole fallen! Das gilt für alle. Waffen fallen lassen! Ihr seid umringt. LASST DIE WAFFEN FALLEN!«

Aitor starrt auf Peter hinunter. Aitor hält die Pistole immer noch in der Hand.

Er schaut zu Rita. Sie steht entsetzlich still im Sand, nur wenige Meter entfernt. Ich bin eine Statue, denkt sie. Ich bin auch von früher. Ich gehöre auch der Vergangenheit an.

Durch ihren Kopf blitzt die jüngste Vergangenheit. Vielleicht hat sie die Augen geschlossen. Wie lange kann es her sein? Zwei Tage, vielleicht waren es zwei Tage. Wer kann sich in so einem Augenblick an so etwas erinnern? Aber sie erinnert sich, dass sie über den hübschen Platz vor der hübschen Kirche gegangen ist und dann durch das Loch in der Wand die Bar betreten hat. Sie erinnert sich, dass sie die blaue Bar heißt. Bar Blau. Die Frau, der sie gefolgt war, stand an dem Bartresen. Sie ist zu ihr gegangen. Es war nur noch eine andere Person im Lokal anwesend, ein Mann, den sie noch nie gesehen hatte. Er sah schwedisch aus, war in ihrem Alter. Und dann sind sie gemeinsam in einen kleinen Raum hinter dem Tresen gegangen. Es roch nach Tabak und Alkohol in dem kleinen, kahlen Gelass. Überall standen Kisten, die zu dem Eindruck von Nacktheit beitrugen. Zwischen ihnen auf dem Tisch lag eine Pistole. Naiara forderte sie auf, die Pistole zu nehmen und in ihre Tasche zu stecken. Leg sie einfach in die Tasche, Rita, keine Angst. Naiara hatte so schöne Haare, in dem hässlichen Raum waren sie besonders schön. Ich habe keine Angst, dachte sie, als sie über den hübschen Platz zurückging, ich habe vor gar nichts mehr Angst.

Aber sie hatte schreckliche Angst, als Aitor sie jetzt ansah. Er würde die Pistole auf sie richten. Doch sein Blick schweift ab, zu der großen Stimme, geradewegs in die Scheinwerfer, woher die Stimme zu kommen scheint. Vielleicht versteht er etwas, vielleicht auch nicht. Vielleicht denkt er an den Tod. Oder an das Leben. An die Wiederauferstehung.

Aitor sieht Peter am Strand, mit der Pistole, Jesús, der auf ihn zukommt, die Zeit, die gefror und mit unglaublicher Geschwindigkeit wieder auftaute, der Schuss, das Blut, die Verwirrung, das Entsetzen, all das sah er durch sein Fernglas. Mehr brauchte er nicht zu sehen. Er sah Naiara in den Krankenwagen stürzen, er sah ihr Entsetzen, er hörte es, vor allem hörte er es, es war über das ganze Meer zu hören. Mehr brauchte er nicht zu hören, nicht mehr zu sehen.

Aber er sah sie nicht im Innern des Krankenwagens. Sie schrie den Mann an, der auf der Trage saß. Sie schrie so laut, dass er sich die Ohren zuhalten musste. Alle im Krankenwagen mussten sich die Ohren zuhalten. Jesús Montañas saß ihr auf der schmalen Trage gegenüber und riss sich die Reste der Plastikbeutel ab, die mit Klebeband an seinem Körper festgeklebt waren. Aus den Beuteln tropfte Schweineblut. Das Klebeband hatte rote Stellen auf Jesús' Oberkörper hinterlassen. Er versuchte, die Streifen mit einem Ruck abzureißen, um den Schmerz zu minimieren. Der Mann, der mit ihm gelaufen war, saß neben ihm und wischte sich mit einem Lappen, der sich rot färbte, das Gesicht ab. Alle, die sich in der Enge aufhielten, gerieten ins Schwanken, als der Krankenwagen anfuhr. Die Sirenen heulten lauter als ihre Schreie.

Peter sieht wieder seine Augen, Aitor sieht wieder ihn an. In seinen Augen ist etwas, das er nur einmal vor langer Zeit gesehen hat. Aitor versteht, und er lächelt das Lächeln des Verlierers. Mit einem Lächeln geht alles leichter. Sag es mit einem Lächeln. Das ist eine deiner Macken, hatte sie gesagt, du willst alles erklärt haben.

Aitor hatte nicht für alles eine Erklärung bekommen, aber er wusste es. Möglicherweise war jetzt alles leichter für ihn. Das Leben war endlich leichter, für sie beide. Jetzt ging es nur noch um eins, dies hier. Aitor hielt alle Fragen in seiner Hand, er brauchte nur den Finger zu krümmen, und sie beide würden alle Antworten in einer einzigen entsetzlich schönen Explosion bekommen. Vielleicht auch zwei: erst ich, dann er. Er hört Aitors Stimme:

»*Hasta la vi…*«

Die Explosion kommt, während er noch spricht, und sie kommt allein. Aitors Kopf füllt sich mit Licht, als hätte der Himmel einen Glorienschein über ihn gestülpt, über ihn ausgegossen. So ähnlich. Sein Gesicht senkt sich, senkt sich auf Peter zu in Zeitlupentempo, in Stille. Es wird größer, es fällt, fällt. Der Schatten fällt über ihn, er fällt hinein in den Schatten.

Sie kauert mit einer Wolldecke um den Schultern in einer Sofaecke. Ihr Gesicht leuchtet. Sie presst das Ohr dicht an ein Handy.

»Liebling, wir sehen uns morgen. Spätestens am Abend. Mir ist ein bisschen schwindelig, Schätzchen. Ja. Ja. Mir geht es gut. Papa auch. Ja. Ja. Küsschen. Du brauchst dir keine Sorgen zu machen. Ja. Ja. Küsschen, mein Schatz.«

Peter und Jesús sitzen einander gegenüber. Jetzt herrscht ein anderes Licht im Raum. Es ist die Morgendämmerung, denkt Peter. Er ist furchtbar müde. Es ist doch noch ein neuer Morgen geworden, denkt er.

Jesús schaut Rita an.

»Haben wir uns gut um Ihre Kinder gekümmert? Und Ihre Mutter?«

»Ja.«

»Wir konnten nichts riskieren.«

»Nein.«

Rita nickt. Jesús wendet sich Peter zu.

»Wie fühlst du dich?«

»Entsetzlich müde. Ich bin total erschöpft.«

»Das ist natürlich.«

»Ich wusste nicht … ich konnte bis zum Schluss ja nicht sicher sein, ob nicht doch noch etwas mit der verdammten Pistole passiert ist. Ob in letzter Sekunde ein Fehler auftritt … ob ich einen Fehler mache …«

»Es ist kein Fehler aufgetreten. Wir machen keine Fehler.«

»Du machst niemals Fehler, meinst du.«

»Ja.«

Jesús lächelt. Ein Lächeln, das Peter noch nie an ihm gesehen hat. Es gehört nicht in die Vergangenheit.

»Wie geht es Aitor?«

»Er kommt durch. Sagen die Ärzte.«

»Ich dachte, ich würde nicht durchkommen.«

Er bewegt seinen Arm. Dort hat er einen Schlag abbekommen. Sein ganzer Körper fühlt sich stumm und wund an, als wäre er in eine längere Schlägerei verwickelt gewesen, eine Zeitlupenschlägerei.

»Warum hast du so lange gewartet?«, fragt er.

»Wir sind rechtzeitig gekommen.«

»Rechtzeitig?«

»Einige von uns waren schon vor euch hier.«

»Das hätte ich mir denken können. Aber ich frage mich, warum du so lange gewartet hast, einzugreifen?«

»Ich habe zugehört, dir und Aitor. Es war interessant.«

Peter schweigt. Er sieht Rita an. Sie wendet den Blick ab. Er sieht die Wand hinter ihr, sie ist leer. Die Wand hinter Jesús ist mit dem Kunstwerk von der Freiheit bedeckt. Es ist auch noch da, als Jesús auf Aitors Platz sitzt.

»Drei Millionen Dollar«, sagt Jesús sanft.

»Eine Lüge. So war es nicht. Und das weißt du, Jesús.«

Jesús antwortet nicht gleich. Er schaut Peter sehr lange an, der schließlich den Blick abwendet, zu einem Fenster. Draußen kriecht die Morgendämmerung heran. Worauf zum Teufel wartet sie?

»Dein Unternehmen hatte einen glänzenden Start«, sagt Jesús.

Er sieht Rita an. Sie setzt sich gerade hin.

»Sind Sie verletzt, Señor Montañas?«

»Nenn mich Jesús.«

Er bewegt seine Schultern ein wenig vor und zurück. Er hebt die Arme.

»Nur ein paar blaue Flecken, wo die Blindpatronen die Beutel getroffen haben.«

Er zieht eine Grimasse.

»Schweineblut«, sagt er. »Dabei esse ich gar kein Schweinefleisch.« Er lacht. »Aber das hat nichts mit Religion zu tun.«

»Womit hat es zu tun, Jesús?«, fragt sie.

»Ich brauche kein Schweinefleisch zu essen, wenn es Fisch und Schalentiere gibt«, sagt er, »oder?«

»Nein«, sagt sie.

»Dies ist der beste Ort der Welt für Fisch und Schalentiere.«

»Finden die Fische und Schalentiere das auch?«, fragt sie.

Er bricht in Gelächter aus.

»Ich mag dich«, sagt er.

Sie antwortet nicht.

»Naiara mag dich.«

Er sieht Peter an, ohne noch etwas hinzuzufügen. Peter schaut aus dem Fenster. Jetzt kann er das Meer sehen, es schält sich aus der Dunkelheit heraus. Er bildet sich ein, es zu hören, es übertönt das Rauschen in seinen Ohren. Aber vielleicht hört er auch nur das Rauschen in seinem Kopf. Es wird immer eine Erinnerung bleiben.

»Die Blindpatronen haben richtig weh getan«, sagt Jesús.

Peter schweigt. Jesús lässt ihn nicht aus den Augen.

»Bitte sieh mich an.«

Peter schaut ihn an. Er sieht ein ernstes Gesicht. Das Lachen von eben ist aus dem Haus geweht, weg über den Sand. Es wird nie mehr zurückkommen, denkt er. Erst in Estepona hält es an.

»Hast du die Angst in meinen Augen gesehen?«, fragt Jesús. »Dort, am Strand.«

»Hast du die Angst in meinen gesehen?«

»Du beantwortest eine Frage mit einer Gegenfrage.«

»Du hast deine Antwort bekommen. Ich hatte genauso viel Angst, mehr sogar. Das habe ich doch eben gesagt. Stell dir vor … ich hätte die falsche Pistole bekommen.«

»Das hast du vielleicht«, sagt Jesús.

»Wie meinst du das?«

»Du verstehst, was ich meine.«

»Im Moment verstehe ich gar nichts.«

Jesús lehnt sich zurück. Er schließt die Augen. Er sieht immer noch jung aus, denkt Peter. Er ist der, der er immer gewesen ist. Sein Gesicht verrät es.

»Ich habe mich auf dich verlassen«, sagt Jesús und öffnet die Augen. »Aber ich gestehe, für den Bruchteil einer Sekunde … Als der erste Schuss abgefeuert war … Als ich nicht wusste, was auf mich zukommt. Verstehst du?«

»Nein.«

»Ich glaube, du verstehst es, mein Freund.«

»Hier nennen mich alle ihren Freund.«

»Du hattest viele Freunde hier.«

»Du sprichst in der Vergangenheit.«

»Nichts bleibt, wie es ist.«

»Wirklich?«

»Ich bin nicht dein Freund … Peter. Du bist jetzt Peter. Du hast deinen Namen geändert.«

»Ich habe alles geändert. Ich bin ein anderer geworden.«

»Ist das ein Geständnis?«

»Von was?«

»Zum Beispiel des Heroindiebstahls im Wert von drei Millionen Dollar.«

»Das ist Aitors Phantasie, Jesús, nicht deine.«

»Was ist meine Phantasie?«

»Nenn es, wie du willst.«

»Ich nenne sie Vision.«

»Was ist der Unterschied zwischen Vision und Phantasie?«

»Visionen werden wahr.« Jesús lächelt. »Wenn man nur fest genug an sie glaubt.«

»Du bist ein harter Mann.«

»Manchmal.«

»Du bist immer hart gewesen. Selbst als wir noch jung waren, warst du hart.«

»Vielleicht. Vielleicht ist das die einzige Art, um ein ganzes Leben durchzustehen. Dies ist ein hartes Land.«

»Es besteht aus mehreren Ländern.«

»Hast du jemals den Glauben an ein freies Baskenland geteilt?«

»Warum nicht?«

»Das ist ein naiver Glaube.«

»Vielleicht ist es eine Vision.«

»Nein«, sagt Jesús, »es ist Phantasie.«

»Was wird mit Aitor passieren?«

»Wir werden ihn natürlich der Polizei übergeben.« Jesús lächelt wieder. »Wenn er gesund genug ist.«

»Das wird er vielleicht nie mehr.«

»Nein, vielleicht nicht.«

»Wie lautet die Anklage?«

»Mordversuch.«

»Das war ich. Dafür muss ich angeklagt werden.«

»Mordversuch an dir. Einem harmlosen Touristen an der Costa del Sol. Die Polizei nimmt so etwas sehr ernst. Die Touristenbehörden nehmen das sehr ernst.«

»Niemand weiß etwas.«

»Ich weiß es, mein Freund. Das reicht. Und wir haben noch viel mehr gegen Aitor in der Hand. Die Bomben zum Beispiel. Das ist sehr ernst.«

»Er sagt, er war es nicht.«

»Siehst du? Er redet alles Mögliche.«

»Er sagt, du warst es.«

»Da siehst du es wieder.«

»Ich sehe nichts. Ich bin lange Zeit blind gewesen.«

»Du bist ein Poet, mein Freund.«

»Aber er hat nie versucht, dich zu ermorden.«

»Er hat es geplant. Das reicht.«

»Den Versuch musste ich durchführen.«

»Und dabei war ich das Opfer. Und dadurch ein Teil der Konspiration.«

»Und ich«, sagt Rita, die schon eine ganze Weile nichts mehr gesagt hat.

Er schaut sie an.

»Ohne dich hätte es nicht funktioniert, Rita.«

»Es hat ja nicht funktioniert. Schließlich sitzen wir hier.«

»Nur eine kleine Verzögerung«, sagt er. »Jetzt ist alles gut. Und ihr müsst heute Abend zu uns zum Essen kommen. Naiara wartet. Ihr könnt morgen einen frühen Flieger nehmen.«

»Wir wollen jetzt nach Hause«, sagt sie. »Ich will heute nach Hause.«

»Leider gibt es nur Tickets für den frühen Morgen.«

»Verstehe«, sagt sie.

»Ich weiß, dass du es verstehst. Du bist klug.«

»Ich bin nicht klug.«

»Du bist klug, glaub mir, Rita.«

Er steht auf.

»Aber jetzt wollen wir frühstücken. Ein gutes Frühstück in Estepona! *¡Churros, tostadas, bocadillos!* Ich habe Hunger!«

»Ich bin zu müde, um irgendwohin zu fahren«, sagt Rita.

Sie bewegt sich auf dem Sofa, in einer Art Trance, sinkt zurück.

»Ich glaube, ich muss mich eine Weile hinlegen.«

»Im hinteren Teil des Hauses gibt es Schlafzimmer. Du musst außenrum gehen.«

Jesús nickt einem der Männer an der Tür zu. Der Mann öffnet sie und lächelt Rita an. Sein Gesicht wird das eines anderen.

Sie steht auf und geht zur Tür.

»Nur zehn Minuten«, sagt sie.

Sie verlässt den Raum. Der Mann schließt die Tür hinter ihr. Peter erhascht einen Blick auf die Helligkeit draußen. Es ist brennender Tag.

*

Sie gehen am Strand entlang. Kein Windhauch ist zu spüren. Das Meer ist fast unbewegt. Von nirgendwo sind Laute zu hören. Das Rauschen zwischen seinen Ohren ist zu einem leisen Brausen geworden, das sich in seinem Hinterkopf bewegt.

Er bückt sich, hebt einen Stein auf und wirft ihn weit hinaus ins Meer. Der Stein hüpft auf der Oberfläche, ein-, zwei-, drei-, viermal schlägt er auf und versinkt.

»Dieser Stein hat drei Millionen Jahre gebraucht, um an den Strand zu gelangen«, sagt Jesús. »Und jetzt wirfst du ihn in einer Sekunde zurück an seinen Ausgangspunkt.«

»Willst du, dass ich mich schuldig fühle?«

»Ja.«

»Soll ich rausschwimmen und versuchen, ihn wieder heraufzuholen?«

»Du kannst machen, was du willst.«

»Dann bin ich also frei?«

»Natürlich. Warum stellst du so eine Frage?«

Peter dreht sich um und schaut zum Haus. Dort drinnen schläft Rita. Es ist ein hübsches Haus, ein sicheres Haus. Dort könnte er leben. Sie könnten an der Küste leben. Jetzt sind sie in Sicherheit. Sie sind frei.

Mit einer Armbewegung umfasst er den Strand, das Meer, den Himmel, das Haus, die Felsen, die Erde, die Büsche, die Palmen. Alles hat es in dieser Nacht gegeben. Sie waren hier.

»Wie hat Aitor herausgefunden, wer ich jetzt bin, Jesús?«

Jesús zuckt mit den Schultern.

»Jemand muss es ihm erzählt haben. Das verstehst du doch sicher. Und dieser Jemand hat meine Identität verraten.«

Jesús antwortet nicht. Er macht ein paar Schritte vorwärts.

»Das warst du, oder? Du warst es, Jesús. Du hast mir Aitor auf den Hals gehetzt.«

»Wir müssen gehen, mein Freund.« Jesús lächelt. »Es ist spät. Oder zu früh.«

»Das war dein Plan, um Aitor loszuwerden. Und mich auch. Der Mörder sollte nach dem Mord nicht entkommen, oder nach dem Mordversuch. Zwei Fliegen mit einer Klappe.«

»Du weißt *nada, amigo. Nada y nada.*«

»Du hast den Polizeidienst quittiert, nicht wahr. Du hattest Geld, nicht wahr. Drei Millionen Dollar? Ich glaube, du hast in jener Nacht viel mehr herausgeholt. Und in anderen Nächten.«

»Du bist sehr müde, mein Freund. Du musst dich lange ausruhen.«

»Und du hast Naiara getroffen! Die schöne Naiara.«

Jesús rührt sich nicht, er ist genauso still wie alles andere am Strand. Sein Gesicht ist angespannt.

»Das hast du auch geplant, nicht wahr. Das erste Mal, als du sie gesehen hast in der Bar Azul, hast du ein Leben mit ihr geplant. Hast es so bestimmt.« Peter geht einen Schritt auf Jesús zu. »Und aus dem Grund wolltest du mich auch aus dem Weg schaffen.«

»Aber warum sollte ich dich zwingen, hierher zurückzukommen? Und ausgerechnet jetzt? Warum im Namen der Madonna?«

»In deinem Namen meinst du wohl?«

»Warum, mein Freund?«

»Weil du nicht ganz sicher warst. Einer wie du muss hundertprozentig sicher sein. Und weil du ein für alle Mal mit Aitor abrechnen wolltest. Neunzehn Jahre im Gefängnis haben dir nicht gereicht. Und du wolltest mit mir abrechnen.«

Jesús macht einen Schritt auf Peter zu. Sie stehen jetzt so nah voreinander, dass sie sich umarmen könnten.

»Peter, Peter, hör mir zu. Aitor hat ganz und gar auf eigene

Faust gehandelt. Er hatte eine ganz eigene Agenda, er hatte seine persönlichen Gründe, und alle drehten sich um Hass. Um Hass und Rache und Macht. Das ist sein Leben, es wird sich nie ändern.«

»Dann könnt ihr einander die Hand reichen, Jesús.«

»Ich hasse niemanden, Peter. Ich brauche mich an niemandem zu rächen. Aitor wird dir von seinen Plänen erzählt haben. Er wollte der ganz große Mafiaboss der Costa del Sol werden.«

»Aus der Position hätte er dich nie verdrängen können, Jesús.«

Jesús legt einen Arm um Peters Schultern, als wollte er ihn stützen.

»Du stehst immer noch unter Schock, mein Freund. Wir müssen dafür sorgen, dass du dich so schnell wie möglich ausruhen kannst.«

Er gibt dem Mann, der ihnen am Strand gefolgt ist, ein Zeichen. Es ist derselbe Mann, der an der Tür gestanden hat. Es ist derselbe Mann, der am Strand neben Jesús hergelaufen ist, der in die Brust und den Arm geschossen wurde, oder war nur etwas an seinem Arm explodiert, in Blut explodiert, wie Jesús explodierte. An dem anderen Strand ist der Mann unbewaffnet gewesen, aber jetzt hat er eine Maschinenpistole in der Hand. An der Waffe klebt Sand, als hätte der Mann sie gerade ausgegraben. Als hätte sie all diese Jahre im Sand gelegen und auf die Fortsetzung gewartet. Und die ist nun gekommen.

Der Mann kommt auf sie zu, ein, zwei, drei, vier Schritte. Da ist immer noch ein Abstand, aber er braucht keinen größeren Abstand.

Er hört ein brüllendes Geräusch hinter sich und dreht sich um. Ein Auto rast mit großer Geschwindigkeit am Strand entlang. Es ist auf dem Weg zu ihnen.

Nah bei ihnen bremst es. Im Gegenlicht kann Peter nicht erkennen, wer am Steuer sitzt.

Eine der Vordertüren fliegt auf. Naiara steigt aus.

Die andere Tür fliegt auf. Es ist John Österberg.

Naiara ist mit wenigen Schritten bei Jesús und gibt ihm eine Ohrfeige. Das Klatschen klingt wie ein Peitschenhieb in der Stille am Strand.

»Ich weiß, was du getan hast!«, schreit sie. »Ich weiß, dass du gelogen hast!«

Jesús antwortet nicht. Er streicht sich über die Wange. Er schaut zu John Österberg, der den Blick zum Meer abwendet.

Naiara macht eine Handbewegung zu Peter.

»Was hattest du mit ihm vor?«

»Absolut nichts.«

»Warum ist Raul hier? Warum hat er diese verdammte Maschinenpistole in der Hand?«

»Raul ist immer bei mir. Das weißt du.«

Sie zeigt wieder auf Peter.

»Du rührst ihn nicht an! Verstehst du mich? Du rührst ihn nicht an!«

»Ich verspreche es.«

»Genau wie du es bei Aitor versprochen hast! Wo ist er?«

»Beim Arzt.«

»Welchem Arzt?«

»Was spielt das für eine Rolle?«

»Was spielt es für eine Rolle, in welchem Grab er liegt, meinst du?«

*

Der Morgen ist langsam vorangeschritten. Sie gehen die Treppe hinunter: Jesús, Peter, der Rita einen Arm um die Schultern gelegt hat, Naiara. Sie gehen das kurze Stück bis zur Limousine, die am Strand wartet. Das Morgenlicht gleißt auf dem Lack. Das Meer ist ruhig. Peter sieht die Silhouette eines Segels dort draußen. Es ist sinnlos, heute segeln zu wollen.

»Wie heißt dieser Strand?«, fragt Rita.

Sein Blick kehrt zurück zum Strand. Es ist, als sähe er ihn zum ersten Mal.

»Ich weiß es nicht«, sagt er.

Jesús hat sich umgedreht.

»Wie heißt dieser Strand?«, wiederholt Rita.

Auch er schaut den Strand entlang.

»Diese kleine Bucht? Sie hat keinen Namen.«

Er dreht sich wieder um. Sie stehen jetzt beim Auto. Er lächelt Rita an.

»Du kannst ihm einen Namen geben, wenn du willst.«

»Wie meinst du das?«

»Ich bin hier bald … tja, der Chef. Ich kann hier machen, was ich will. Ich kann die Bucht nach dir benennen, Rita.«

»Das möchte ich aber nicht.«

»Wir können sie Playa Rita nennen.«

»Darüber muss ich erst einmal nachdenken.«

Jesús deutet eine kleine Verbeugung an. Die Limousine startet mit einem weichen Spinnen. Jesús öffnet eine der Hintertüren.

»Ich glaube, Naiara möchte mit dir zusammen fahren, Rita.«

Er sieht Rita an und dann Peter.

»Wir fahren alle miteinander zum Frühstück, es ist nicht weit von hier entfernt.« Wieder sieht er Rita an. »Ihr fahrt mit John, wir folgen euch in der Karre, in der Naiara angeschaukelt gekommen ist.« Er lächelt. »Die habe ich schon seit Jahrhunderten nicht mehr gefahren.«

»Du hast sie einmal geklaut«, sagt John.

Jesús lacht.

»Du hast sie am selben Abend zurückbekommen.«

»Warum können wir nicht alle zusammen in der Limousine fahren?«, fragt Naiara.

»Wir sind direkt hinter euch«, sagt Jesús. »Ich muss noch etwas mit Peter besprechen, allein.« Er hält beide Hände hoch. Sie sind rein, sie verbergen nichts Gefährliches. »Naiara …«

»Okay, okay«, sagt sie. »Wir treffen uns im Barquito.«

Sie schauen einander an, Peter und Naiara. Er sieht, dass sie sich erinnert, aber das ist auch alles. Die Vergangenheit ist noch da, aber das ist auch alles. Sie lebt jetzt ein Leben in der Zukunft. Dort trennen sie sich voneinander. Vielleicht ist es immer so gewesen. Es bedeutet nichts mehr. Jetzt bedeutet die Gegenwart alles.

»In fünfzehn Minuten«, sagt Jesús.

»Ich will nicht ohne Peter fahren«, sagt Rita. »Das ist doch albern.«

»Ich möchte … dass du es tust«, sagt Peter.

»Warum?«

»Wir sehen uns in wenigen Minuten wieder.«

»Hast du keine Angst?«

»Nein.«

»Sind wir unter Freunden?«

»Selbstverständlich seid ihr unter Freunden«, sagt Naiara. »Ich bin deine Freundin, das weißt du.«

Rita antwortet nicht.

»Ich bin auch dein Freund«, sagt Jesús.

*

Sie dreht sich auf dem Rücksitz um. Die Männer am Strand werden kleiner und kleiner. Es geht furchtbar schnell.

»Wohin fahren wir?« Sie wendet sich Naiara zu.

»Zum Frühstück.«

»Werden alle da sein? Ich will Sicherheit!«

»Machst du dir Sorgen? Möchtest du, dass ich John bitte anzuhalten? Willst du zu ihnen zurück?«

»Nein, fahr«, sagt sie.

John fährt durch die Dünen. Sie mag sein Gesicht, seine Augen im Rückspiegel. Seine Tätowierungen an den Armen sehen vertrauenerweckend aus. Dies ist der sicherste Ort am

Strand, vielleicht der einzige. Sie mag Naiara. Sie kennt sie nicht. Sie mochte sie vom ersten Augenblick an, als sie Kontakt zu ihr aufgenommen hat, durch John. John haben sie viel zu verdanken.

»Können wir nicht allein frühstücken?«, fragt sie.

»Klar«, sagt Naiara.

»Ich kenne ein Lokal«, sagt John.

Er kreuzt mit der Limousine über die schmalen Wege durch die Dünen. Über die sie heute Nacht auch gefahren sind. Da gab es nichts hier draußen. Sie hatte keine Hoffnung. Sie wusste nicht, wohin sie unterwegs war. Jetzt weiß sie es. Es war ihre Zukunft. Nur ihre.

John hält vor einem kleinen Holzhaus direkt am Strand. Ein Mann kommt heraus und winkt freundlich, als hätte er schon den ganzen Morgen auf sie gewartet.

»Das ist Andrés«, sagt John. »Der netteste Katalane der ganzen Küste.«

»Hier bin ich noch nie gewesen«, sagt Naiara.

»Das beste Frühstück«, sagt John.

»Ich habe einen Riesenhunger«, sagt Rita auf Schwedisch.

»Wunderbar, Schwedisch zu hören«, sagt John. »In Schweden ist alles riesig.«

»Was bedeutet das?«, fragt Naiara.

»Das sagt man bloß so«, antwortet John.

Sie begrüßen Andrés, der sie zu einem Tisch auf der Veranda führt. Die Sonne ist jetzt aufgegangen, sie hat den Tag mitgebracht. Das Wasser glitzert wie alles Silber und Gold von ganz Spanien. Hier gibt es alles, denkt sie, hier gibt es alles Geld, hat es immer gegeben, es glitzert auf der Oberfläche. Niemand brauchte etwas anderes zu tun, als mit Kahn und Netz hinauszurudern.

»Salmonete, lubina, dorada, merluza, besugo, lenguado, gambas, cigalas …«, zählt Andrés auf und lächelt.

»Bring uns alles«, sagt John. *»A la plancha.«*

Andrés hält einen Daumen hoch und verlässt den Tisch.

»Was bringt er uns?«, fragt Rita.

»Gegrillten Fisch und Schalentiere, und viel von allem«, antwortet John. »Vor wenigen Stunden gefangen und direkt von den Fischern gekauft. Wir sind verdammt hungrig. Hinter uns liegt eine lange Nacht.«

Andrés kehrt mit einer Karaffe Weißwein und drei Gläsern an den Tisch zurück. Er schenkt ein und reicht Rita und Naiara je ein Glas. Der Wein schmeckt nach Meer und Mineralien, denkt Rita. Und Sonne. Zum ersten Mal in meinem Leben trinke ich Wein zum Frühstück. Es wird nicht das letzte Mal sein.

Eine Weile sitzen sie schweigend da. Hinter der Bucht gleitet langsam ein Segel vorbei. Es geht kein Wind.

»Wir haben unseren Teil erledigt«, sagt Naiara und sieht Rita an.

»Das Gefühl habe ich auch.«

»Es ist so. Jetzt müssen sie allein zurechtkommen. Viel Glück, sage ich.«

»*Adiós*, sage ich.«

»Haha. Sag lieber gleich *adiós* für immer. Für sie ist es nie vorbei. Männer wie Jesús und Aitor ertragen es nicht, etwas unerledigt zu lassen. Es spielt keine Rolle, ob zwanzig Jahre oder mehr vergangen sind. Der reine Wahnsinn. Das hat nichts mit Logik zu tun. Jetzt ist es in Wahnsinn übergegangen. Ich weiß nicht, ob das typisch männlich ist, aber ich fürchte, es ist so.«

»Peter hat das auch im Blut«, sagt Rita. »Es war wohl immer da.«

»Vielleicht lieben sie einander.« Naiara lächelt. »Vielleicht lieben sie sich alle miteinander.«

Sie hebt wieder ihr Glas.

»Auf die Liebe!«

Rita hebt ihr Glas. John schaut auf das Meer. Um ihn geht es hier nicht.

Sie trinken. Rita spürt, wie sich der Alkohol langsam durch ihr Blut bewegt, langsam wie das Segel draußen auf dem Meer. Jetzt nimmt sie den Duft nach gegrilltem Fisch wahr. Andrés hat ihnen Brotkörbe und gegrillte Paprika gebracht. Sie schließt die Augen. Sie lebt.

»Ich werde Jesús verlassen«, sagt Naiara. »Heute Nacht habe ich mich entschieden.«

»Das ist wahrscheinlich eine gute Idee«, sagt Rita.

»Das Leben ist zu kurz«, sagt Naiara.

»Das habe ich gerade auch gedacht«, sagt Rita. »Ich fahre nach Hause und mache es wie du.«

»Willst du Peter verlassen?«

»Das Leben ist zu kurz, wie du sagtest.« Sie hebt wieder ihr Glas. »Ich fahre nach Hause, hole die Kinder ab und ziehe woandershin.«

»Ich kann dir helfen, hier ein Haus zu finden.«

»Danke.«

»Und wenn Peter hierbleibt?«

»Das glaube ich nicht.« Rita lächelt. »Aber die Küste ist lang genug, es gibt Platz für alle.«

»Nicht wirklich für alle«, sagt Naiara.

Sie hören Schritte auf der Veranda. Andrés braucht die Hilfe seiner Tochter, um alles zu tragen.

»Guter Gott, hier kommt unser Essen«, sagt John und erhebt sich.

17 Jesús fährt. Sie verlassen den Strand, fahren durch die Dünen, in den Reifenspuren der Limousine. Er sieht eine Hand vom Rücksitz winken. Es ist Ritas Hand. Er winkt zurück. In der Ferne sieht er die Berge, oberhalb von Estepona, die weißen Berge. Das ist Jesús' Zuhause. Heute Abend werden sie dort sein. Ich komme immer dorthin zurück, wo ich war, denkt er. Das Leben ist ein einziger großer Kreis. Wir entkommen ihm nicht.

Sie fahren den geheimen Weg. Hier hat sich nichts verändert, abgesehen davon, dass der Weg nicht mehr geheim ist.

Jesús umrundet eine Felsformation. Sie steht schon seit drei Millionen Jahren hier. Als Jesús scharf nach rechts abbiegt, sieht Peter das Schulterholster, den matten Pistolenkolben. Er wird ein guter Bürgermeister. Er passt ins Muster.

Jesús deutet mit dem Kopf zum Berggipfel. Er glüht in der Morgensonne.

»Ich finde es schade, dass du deinen Namen Berger aufgegeben hast«, sagt er.

»Ich vermisse ihn auch.«

»Wir hatten den gleichen Namen, mein Freund. Und der Wechsel ändert nichts. Wir sind aus dem gleichen Holz geschnitzt. Wir gehören zusammen.«

»Wir sitzen im selben Auto«, sagt Peter.

»Zum Glück ist es nicht dasselbe Boot«, sagt Jesús.

»Gibt es hier noch Boote? Schmuggler? Ist es wie früher?«

»Noch schlimmer. Alles ist schlimmer. Die Ladung besteht jetzt in erster Linie aus Menschen. Arme Teufel aus Schwarzafrika. Und Araber, jetzt, wo ganz Nordafrika explodiert. Menschen, Menschen, überall auf dem Meer Menschen.«

»Ich verstehe, dass dir das Herz bricht.«

»Bei so etwas bricht jedem zivilisierten Menschen das Herz.«

»Deins nicht. Dein Herz ist nicht gebrochen. Noch nicht.«

Jesús sieht aus, als wollte er etwas sagen, aber er schweigt. Sie haben immer noch die Limousine vor sich, sie fahren immer noch nah am Meer entlang. Die Sonne steigt langsam am Himmel auf, über Afrika.

»Ich habe einen Traum«, sagt Peter.

»Das haben wir alle, mein Freund.«

»Nicht so ein Traum, wie du glaubst. Er handelt von meinem Leben. Einen Traum, wie man ihn im Schlaf hat.«

»Viele schlafen in wachem Zustand.«

»Ich nicht. Dieser kommt immer wieder. Ich träume ihn schon seit mehreren Jahren, aber in den vergangenen Wochen träume ich ihn fast jede Nacht. Jede Nacht.«

»Wovon handelt er?«

Die Limousine ist jetzt hinter Felsen verschwunden. Kurz darauf erreichen sie eine größere Zufahrtsstraße nach Estepona. Er hat keinen Hunger. Er will nicht frühstücken.

»Ich wache in einem unbekannten Zimmer auf. Neben mir liegt ein lebloser Körper. Das kann ich gerade noch feststellen, dann hämmert jemand gegen die Tür. Draußen ruft jemand.«

»Klingt wie ein Film.«

»Es ist kein Film, allenfalls ein Film in meinem Kopf.«

»Was passiert dann?«

»Das Hämmern geht weiter. An der Rückseite des Zimmers

gibt es eine Terrasse. Es ist eine Art Hotelzimmer oder Appartement im Erdgeschoss. Ich öffne die Terrassentür und fliehe durch einen Garten.«

»Nennst du das einen Alptraum?«

»Alptraum habe ich nicht gesagt. Und ich bin noch nicht fertig.«

»Ich höre.«

»Ich fliehe durch den Garten, durch Parks, Straßen. Ich laufe an einem Strand entlang. Ich laufe zwischen Häusern. Ich glaube, alle sind hinter mir her. Alle jagen mich. Kennst du das Gefühl?«

»Nein.«

»Verstehe. Ich weiß nicht, wo ich hinsoll. Alles ist fremd und gefährlich. Ich sitze in einem Café. Ich sage etwas zu jemandem. Ich gehe weg.«

»Ja?«

»Ich habe immer noch das Bild im Kopf, wie ich in diesem Zimmer aufwache. Warum war ich dort? Wer hat neben mir gelegen? Wo war ich? Ich will es wissen, wenn ich es weiß, kann ich entkommen.«

»Du träumst, dass du dem Traum entkommst, meinst du?«

»Ich weiß es nicht. Aber ich gehe zurück zu diesem Hotel, offenbar kenne ich den Weg. Ich weiß, welches Zimmer es ist. Es ist Zimmer Nummer 10, daran erinnere ich mich. Dort muss ich gewohnt haben.«

»So war es doch auch?«

»Jedenfalls gehe ich in das Zimmer, ich habe mir an der Rezeption den Schlüssel erschlichen, ich habe gesagt, ich wollte mir das Zimmer ansehen, das man mir empfohlen hat. Im Zimmer ist es dunkel. Vor den Glastüren zur Terrasse hängen schwere Vorhänge. Als ich die Klinke nach unten drücke, stelle ich fest, dass die Tür verschlossen ist. Es gibt keinen Schlüssel. Ich drehe mich um und sehe den Körper auf dem Fußboden. Und da fängt jemand an, gegen die Tür zu hämmern. Es hört überhaupt nicht auf. Das Rufen kenne ich. Es ist dieselbe Stimme. Aber ich erkenne sie nicht.«

Er verstummt. Sie fahren immer noch durch Sand.

»Und dann? Was passiert dann?«

»Nichts«, sagt Peter. »Ich wache auf. In diesem Moment wache ich immer auf. Ich erfahre es nie.«

»Hm.«

»Ich weiß nicht, ob ich es wissen will.«

Jesús wendet sich ihm eine Sekunde lang zu. Sie fahren jetzt durch die öde Landschaft hinter den Felsen. Von hier aus ist das Meer nicht mehr zu sehen.

»Eins möchte ich wissen«, sagt Jesús. »Das ist einer der Gründe, warum ich mit dir eine Weile allein sein wollte.«

»Einer der Gründe?«

»Ich muss es wissen, und du musst mir wahrheitsgemäß antworten.«

»Wahrheitsgemäß?«

»Du wiederholst, was ich sage. In der Beziehung hast du ein Problem.«

»Das behauptet Rita auch.«

Jesús fährt langsam über den Schotterweg. Die Welt um sie herum ist rot, als wäre sie voll pulsierenden Lebens.

»Als du auf Raul und mich geschossen hast ... Wusstest du, dass es Blindpatronen waren?«

»Was ist das für eine verdammte Frage?«

»Beantworte sie einfach. Wusstest du es?«

»Wie kannst du mich so etwas fragen?«

»Ich weiß, dass Rita die Pistole von Naiara bekommen hat. Ich weiß alles. Aber ich weiß nicht, ob du ... alles wusstest.«

»Du meinst, dass Rita mir nichts gesagt hat? Und dass sie die Pistole, die ich von Aitor bekommen habe, heimlich ausgetauscht hat?«

»Du beantwortest meine Frage mit Fragen.«

»Das ist eins meiner anderen Probleme.«

»Ich habe nur ein einziges Problem.«

»Natürlich wusste ich es! Wie kannst du daran zweifeln?«

»Es war etwas in deinen Augen am Strand.«

»Wahrscheinlich Sand.«

»Ich mache keine Witze.«

»Dafür hab ich es gehalten. Ein kranker Witz.«

Jesús hat mitten im Nichts angehalten. Jetzt ist die Sonne überall. Die Landschaft erwacht widerwillig zu einem neuen Tag. Am Rand der Wüste sieht Peter einige Steinhäuser. Niemand wagt es, sie zu verlassen. Er lässt die Scheibe herunter und streckt den Arm hinaus. Die Sonne brennt auf seiner Hand. Es geht kein Wind. Er dreht sich zu Jesús um.

»Wo ist Aitor jetzt?«

»Sitzt vielleicht irgendwo bei einem kühlen Bier.«

»Liegt, meinst du?«

»Nein. Er ist genauso fit wie du und ich.«

»Ich bin nicht fit.«

»Du verstehst, was ich meine.«

»Du meinst, Aitor ist auch mit Blindpatronen beschossen worden?«

»Natürlich.« Jesús zeigt auf sein Holster. »Nicht mit dieser.«

»Warum lebt er?«

»Er kann mir in Zukunft noch nützlich sein.«

»Er hat gut gespielt«, sagt Peter.

»Er hat gut gespielt. Ich habe ihm gezeigt, wie man überzeugend stirbt.«

»Wo ist er jetzt?«

»Das hast du schon einmal gefragt. Immer wiederholst du dich. Er lässt sich eine Weile nicht blicken. Sein Bruder hat irgendwo in dieser Gegend eine kleine Landwirtschaft.«

»Sein Bruder? Jou?«

»Er hat nur einen Bruder, soviel ich weiß.«

»Aber er ist doch tot? Du hast ihn erschossen.«

»Wer hat das gesagt?«

»Aitor.«

»Das hat er geträumt.«

»Du lügst, Jesús.«

»Wenn es um den Tod geht, lüge ich nie.«

Peter will etwas dazu sagen, bleibt aber stumm. Die Gedanken bewegen sich durch seinen Kopf, ohne Halt zu finden. Er kann sie nicht bremsen.

Im Auto ist es sehr warm.

»Ich habe noch eine Frage.« Er wendet sich wieder Jesús zu.

»Das ist dein Recht.«

»Du hast es gewusst, nicht wahr? Du hast es schon gewusst, als Aitor in Stockholm Kontakt zu mir aufgenommen hat.«

»Ja.«

»Du bist ein zynischer Mann, Jesús. Und immer noch der korrumpierte Bulle. Du hast geplant, mich loszuwerden.«

»Warum habe ich den Plan dann nicht zu Ende geführt?«

»Naiara hat dich gestoppt. Und nicht nur heute am Strand.«

Jesús lässt den Motor wieder an.

»Sie hat mein Leben gerettet«, sagt Peter. »Und Ritas.«

»Vielleicht hat sie das getan. Das gehört jetzt alles der Vergangenheit an.« Jesús legt einen anderen Gang ein und fährt wieder an. »Sie ist fort. Es gibt sie nicht mehr.«

Er sieht Peter an.

»Ich möchte dir einen Job anbieten.«

»Einen Job?«

»Wenn du bloß mit diesen verdammten Wiederholungen aufhören würdest.«

»Was für einen Job?

»Du bist ein PR-Mensch. Ich weiß, dass du gut bist. Ich brauche in Zukunft ein gutes Marketing. Und die Zukunft beginnt jetzt. Die Vergangenheit kann zur Hölle fahren.«

»Du bist verrückt, Jesús. Du bist wirklich verrückt.«

»Ich will, dass du meine Kampagnen organisierst, jetzt und in Zukunft. Ich brauche jemanden, der mich wirklich kennt.

Und den ich kenne. Wir sind von der gleichen Art, du und ich, das kannst du nicht abstreiten. Wir sind unterwegs zu großen Dingen. Wir können beliebig weit gehen.«

»Und wenn ich ablehne?«

»Dies ist deine Chance, mein Freund. Eine neue, große Chance. Du kommst endlich raus aus dem Hotelzimmer. Kein Hämmern mehr an der Tür. Dies ist die Antwort.«

»Und wenn ich nein sage.«

»Antworte nicht nein.«

»Ich habe keine Chance, dir zu entkommen, oder?«

»Wie ich eben gesagt habe: Dies ist eine neue Chance für dich.«

Jesús lacht auf.

»Damit du mehr Chancen hast, mich zu erschießen. Wir können diesen Trick noch mal anwenden.«

Seine Hände liegen auf dem Lenkrad. Peter dreht sich seitwärts, steckt die Hand unter Jesús' Leinenjackett und greift nach der Pistole im Holster. Ihm kommt es wie eine sehr langsame Bewegung vor, wie im Zeitlupentempo, aber es geht sehr schnell, wie etwas, das man nicht geplant hat.

Er wirft sich rückwärts gegen die Tür, die Pistole auf Jesús gerichtet.

Jesús versucht, das Auto auf der schlechten Straße zum Stehen zu bringen. Es schleudert hin und her. Wenn es neben der Straße führe, würde das keinen Unterschied machen. Er klammert sich ans Leben, denkt Peter. Nur ich kann dieses Auto in diesem miesen Leben festhalten.

Sie atmen beide heftig.

Jesús hält das Auto auf der Straße. Das ist die Rettungsleine.

Er wirft Peter einen Blick zu. Seine Augen sehen aus wie am Strand. In der Sekunde, als er nicht wusste, ob er sterben würde.

»Ich ergreife die Chance schon jetzt«, sagt Peter.

»Leg die Pistole weg.«

»Dies ist vielleicht der einzige Weg, um hier wegzukommen.«

»Schieß nicht! Die ist nicht mit Blindpatronen geladen.«

Peter hört Geheul in seinen Ohren. Das Atmen fällt ihm schwer. Es gelingt ihm, die Seitenscheibe herunterzufahren, er fummelt an dem Schalter. Der Wind trifft seinen Hinterkopf wie ein Schlag.

»Naiara wird dir nicht helfen, wenn du das tust!«, schreit Jesús. »Denk an Rita! Niemand kann dir helfen!«

Er drückt den Fuß auf das Gaspedal. Das Auto jault auf. Irgendetwas knallt im Innern der alten Karre. Es kann der Vergaser sein. Sie passieren ein kleines Haus, eine Hütte aus weiß gekalktem Stein. Ein Mann kommt wegen des entsetzlichen Lärms heraus. Nicht einmal hier kann man seinen Frieden haben. Er sieht einen Mann im Profil, der eine Pistole in der Hand hat. Das Auto schlingert über einen lockeren Haufen Schotter. Der sollte die Unterlage für den neuen Patio hinter dem Haus sein, der Mann hat mehrere Tage gebraucht, ihn zu sammeln und zu sieben. Das Auto schleudert zurück auf die Straße.

Ein Schuss ertönt, einige Sekunden später noch ein Schuss, wie ein Echo des ersten. Die Schüsse rasen über den leeren Himmel, durch die leere Landschaft. Die Schüsse klingen wie die Jagdbomber von der Luftwaffenbasis in Cádiz.

Das Auto rollt den Weg entlang, immer langsamer.

Einige Hundert Meter vom Haus entfernt bleibt es mit quer eingeschlagenen Rädern stehen. Jetzt sieht der Mann das Auto nur noch wie eine Fata Morgana, schwebend in der gläsernen Hitze. Er bleibt in der Tür stehen.

Die Beifahrertür wird geöffnet. Peter steigt mit ruckartigen Bewegungen aus. Er hat starke Schmerzen in der rechten Schulter. Er hält immer noch die Pistole in der Hand.

Jetzt steht er am Straßenrand. Vor ihm liegt ein ödes Feld,

rot wie Wein. Er schleudert die Pistole so weit von sich, wie er kann, drei Millionen Jahre weit. Sie verschwindet, wird vom Himmel aufgesogen. Seine Augen brennen. Er dreht sich um und kehrt zum Auto zurück.

Die linke Vordertür wird geöffnet. Jesús steigt mit ruckartigen Bewegungen aus. Er scheint im ganzen Körper Schmerzen zu haben. Jetzt steht er auf der Erde.

Er hatte die Pistole wieder gehoben. Seine Hand hatte gezittert. Jesús hatte gezittert, seine Hände auf dem Lenkrad hatten gezittert. Er hatte das Auto nicht unter Kontrolle. Ihre Blicke waren sich begegnet. Das Auto hatte sich durch den Wegstaub gezittert. Überall war Staub.

Er hatte die Hand nach draußen gestreckt und zwei Schüsse in Fahrtrichtung abgefeuert, geradewegs in die Leere. Dort nutzten sie am meisten, einer nach dem anderen geradewegs ins Nichts. Die Rückstöße waren genauso widerwärtig, wie wenn er jemanden umgebracht hätte. Es waren keine Blindpatronen.

Er geht auf das Auto zu. Wie klein es aussieht. Es ist unbeschädigt. Wie klein Jesús aussieht. Er sitzt jetzt auf der Straße. Dort kann er sitzen bleiben, so lange er will. Niemand wird hier heute vorbeikommen. Es ist immer noch ein geheimer Weg, soweit er weiß.

Er dreht sich um und geht davon, nach Westen.

Jesús steht auf. Er geht los, in die entgegengesetzte Richtung.

Keiner von beiden dreht sich um. Bald sind sie in der Landschaft verschwunden.

Åke Edwardsons Erfolgsserie mit Kommissar Erik Winter

1. Fall: Tanz mit dem Engel
Kriminalroman. ISBN 978-3-548-60846-4

2. Fall: Die Schattenfrau
Kriminalroman. ISBN 978-3-548-60938-6

3. Fall: Das vertauschte Gesicht
Kriminalroman. ISBN 978-3-548-60221-9

4. Fall: In alle Ewigkeit
Kriminalroman. ISBN 978-3-548-60293-6

5. Fall: Der Himmel auf Erden
Kriminalroman. ISBN 978-3-548-60413-8

6. Fall: Segel aus Stein
Kriminalroman. ISBN 978-3-548-60515-9

7. Fall: Zimmer Nr. 10
Kriminalroman. ISBN 978-3-548-60761-0

8. Fall: Rotes Meer
Kriminalroman. ISBN 978-3-548-60889-1

9. Fall: Toter Mann
Kriminalroman. ISBN 978-3-548-60994-2

10. Fall: Der letzte Winter
Kriminalroman. ISBN 978-3-548-61060-3

www.list-taschenbuch.de

List